SUTTON KRiMI

Veronika Aydin & Kerstin Klamroth

SCHULSACHEN

ELFRIEDES ERSTER FALL

Ein Taunus-Krimi

SUTTON KRiMI

Hochheimer Straße 59
99094 Erfurt
www.suttonverlag.de
www.sutton-belletristik.de

Gestaltung und Satz: Sutton Verlag

ISBN: 978-3-95400-140-8

Druck: Aalexx Buchproduktion GmbH, Großburgwedel

Über die Autorinnen

Kerstin Klamroth und Veronika Aydin teilen mit ihrer Krimiheldin Elfriede Neugierde, Humor und die Courage, Söhne aufzuziehen. Lediglich mit Mördern haben sie keine persönliche Erfahrung, die haben sie einfach nur erfunden.

Prolog

Es gab sicher idyllischere Orte, um einen Sonnenaufgang zu beobachten. Einen Strand in der Karibik zum Beispiel oder wenigstens eine abgelegene Wiese in den Wäldern des Taunus. Allerdings, so sagte sich Herbert Schrei nun schon seit einigen Jahren, musste man in seinem Alter froh sein, wenn man überhaupt noch Sonnenaufgänge erlebte. Da nahm man die Orte, wie sie kamen.

Was in diesem speziellen Fall bedeutete, dass die helle, an den Rändern noch unscharfe Kugel langsam hinter dem halb eingefallenen Dach einer maroden Sporthalle auftauchte. Deutlich ließen sich in den noch kraftlosen Strahlen die Wölkchen erkennen, die Herbert Schreis Atem verursachte. Bald kommt der Frühling, dachte er, und freute sich für einen kurzen Moment über die Aussicht auf Wärme und Licht.

Wotan bellte und Schrei ließ seinen Blick widerwillig hinunterwandern in den Schatten, den die Außenmauer der Halle warf. Er kniff die Augen zusammen, um den Dackel zu entdecken.

»Komm her, Wotan«, rief er, ohne erstaunt zu sein, dass der Hund nicht gehorchte.

»Völlig verzogen, der Köter«, murmelte er und machte in Gedanken mal wieder seiner verstorbenen Frau einen Vorwurf. Mit vorsichtigen und unsicheren Schritten betrat er das Baugelände, sich sehr wohl der Verbotstafel bewusst.

»Hunde können eben nicht lesen«, murmelte er und kletterte umständlich über einen niedrigen Schotterhaufen.

Was Hunde sehr wohl konnten, entdeckte Herbert Schrei eine Sekunde später.

Hunde konnten einen jungen, toten Mann entdecken.

Einen leblosen, auf dem Bauch liegenden Körper, die Arme seitlich vorgestreckt, als solle es noch vorwärtsgehen, völlig unversehrt bis auf eine klaffende Wunde am Hinterkopf, die, wie aufgeplatzt, den Blick freigab auf Knochensplitter, Gehirnmasse und Unmengen getrockneten Blutes.

Es gibt sicher idyllischere Orte, um zu sterben, dachte Hermann Schrei.

Im nächsten Moment kämpfte er mit einer heftigen Würgeattacke und fragte sich, ob es überhaupt idyllische Orte zum Sterben gab.

1.

Der Stiefel flog in hohem Bogen durch die Luft. Der dumpfe Knall, mit dem er am Kühlschrank abprallte, hatte etwas Erlösendes. Wütend zerrte Elfriede auch den zweiten Stiefel vom Fuß und pfefferte ihn gleich hinterher. Ausgetreten, abgelatscht, genau so fühlte sie sich.

Mit einem Funken Hoffnung hatte sie sich bei ihrem alten Chef beworben.

»Meinen Sie das ernst?« Sein spöttisches Gelächter ließ ihren Mut auf der Stelle sinken. »Sie wissen selbst, dass dies kein Job für Couch-Potatoes ist.«

»Blödsinn!« Elfriede rieb sich die schmerzenden Füße. Fehlendes sportliches Training? Was glaubten die alle, was fünfzehn Jahre Hausarbeit gewesen waren? Eine Wellness-Kur? Und das Alter? Als ob das entscheidend war. Ihr Gehirn war, während es um Mann und Kind kreiste, schließlich nicht geschrumpft und ein paar Griffe aus dem Kampfsport konnte sie auch noch. Außerdem verlangte längst nicht jede Ermittlung körperlichen Einsatz.

Sicher, eine Auffrischung könnte nicht schaden, aber das wäre das Letzte gewesen, was sie diesem arroganten Kerl gegenüber zugegeben hätte.

Elfriede kickte die Stiefel zur Seite und holte die Tomatensoße aus dem Kühlschrank. Skeptisch betrachtete sie die rote Masse und tunkte ihren Finger hinein, um zu probieren. Das Zeug war ungenießbar, viel zu süß, von Tomate nichts zu schmecken.

Im nächsten Moment landete die Soße mit Schwung im Mülleimer. Die gehörte da auf jeden Fall eher hin als sie. Das laute Scheppern verschaffte ihr Befriedigung.

»Wer keine Zeit hat, den bestraft der Discount«, murmelte sie. Was nun? Döner vom Türken an der Ecke? Oder schon wieder Magges? Unmöglich, viel zu teuer. Es würde wohl zum dritten Mal in dieser Woche ein Strammer Max werden. Seit der Trennung war das Geld knapp und die gesunde Ernährung im Hause Schmittke hatte eindeutig gelitten. Sei's drum, Oliver würde es überleben. Sie musste unbedingt einen Auftrag ergattern, nicht nur, um endlich den Kühlschrank vernünftig zu füllen. Seufzend warf Elfriede einen Blick auf den Stapel unbezahlter Rechnungen, der auf dem Küchenregal lag. Ein Güterzug donnerte am Küchenfenster vorbei. Zum Glück war die kleine Wohnung direkt an den Gleisen nicht so teuer. Sie konnte nur hoffen, dass ihr Plan B, sich selbstständig zu machen, die richtige Entscheidung war. Den Gewerbeschein zu besorgen, war das einfachste gewesen. Den entsprechenden Eintrag im Branchenverzeichnis hatte sie beantragt und schon Stunden vor dem Bewerbungsgespräch heute war sie von Tür zu Tür gewandert, um ihre selbstgestalteten Flyer in Briefkästen zu werfen. In Hofheim, verstand sich, nicht im dörflichen Lorsbach. Dort in der schmucken Kreisstadt wohnten die wohlhabenderen Leute und vielleicht auch die mit den größeren Problemen. Jetzt konnte sie nur noch hoffen, dass jemand dringend eine 42-jährige, leicht übergewichtige, allein erziehende und ziemlich bankrotte Detektivin brauchte.

»Du musst es beim Universum bestellen«, hatte ihre Freundin Carmen ihr geraten. Die war gerade auf dem Esoterik-Trip und glaubte fest an ihren Ratschlag. Gut, dachte Elfriede, schaden kann es ja nicht. Ich bestelle jetzt und sofort einen lukrativen Auftrag beim Universum.

Jetzt und sofort schlurfte allerdings erst einmal Oliver, wie immer viel zu dünn bekleidet, in die Küche und verzog das Gesicht, als er die brutzelnden Spiegeleier in der Pfanne sah.

»Nicht schon wieder«, moserte er. »Da hab ich schon gleich keinen Hunger.«

Elfriede ignorierte seinen Kommentar, gab die Eier auf das Schinkenbrot und stellte ihm den Teller auf den Tisch.

»Wo kommen die blauen Flecken her?«, fragte sie besorgt und besah sich seine Arme. »Prügelst du dich in der Schule?«

»Jetzt mach dich mal locker, Mum.« Oliver entzog ihr seine Arme und ließ sich auf den Hocker fallen. »Das kommt nur vom Wrestling. Wir haben ein paar neue Griffe ausprobiert.«

»Ich mag das nicht, das weißt du. Diese ewige Kämpferei – ungefährlich ist das auch nicht.«

Oliver würdigte sie nicht einmal einer Antwort.

»Isst du nichts?«, fragte er stattdessen.

»Ich hab keinen Hunger.« Es war nicht nötig, ihn wissen zu lassen, dass die letzten beiden Eier auf seinem Teller gelandet waren. Einkaufen musste sie heute unbedingt auch noch.

»Hast du mal zehn Euro?«, fragte Oliver. »Wir wollen nachher noch ins Kino.«

Elfriede stellte die Pfanne in die Spüle.

»Die Karte kostet doch höchstens sieben Euro«, meinte sie.

»Ja, aber ich will auch was zu essen kaufen – von dem Zeug hier werd ich ja nicht satt.«

Elfriede kam nicht dazu, ihrem Sohn einen Vortrag über ihre Finanzen im Allgemeinen und das Verantwortungsgefühl eines fast Fünfzehnjährigen im Besonderen zu halten.

Es läutete an der Tür.

»Wir reden später weiter«, meinte sie zu Oliver, wischte sich die Hände am Küchenhandtuch ab und eilte in den Flur.

Als sie die Tür öffnete, sah sie sich einem gutaussehenden, dunkelhaarigen Mann mittleren Alters gegenüber. Sein Gesichtsausdruck war ernst und in der Hand hielt er einen Zettel.

Elfriede erkannte den Flyer sofort.

»Nachricht vom Universum!«, murmelte sie.

»Wie bitte?« Der Besucher hatte eine angenehme, tiefe Stimme.

»Entschuldigen Sie, ich war in Gedanken. Was kann ich für Sie tun?«

»Sind Sie Frau Schmittke?« Und als Elfriede nickte: »Mein Name ist Köster. Ich brauche Ihre Hilfe.«

Elfriede geleitete ihren Besucher in das kleine Wohnzimmer. Herr Köster sah sich aufmerksam um, skeptisch betrachtete er zunächst die karge Einrichtung, dann die Hausherrin.

»Was kann ich für Sie tun?«, fragte Elfriede schnell, während sie ihre in der Küche stehenden Stiefel verfluchte und sich in Strümpfen um einen würdigen Auftritt bemühte.

Der Mann holte tief Luft. »Es geht um meinen Sohn«, sagte er mit knappem Tonfall. »Er wurde ermordet.«

Unaufgefordert setzte er sich auf die Vorderkante des kleinen Sofas.

»Vielleicht haben Sie von dem Jungen gehört, der vor einigen Wochen auf dem Baugelände in der Niederhofheimer Straße gefunden wurde.«

Elfriede nickte. »Er wurde erschlagen, nicht wahr?«

Der Mann schluckte. »Ja, das war mein Alexander. Nächsten Monat wäre er achtzehn Jahre alt geworden. Die Polizei kommt nicht weiter. Die gehen das Ganze viel zu lasch an. Ich will, dass der Mörder geschnappt wird.«

Elfriede rief sich in Erinnerung, was sie in der Zeitung gelesen hatte. Der Junge war in den frühen Morgenstunden in der Nähe seiner Schule aufgefunden worden, auf dem Baugelände der Turnhalle, die derzeit von Grund auf renoviert wurde.

»Haben Sie eine Vermutung, was dahinterstecken könnte?«, fragte sie.

Der Mann schüttelte den Kopf. »Es ist mir unerklärlich. Mein Sohn war beliebt, ein guter Schüler. Ich wusste gleich, dass etwas passiert war, als er nachts nicht nach Hause kam. Wir haben die Polizei gerufen, aber die meinte, bei einem Siebzehnjährigen sollten wir doch bis zum Morgen abwarten. Er sei wahrscheinlich bei einer Freundin oder mit einem Kumpel unterwegs.«

Elfriede betrachtete ihren Besucher. Zweifellos war er attraktiv und trotz seiner offensichtlichen Trauer machte er den Eindruck eines Mannes, der es gewohnt war, sich durchzusetzen. Dass die Polizei nicht auf ihn gehört hatte, schien ihn zu ärgern. Aufgeregt öffnete und schloss er seine Hände. Elfriede meinte, seine unterdrückte Wut fast greifbar im Raum zu spüren.

Sie wollte zu einer weiteren Frage ansetzen, als sie von Olivers Stimme unterbrochen wurde.

»Tschüss, ich bin weg. Hab mir 'nen Zehner aus deiner Tasche genommen.«

Im nächsten Moment knallte die Tür.

Herr Köster stand abrupt auf. »Hören Sie! Ich glaube nicht, dass ich hier richtig bin. Ich bin zu Ihnen gekommen, weil ich jemanden suche, der sich in Hofheim auskennt und hier lebt. Ich habe bewusst keine Frankfurter Agentur eingeschaltet. Aber es ist mir sehr wichtig, dass der Täter nicht entkommt, und das hier …«, er hob die Arme und ließ den Blick durchs Zimmer schweifen, »das hier sieht einfach nicht danach aus, als ob Sie mit der Sache professionell umgehen könnten.«

Elfriede sackte das Herz in die Hose. »Bitte, Herr Köster, lassen Sie sich von Äußerlichkeiten nicht täuschen. Ich versichere Ihnen, dass ich durchaus in der Lage bin, den Mord gründlich zu untersuchen. Geben Sie mir einfach ein bisschen Zeit und entscheiden Sie dann.«

»Zwei Tage«, sagte der Vater des toten Jungen und reichte ihr seine Visitenkarte. »Wenn Sie bis dahin nicht wenigstens eine Spur haben, suche ich mir jemand anderen.«

Als Elfriede in die Niederhofheimer Straße einbog, war sie schweißgebadet und nicht weniger wütend als ihr erster Klient es offensichtlich gewesen war.

Wütend auf alles. Auf das Auto, das wieder einmal nicht angesprungen war, auf ihren Sohn, der ohne Erlaubnis Geld aus ihrer Handtasche genommen hatte, auf das Gespräch mit ihrem ersten Klienten, das beinahe ohne Auftrag geendet hätte und sie jetzt so unter Zeitdruck setzte, dass sie schon wieder nicht zum Einkaufen kam. Vor allem war sie wütend auf ihren Exmann. Na klar, dachte Elfriede. Klaus, dieser Mistkäfer, ist für alles verantwortlich. Sie holte tief Luft und fühlte sich gleich ein bisschen besser. In jeder Krise steckte eine Chance. Für ihre Fitness war das Laufen bestimmt gut.

Schnaufend blieb sie vor den Stufen eines mehrstöckigen Gebäudes stehen. Das Prinz-von-Nassau-Gymnasium, ursprünglich eine reines Jungengymnasium, war ein wilhelminischer Bau und wirkte mit seiner hellen Front, dem roten Giebeldach mit der kleinen Kuppel in der Mitte und der alten, reich verzierten Uhr über dem Eingangsportal entsprechend imposant. Erst im letzten Jahr waren die Wände frisch geweißt worden, unter großer Beachtung der Öffentlichkeit, die sich an den unendlichen Diskussionen zwischen Stadt, Schulamt und dem örtlichen Verein für Denkmalpflege über eine stilechte Farbe ergötzte.

Diese Aufmerksamkeit galt aber offensichtlich nicht der Turnhalle, die etwas versetzt hinter der Schule lag. Langsam wanderte Elfriede um das Gebäude herum. Die Renovierung schien eher schleppend voranzugehen, soweit Elfriede das als Laie erkennen konnte. Vorsichtig kletterte sie über Steine,

Stangen und Hölzer und näherte sich der Stelle, an der sie ein paar Kerzen und welkende Blumen ausmachen konnte. Auf einem Stein hatte jemand eine schwarze Baseballkappe abgelegt. »Mach's gut, Alter!« stand daneben in krakeligen Buchstaben auf einem schmuddeligen Papierstreifen.

Elfriede spürte einen Kloß im Hals. Sie musste an Oliver denken. Wenn das alles war, was einer mit siebzehn Jahren als Abschiedsgruß von seinen irdischen Freunden zu erwarten hatte, na Servus! Entschlossen drückte sie die sentimentalen Anwandlungen beiseite. So waren die Kids von heute nun mal – wortkarg und sparsam mit ihren Emotionen. Und sie war schließlich nicht hier, um die Poesie von Trauerbotschaften zu bewerten, sondern um zu ermitteln. Auch wenn es unwahrscheinlich war, dass die Spurensucher der Polizei etwas übersehen hatten. Elfriede hatte gelernt, ihrer Intuition zu vertrauen. Das hatte ihr schon in einigen Fällen geholfen. Einmal hatte ihr ein Traum den entscheidenden Hinweis gegeben, obwohl Klaus und alle anderen sie für verrückt erklärt hatten.

Elfriedes Bauchgefühl meldete sich am besten am Tatort. Vorsichtig drehte sie die bröckeligen Steine einen nach dem anderen um. Ein paar welke Blütenblätter zerbröselten unter ihren Händen. Rosen, da waren sie wieder sentimental, die Youngsters. Sie hob die Baseballkappe hoch und spürte etwas zwischen ihren Fingern. Eine Kette? Vorsichtig zog sie daran und hakte sie aus der Mützenschnalle. Sie hielt ein Kreuz zwischen ihren Händen. Oder war es ein Schwert? Der Anhänger war silbern-schwarz und hatte am Querbalken links einen einfachen und rechts einen gezackten Bogen. Irgendwie kam ihr das Motiv bekannt vor.

»Gehört mir«, sagte eine Stimme im Pubertätsbass, drei Frequenzen zu tief, um als richtig männlich zu gelten. Elfriede drehte sich um und sah in die schmalen Augen eines Jungen, der die Hände in die Taschen seiner schwarzen Lederjacke versenkt hatte. Seine Haare hatte er sorgfältig mit viel Gel in Stacheln gezwungen, den Nacken rasiert. Wahrscheinlich blockierte er dafür morgens stundenlang das Bad.

»Ist mir vorhin runtergefallen.«

Elfriedes Blick wanderte zu seinen Füßen: Skaterschuhe. Die passten zur Jacke ebenso wenig wie zur Frisur. Der junge Mann schien ein Faible für Widersprüche zu haben. Er sah sie herausfordernd an. Hinter ihm schmiegten sich zwei schwarz gewandete Gestalten aneinander, ein Junge und ein Mädchen mit bleichen Gesichtern. Der Junge war deutlich kleiner und jünger als das Mädchen. Trotz der vielen Schminke ließ sich erkennen, dass sie Geschwister sein mussten. Die Ähnlichkeit war unübersehbar.

»Emos«, diagnostizierte Elfriede. Oliver hatte ihr das Wort mal hingeworfen, als sie nach den Typen mit den schwarz gefärbten Haaren und dunkel geschminkten Augen fragte, die mit ihren Nietengürteln und Vanschuhen vor der Schule herumlungerten.

»Emos heulen die ganze Zeit nur rum, wie scheiße die Welt ist«, so das Zitat ihres Sohnes.

Stimmte das? Elfriede musterte das Pärchen neugierig. Die Emos dagegen betrachteten die Szene mit offensichtlicher Gleichgültigkeit. Der Skater hatte jetzt seine Daumen in die Hosentaschen gehakt und fixierte weiterhin Elfriede. Wer sich bewegt, verliert, dachte Elfriede. Spiel mir das Lied vom Tod. Jetzt fehlte nur noch die Mundharmonika. Stattdessen flog eine Krähe krächzend über ihre Köpfe hinweg.

Elfriede streckte die Hand mit der Kette aus. »Was ist das?«, fragte sie.

Der Junge verengte die Augen wie weiland Charles Bronson. Elfriede kannte den Blick von Oliver. Jetzt nur nicht lachen.

»Hardy Boyz«, erklärte der Skater und nahm ihr die Kette aus der Hand.

»Geht's auch ein bisschen präziser?«, drängelte Elfriede.

»Nö«, pampte die Lederjacke zurück. »Wer von Wrestling keine Ahnung hat, blickt das sowieso nicht.«

»Wrestling also«, murmelte Elfriede vor sich hin. »Stand Alexander auch darauf?«

»Schon wieder Pech gehabt«, erwiderte der Junge. »Wollen Sie noch einen dritten Versuch?«

»Mann, Tom, lass uns gehen«, drängelte die Emo-Frau von hinten. »Bringt doch sowieso nichts. Weiß nicht, was wir hier noch wollen.«

»Vielleicht um Alexander trauern?«, wagte sich Elfriede vor.

»Ach der«, nörgelte die Schwarzgewandete, »das war doch klar, dass es den mal erwischt.«

Sie drehte sich um und zog ihren Kumpel mit sich. Tom folgte ihnen.

»Moment mal«, sagte Elfriede und stellte sich den drei Jugendlichen in den Weg. »Was soll das heißen?«

»Nichts, Oma«, wiegelte Lederjacken-Tom ab. »Aller guten Dinge sind drei. Und du hast es nicht gecheckt.«

Seufzend blickte Elfriede ihnen nach. Sie war weder überrascht noch beleidigt.

So ganz unbekannt war ihr diese Art, auf Erwachsene zu reagieren, ja nicht. Aber sie hätte gern gewusst, was das Mädchen mit seiner Bemerkung andeuten wollte, dass es Alexander ohnehin erwischen würde. Ihr war klar, dass sie noch ganz am Anfang stand, sie musste unbedingt mehr über Alexander und sein Leben erfahren.

Sie drehte sich um und betrachtete den Fundort der Leiche. Welch trostloser Ort. Was war hier geschehen? Womit hatte man Alexander erschlagen? Mögliche Tatwaffen gab es hier ja genug, dachte sie und stieß mit der Fußspitze gegen ein Eisenrohr. Und wieso ausgerechnet hier? Was hatte Alexander an der Turnhalle seiner Schule getrieben? Elfriede wurde sich bewusst, dass sie nicht einmal den ungefähren Todeszeitpunkt des Jungen kannte. Sie brauchte unbedingt mehr Informationen.

»Was haben Sie hier zu suchen?«

Eine barsche Stimme riss sie aus ihren Überlegungen. Auf einem kleinen Sandhügel stand ein Mann mit aschblonden Haaren. Straßenköterblond, dachte Elfriede.

»Und Sie?«, fragte sie zurück.

Der Mann schien überrascht über ihre Reaktion. Er zögerte kurz.

»Ich bin hier der Hausmeister. Das Betreten des Geländes ist verboten. Für schaulustige Gaffer erst recht«, fügte er mit geringschätzigem Ton hinzu.

Elfriede ignorierte seine letzte Bemerkung. Sie holte ihre Zigaretten hervor, öffnete die Schachtel und ging dabei langsam auf den Mann zu.

»Möchten Sie?«, fragte sie. Er zögerte kurz, griff dann aber zu. Elfriede zündete sich selbst eine an und reichte dem Hausmeister das Feuerzeug.

»Kannten Sie Alexander Köster?«, fragte sie.

Der Mann zuckte mit den Schultern. »Wie man die Schüler hier so kennt. Man sieht sie mal auf dem Schulhof oder dem Gang oder wenn sie zum Sozialdienst abkommandiert werden, um die Stufen zu fegen oder Abfall einzusammeln.«

Er zog an seiner Zigarette.

»Wurde Alexander oft zum Sozialdienst abkommandiert?«

Der Hausmeister lachte kurz auf. Ein trockenes Lachen. »Der doch nicht, der stand höchstens mit seiner Traube von Leuten hinter den Bäumen, um eine zu rauchen. Der hat nicht gearbeitet. Der hat arbeiten lassen.«

Mit einem Seitenblick auf die Blumen und Kerzen meinte Elfriede: »Anscheinend bin ich nicht die einzige, die das Gelände betritt.«

»Diese verdammten Gören. Denen kann man tausend Mal sagen, dass es gefährlich ist, die hören sowieso nicht. Jeden Tag treiben die sich hier rum. Vor allem dieser beste Kumpel von Alexander, Thomas. Dem zieh ich eines Tages die Hammelbeine lang.«

»Thomas? Und wie weiter?«

Der Hausmeister warf die Kippe auf den Boden und trat sie aus. »Hören Sie, was soll das? Sind Sie von der Presse, dass Sie so viele Fragen stellen? Verschwinden Sie jetzt lieber, sonst werd ich ungemütlich. Hier gibt es nichts zu sehen.«

Elfriede machte eine kleine Verbeugung. »Ich füge mich, Herr Hausmeister.«

Sie wandte sich zum Gehen.

»Ach, bevor ich es vergesse. Mein Name ist Schmittke. Darf ich Ihren Namen auch wissen?«

Der Mann schien verblüfft. »Klagbauer. Martin Klagbauer.«

»Danke«, sagte Elfriede, drehte sich um und ging.

Wieder vor dem Schulgebäude überlegte sie kurz, hineinzugehen. Aber jetzt würde sie dort niemanden antreffen. Sie nahm es sich für den folgenden Morgen vor. Was nun? Sie könnte Carmen anrufen, aber die traf sie eh morgen Abend, da war es sicher leichter, ihr etwas zu entlocken. Blieb ein Besuch bei Alexander zu Hause. Ein kurzer Blick auf die Uhr verriet ihr, dass es schon später Nachmittag war. Die Versuchung, in ihre Wohnung zurückzukehren, war groß. Und was sollte aus dem Einkauf werden?

Alexanders Vater hatte ihr nur zwei Tage gegeben, um eine erste Spur zu finden, das war verdammt wenig Zeit. Es half alles nichts. Sie musste Alexanders Familie besuchen.

Aber vorher musste sie Klaus anrufen, damit er dafür sorgte, dass diese Mistkarre von Auto wieder ans Laufen kam.

Das weiße Walmdachhaus lag nur ein paar Straßen vom Zentrum Hofheims entfernt, eben jenen Straßen, die das schmucke

Einfamilienhausgebiet am Kapellenberg von den Wohnstätten der nicht so gut betuchten Hofheimer im Tal trennte. Es war das letzte in der Sackgasse. Dahinter begann ein Spazierweg durch die Streuobstwiesen, die sich am Fuß des letzten Taunusausläufers erstreckten. Nicht mehr lange, wenn man der Hofheimer Zeitung glauben wollte. Die Wiesen sollten in ein Neubaugebiet umgewandelt werden, damit hier mehr Leute wie Köster eine adäquate Behausung finden konnten. Im Unterschied zu Köster gab es aber eine Menge anderer Lebewesen, die nur in diesem Biotop leben konnten und vom Aussterben bedroht waren. Noch tobte der Streit im Bauausschuss, doch eine Mehrheit hatte sich schon dafür ausgesprochen, die alten Obstbäume samt Erde für viel Geld an einen anderen Ort zu verpflanzen. Schließlich würde Vorderheide II, so der Planungstitel, Hunderttausende von Euros in die Kassen spülen – die der Stadt Hofheim und der Grundbesitzer.

Eine Kirschlorbeerhecke rahmte den Vorgarten der Kösters ein, so dass man nur durch ein kleines weißes Gittertor eintreten konnte. Elfriede folgte dem Weg aus Natursteinen, wich dem beschnittenen Buchsbaum neben der Haustüre aus und drückte auf die Messingklingel, unter der kein Namensschild zu finden war. Die Frau, die ihr die Tür öffnete, war eine dieser Blondinen, die ihren Porzellanteint selbst mit vierzig noch für eine Kosmetikanzeige vorzeigen konnten. Schlank war sie auch noch, registrierte Elfriede mit einem kurzen Blick auf das knapp sitzende schwarze Kostüm. Man bestelle eben die richtigen Gene im Universum, dachte sie und schalt sich im gleichen Augenblick wegen ihres Neides. Verdammt, die Frau hatte gerade ihren Sohn verloren. Elfriede forschte nach Spuren von Trauer und entdeckte sie unter dem Concealer, mit dem Frau Köster ihre Augenringe kaschiert hatte. Sie streckte ihre Hand aus:

»Schmittke. Bitte entschuldigen Sie den Überfall. Ihr Mann …«

»Ja?«, erwiderte die Blonde, ein Taschentuch zwischen ihren Händen knetend. Elfriede zog ihre Hand zurück, setzte aber reflexhaft einen Fuß über die Türschwelle, um das Terrain zu sichern.

»Frau Köster«, sagte sie, »ich möchte Ihnen mein Beileid ausdrücken. Ein schreckliche Geschichte, das mit Alexander. Ich habe auch einen Sohn – glauben Sie mir, ich fühle mit Ihnen.«

Das starre Gesicht zeigte unter dem sorgfältigen Make up eine leichte Regung.

»Jetzt geht es darum, den Schuldigen zu finden«, fuhr Elfriede fort. »Ihr Mann hat mich engagiert. Sozusagen als Unterstützung der Polizei. Ich hätte da noch ein paar Fragen. Darf ich reinkommen?«

Frau Köster trat einen Schritt zur Seite und gab den Weg frei in einen geräumigen Flur, in dem eine antike Anrichte stand. Das Wohnzimmer hatte ungefähr die Ausmaße von Elfriedes gesamter Drei-Zimmer-Wohnung. Dafür war es umso sparsamer möbliert: eine weiße Ledercouch, ein Lesesessel, ein Intarsientisch, zwei, drei moderne Lampen und eine Zwillingsschwester der antiken Anrichte vom Flur, diesmal mit weißen Lilien in einer Porzellanvase dekoriert. Schöner Wohnen, dachte Elfriede, nirgendwo eine dreckige Socke, unbezahlte Rechnungen oder angebissene Hamburger. Feng Shui in Reinkultur. Mit Oliver nicht zu machen. Wie schafften das die Leute nur? Frau Köster wies auf den Dreisitzer und ließ sich selbst auf dem Lesesessel nieder.

»Darf ich Ihnen etwas anbieten?«

Elfriede nickte: »Vielleicht ein Glas Wasser, wenn es keine Umstände macht.«

Während ihre Gastgeberin in der Küche verschwand, fiel Elfriedes Blick auf die Fotos, die auf einem kleinen Wandregal standen. Eine freundliche ältere Dame, ein rothaariges Mädchen mit Zahnspange, das Ehepaar Köster, Arm in Arm vor dem Standesamt. »Forever, Wolfgang und Irene!« hatte jemand darunter geschrieben. In dem Rahmen daneben blickte ein blonder Jugendlicher männlich herausfordernd in die Kamera. Alexander?

»Viele halten ihn für älter«, sagte Irene Köster und stellte das Tablett mit dem Kristallglas und einer Flasche Perrier auf den Tisch, » weil er mit siebzehn schon diese Präsenz hat, diese Stärke.«

Dann hielt sie sich die Hand vor den Mund, als sei sie über ihren eigenen Satz erschrocken.

»Ich meine, hatte. Wissen Sie, ich bin den ganzen Tag alleine hier, Wolfgang arbeitet, Carolin ist in der Schule. Da lebt man in seiner eigenen Welt. Und manchmal denke ich, er kommt gleich zur Tür rein.«

Sie faltete das Taschentuch auseinander und schnäuzte sich vorsichtig die Nase.

»Hatte er vor etwas Angst oder mit irgendjemandem Probleme?«, fragte Elfriede.

Frau Köster zuckte mit den Schultern. »Nicht, dass ich wüsste. Aber eigentlich habe ich von seinem Leben kaum noch etwas mitbekommen. Oft kam er nach der Schule nicht mal mehr zum Essen nach Hause. Wie das so ist mit den Jugendlichen. Die schweigen sich aus in dem Alter.«

Elfriede nickte verständnisvoll und überlegte, ob Olivers Kinovorstellung schon zu Ende war. Hatte er gesagt, dass er anschließend noch etwas unternehmen wollte? Sie schüttelte den Gedanken ab.

»Entschuldigen Sie, das ist sicher sehr schwierig für Sie, aber ich muss Ihnen diese Fragen stellen. Erzählen Sie mir doch bitte, wann genau man Alexander gefunden hat und was in der Zeit vorher passiert ist.«

Frau Köster nickte, wobei sich Elfriede nicht ganz sicher war, welchem Teil des Satzes sie zustimmte. Mit leiser Stimme gab sie Auskunft.

»Gefunden hat man ihn letzte Woche Dienstag, morgens, ganz früh. Die Sonne ging wohl gerade erst auf. In der Nacht vorher habe ich mir schon schreckliche Sorgen gemacht. Alexander kam zwar oft spät heim, aber er blieb nie über Nacht weg. Das duldete mein Mann nicht, die Schule stand an erster Stelle. Wir haben die Polizei gerufen, aber …« Ihre Stimme brach.

»Wussten Sie denn, wo Alexander am Montag hin wollte?«

Frau Köster fasste sich. »Nein, ich habe nicht einmal mitbekommen, dass er wegging. Zum Abendessen war er noch da, dann verzog er sich auf sein Zimmer. Als ich etwas später seine Bügelwäsche einräumen wollte, war er verschwunden.«

»Ich habe einen jungen Mann kennengelernt, ich glaube, er war ein Freund Ihres Sohnes. Kennen Sie einen gewissen Thomas?«

»Tom, ja. Thomas Mahler. Er war Alexanders bester Freund. Da fällt mir ein, er war Montagnachmittag kurz hier. Die beiden haben sich an der Tür unterhalten, aber er kam nicht herein. Ich weiß nicht, um was es ging.«

»Kennen Sie auch ein junges Geschwisterpärchen? Die beiden tragen wohl meistens Schwarz und sind stark geschminkt.«

Frau Köster schüttelte den Kopf. »Nein. Alexander brachte nicht oft Freunde mit nach Hause.«

»Dürfte ich Alexanders Zimmer sehen?«

Irene Köster strich ihren Rock glatt, erhob sich und stieg im Flur vor Elfriede die Pinientreppe hinauf in den ersten Stock. Vor einer weißen Tür am Ende des Ganges blieb sie stehen. Ein Metallschild war über der Klinke angebracht. »Wehe!« entzifferte Elfriede und merkte, wie sie unwillkürlich zurückschreckte. Aber Irene Köster schien das Schild nicht zu beeindrucken – nicht mehr, wahrscheinlich. Sie öffnete die Tür und trat beiseite. Elfriede zwang sich zur Konzentration. Ein Futon, ein paar Stahlregale mit den üblichen Ballerspielen – GTA, Battlefield und Call of Duty –, ein Laptop und eine Spielekonsole. Keine

Fotos, keine Briefe, keine Bücher. Ein *digital Native*, so hieß das wohl heutzutage. Alexander schien all jene Skeptiker zu bestätigen, die behaupteten, die heutige Jugend würde ohnehin nicht mehr lesen. In der Ecke des Zimmers entdeckte Elfriede einen Punchingball und wies darauf.

»War er sportlich?«

»Sehr«, flüsterte Irene Köster. »Den hatte er von meinem Mann, zum Trainieren.«. Sie wandte sich wieder zum Gehen. »Die Polizei hat hier schon alles durchsucht.«

Elfriede blieb in der Tür stehen. »Haben die Beamten etwas gefunden?«

»Einen größeren Geldbetrag.«

»Wie groß?«

»Etwa fünftausend Euro.«

»Das ist viel Geld. Woher hatte er das?«

Irene Köster zuckte abermals mit den Schultern. »Wie ich schon sagte, er hat nicht mehr viel mit mir gesprochen. Ich kam gar nicht mehr an ihn ran.« Sie lachte bitter. »Da haben mir auch meine zwei Semester Psychologie nichts genutzt.«

2.

Der Wecker machte einen ohrenbetäubenden Lärm. Noch verschlafen und mit blinzelnden Augen sah Elfriede auf die Uhr. Sieben. Natürlich. Schließlich klingelte der Wecker jeden Morgen um diese Uhrzeit. Die Regionalbahn, die kurz zuvor an ihrem Schlafzimmer vorbeigerattert war, hörte sie schon gar nicht mehr. Sie widerstand der Versuchung, sich noch einmal kurz auszustrecken, und raffte sich auf. Schlurfend ging sie in den Flur, klopfte an Olivers Tür, bis sie sein unterdrücktes Fluchen hören konnte, und ging weiter in die Küche. Ratlos besah sie ihre Vorräte und entschied sich, Oliver Toast mit Schmierkäse zu machen. Nebenbei setzte sie das Kaffeewasser auf. Oliver, die blonden Locken noch ganz zerzaust, schleppte sich herein und hockte sich auf seinen Platz. Er verzog das Gesicht beim Anblick seines Frühstücks, sagte aber nichts, sondern goss sich ein Glas Milch ein.

»Boah, bin ich müde«, stöhnte er.

»Kein Wunder, wenn du so lange im Chat hockst.« Diesen Kommentar konnte sich Elfriede nicht verkneifen. »Die halbe Nacht konnte ich die Dongdong-Nachrichten von deinem Facebook-Chat hören.«

»Na typisch, gleich geht das Gemecker wieder los. Danke, Mama, da macht schon der ganze Tag keinen Spaß mehr.«

Oliver knallte das Glas auf den Tisch, dass die Milch überschwappte, schnappte sich den Toast und verschwand im Bad.

Seufzend setzte sich Elfriede mit einer Tasse Kaffee an den Frühstückstisch und nahm sich die Notizen vor, die sie gestern Abend noch geschrieben hatte. Sie sortierte die einzelnen Zettel nach der ihr eigenen, chaotischen Methode neben- und untereinander und vertiefte sich in den Fall. Sehr viel hatte sie noch nicht herausbekommen, aber zumindest hatte sie einen ersten Eindruck gewonnen. Sie musste unbedingt mit diesem Tom Mahler sprechen, vielleicht hatte der eine Ahnung, was Alexander an dem Abend vorgehabt hatte. Sie wollte heute in die Schule, vielleicht hatte sie Glück und traf ihn dort. Das Emo-Mädchen musste sie auch ausfindig machen. Und was hatte es mit diesen fünftausend Euro auf sich? Wie kam ein Siebzehnjähriger an so viel Geld?

Elfriede wollte sich gerade die wichtigsten Fragen notieren, als sie von der Türklingel unterbrochen wurde. Jemand klingelte Sturm. Um diese Uhrzeit? Was sollte das denn? Verärgert über den Lärm öffnete sie mit einem Ruck die Haustür. Verblüfft starrte sie auf ihr Gegenüber.

»Du? Was machst du denn hier?«

Tante Ingeborg, in der Hand die abgewetzte braune Reisetasche, die Elfriede schon seit ihrer Kindheit kannte, schob sich energisch an ihr vorbei.

»Na was schon! Ich bin gekommen, um dein Kind zu retten. Ich habe den Frühzug genommen.« Sie drehte sich zu Elfriede und knöpfte ihren weinroten Wollmantel auf, in dem sie aussah wie ein quadratisches Nachttischschränkchen. Sie breitete die Arme aus. »Willst du mich nicht begrüßen?«

Verwirrt schloss Elfriede die Tür. »Wie jetzt? Mein Kind retten?«

Tante Ingeborg, einen Kopf kleiner als Elfriede, umarmte ihre Nichte und marschierte in die Küche. »Oliver hat mich gestern angerufen. Er sagte, er verhungert hier und sein Lieblings-Shirt läge schon seit Wochen, wenn nicht gar Monaten, wahrscheinlich seit Jahren im Wäschekorb und hätte bestimmt schon Schimmelflecken.«

Ihre Tante warf Elfriede einen prüfenden Blick zu. »Ehrlich gesagt, wundert mich das gar nicht. Du bist ja noch nicht einmal angezogen.«

Ingeborg nahm einen Lappen von der Spüle und wischte die verschüttete Milch vom Tisch. »Ich habe dir doch gleich gesagt, dass die Trennung ein Fehler war.«

»Also, ich bitte dich! Klaus hat mich betrogen.«

»Ja und? Deshalb geht man doch nicht gleich auseinander. Das Techtelmechtel mit dieser Jungredakteurin ist irgendwann zu Ende. Dann wäre schon wieder alles ins Lot gekommen. Die ist doch sowieso nur hinter seinem Geld her.«

Sprachlos starrte Elfriede ihre Tante an. Sie wollte etwas sagen, öffnete den Mund, schloss ihn wieder, drehte sich stattdessen um und schrie: »Oliver!«

Der stand aber schon in der Tür und grinste von einem Ohr bis zum anderen.

Tante Ingeborg schoss auf ihn zu und umarmte ihn heftig. Voller Verwunderung betrachtete Elfriede, die ihren Sohn höchstens noch heimlich drücken durfte und das auch nur, wenn es ihm genehm war, das Schauspiel. Ganz bestimmt durfte sie ihn schon lange nicht mehr so abküssen, wie er es sich gerade von ihrer Tante gefallen ließ.

»Und jetzt?«, fragte Elfriede nur.

»Na, das ist doch klar. Jetzt bringe ich das Schiff hier erst einmal auf Vordermann«, sagte Tante Ingeborg und begann, Elfriedes Notizen fein säuberlich aufeinanderzustapeln.

Diesmal war der Fiesta angesprungen. Elfriede war sich nicht sicher, ob es daran lag, dass Klaus sich das Auto zwischenzeitlich angesehen hatte oder die allumfassende Kraft des Universums den Motor wieder zum Laufen gebracht hatte. »Ich bin vollkommen und stark « – Carmens Mantra klang zwar irgendwie doof, aber im Angesicht von Tante Ingeborg konnte es keinesfalls schaden. Also hatte sie es trotz aller Zweifel vor sich hingemurmelt, als sie fluchtartig das Haus Richtung Bornstraße verließ, im Rücken das Geräusch des brummenden Staubsaugers. Ingeborg nahm anscheinend gerade das halbe Zimmer am Ende des Flurs in Beschlag, das bisher als Abstellkammer gedient hatte.

Energisch trat Elfriede aufs Gaspedal, nur um Minuten später von der rotweißen Bahnschranke gestoppt zu werden. Sie fluchte. Ein aufgebrachter Lorsbacher klopfte an das Autofenster und bedeutete ihr mit Gesten, den Motor abzustellen. Elfriede hob entschuldigend die Hände. Lieber die Umwelt schänden als ein zweites Mal zu Fuß gehen. Wer wusste schon, ob die Karre wieder ansprang.

Gefühlte Stunden später erreichte sie die Schule. Der Parkplatz war zwar für Lehrkräfte reserviert, aber Elfriede hoffte auf ihr Glück. Schließlich hatte der Unterricht schon begonnen. Und hinter den Fahrradständern war tatsächlich noch eine Lücke für den Wagen. Kleine Autos hatten auch ihre Vorzüge. Als Elfriede das altertümliche Gebäude betrat, wehte ihr der muffige Geruch entgegen, der typisch war für Häuser, in denen sich viele Menschen aufhielten. Und dazu dieser Bohnerwachsgestank. Die Marke schien seit den sechziger Jahren im Einsatz zu sein. Elfriede schüttelte sich und orientierte sich kurz an den Hinweisschildern: 5b, 6c, Kunstraum, Toiletten, nur der Weg zum Sekretariat wurde nicht angezeigt. Offensichtlich wollte der Rektor samt Vorzimmerdame von Schülern und Eltern nicht belästigt werden. Glücklicherweise schlüpfte ein spilleriges Mädchen aus der Toilettentür.

Elfriede hielt sie am Ärmel fest: »Das Schulsekretariat?«

Das Mädchen wies mit dem Finger nach oben: »Erster Stock!« Dann verschwand sie lautlos in einer Klasse. Elfriede stieg die breite Steintreppe empor, klopfte an die Tür und betrat forsch den Raum, ohne auf eine entsprechende Aufforderung zu warten.

Die blonde Frau hinter der Empfangstheke, die gerade etwas auf ihrer Computertastatur tippte, drehte sich überrascht um.

Sie war jung und hübsch, trug aber einen naiven Zug um den Mund.

Zur Abwechslung mal kein Drachen, dachte Elfriede und schalt sich wegen ihrer Vorurteile: Nicht jede Schulsekretärin war alt und verkniffen. Dieses außergewöhnliche Exemplar hier lächelte sie auch noch freundlich an.

»Schmittke«, stellte Elfriede sich vor. »Ich würde gern Ihren Schulleiter sprechen.«

»Herr Doktor Tannenberg führt gerade ein wichtiges Telefonat. Vielleicht kann ich Ihnen ja weiterhelfen? Worum handelt es sich denn?«

»Ach, dann warte ich halt ein bisschen«, meinte Elfriede und setzte sich auf den Hocker neben der Eingangstür. »Aber ich wäre Ihnen dankbar, wenn Sie mir in der Zwischenzeit etwas über den Mord auf dem Schulgelände erzählen könnten.«

Das Lächeln verschwand.

»Ich bin Privatdetektivin«, fügte Elfriede hinzu.

Die junge Frau schaute immer noch skeptisch, zuckte dann aber mit den Schultern. »Eine schlimme Sache ist das«, meinte sie. »Die armen Eltern.«

»Mochten Sie ihn?«

Die Sekretärin zuckte mit den Schultern. »Das spielt ja wohl keine Rolle.«

»Sie mochten ihn also nicht. Warum nicht? War er unhöflich?«

Die Sekretärin strich ihren Rock glatt. »Es gab Beschwerden. Erst vor drei Wochen war …«

Die Tür zum Nebenraum öffnete sich und ein Mann, mit Papieren in der Hand, betrat den Raum. Seine Haare hatten den Grauton seines Anzugs. Elfriede stand auf.

»Frau Klagbauer, bitte kopieren Sie dieses Rundschreiben und legen es in die Lehrerfächer.«

Elfriede stutzte. Den Namen Klagbauer hatte sie doch schon gehört?

»Herr Doktor Tannenberg, das ist Frau Schmittke. Sie möchte mit Ihnen über Alexander sprechen.«

»Ich gebe keine Interviews«, wehrte Dr. Tannenberg ab.

»Ich bin nicht von der Presse«, erwiderte Elfriede. »Der Vater des Jungen hat mich beauftragt, in dem Fall zu ermitteln.«

»Es wäre mir lieber, Sie würden einen Termin ausmachen«, sagte Dr. Tannenberg. »Wir haben hier mit diesen Protesten gegen die Bildungspolitik ohnehin jede Menge um die Ohren. Das Kultusministerium beschließt etwas und wir müssen es ausbaden. Dazu die Polizei im Haus wegen dieser unschönen Sache. Aber der normale Schulbetrieb muss ja weitergehen. Die Lehrer sind über Gebühr belastet.« Er schaute Frau Klagbauer fragend an. »Haben Sie die Vertretungspläne schon ausgehängt?«

»Es dauert nicht lang«, sagte Elfriede.

»Na, dann kommen Sie.« Offensichtlich widerwillig öffnete Dr. Tannenberg die Tür zu seinem Zimmer. »Aber viel Zeit habe ich nicht, das sage ich Ihnen gleich.«

Mit einer Geste wies er Elfriede den niedrigen Stuhl vor seinem imposanten Schreibtisch zu. Sie registrierte den alten Bücherschrank mit den Glasscheiben, hinter denen die Brockhausausgaben von A bis Z in Reih und Glied standen, das antike Schreibset mit Tintenfass und Feder auf der ledernen Unterlage und die Gesamtausgabe von Schiller im Bücherregal neben der Tür. Einen klitzekleinen Moment lang war sie wieder zehn und spannte die Muskeln an in Erwartung des Verweises. Lächerlich. Elfriede schüttelte die Erinnerung ab und setzte sich aufrecht hin. Sie war erwachsen und Ermittlerin, und zwar eine gute. Dr. Tannenberg musterte sie scharf von der gegenüberliegenden Seite des Schreibtisches.

»Sie sind Privatdetektivin? Darf ich Sie bitten, sich auszuweisen?«

Elfriede reichte ihm die Vollmacht, die sie sich auf dem Weg zur Schule noch schnell von Köster hatte ausstellen lassen.

»Selbstverständlich.«

Während der Rektor die Angaben studierte, verschaffte sie sich einen Eindruck von seiner Person: Mitte fünfzig, graue, gescheitelte Haare, korrekt gebundene blaue Krawatte. Ein Korinthenkacker, hätte ihre Freundin Carmen gesagt. Mangelnder Energiefluss, gehemmte Kreativität. Dr. Tannenberg gab ihr das Papier zurück.

»Ich wüsste nicht, womit ich Ihnen dienen könnte«, fuhr er fort. »Die Polizei hat hier schon ermittelt. Ich verstehe nicht, wozu Herr Köster noch eine Privatdetektivin braucht.«

»Der Mörder ist noch nicht gefasst«, wandte Elfriede ein.

»Bei uns sind Sie da an der falschen Adresse«, sagte Dr. Tannenberg und rückte das Tintenfass seines Schreibsets einige Zentimeter vor, so dass es neben dem Behälter mit der Feder zu stehen kam.

»Dieser Vorfall ist ganz und gar bedauerlich, aber er hat mit dem Prinz-von-Nassau-Gymnasium im Grunde nichts zu tun. Konflikte gibt es hier nicht. Wir haben ein Streitschlichter-Programm ab der fünften Klasse, dafür sind wir sogar ausgezeichnet worden. Alexander war ein mustergültiger Schüler mit guten Noten und bestem Sozialverhalten. Im nächsten Jahr hätte er sein Abitur gemacht. Der Täter muss in einem anderen Umkreis zu suchen sein.«

Elfriede beugte sich ein Stück vor: »Was macht Sie da so sicher? Immerhin ist der Tote auf dem Schulgelände gefunden worden!«

Der Schulleiter lehnte sich zurück und schaute aus dem Fenster. »Ach, die Baustelle. Da treibt sich leider allerhand Gesindel herum, wir haben schon Eingaben an die Stadt gemacht, damit dieser Zustand endlich beendet wird. Unseren Schülern ist es strikt verboten, das Gelände zu betreten. Der Sportunterricht findet derzeit in der Helene-Weigel-Schule statt.«

Die Tür öffnete sich und die blonde Sekretärin steckte den Kopf herein. »Der Schulrat«, flötete sie, »er sagt, es sei dringend.«

Dr. Tannenberg stand auf. »Sie sehen, Frau, äh …, ich kann Ihnen leider nicht weiterhelfen.«

Elfriede blieb noch einen Moment sitzen. »Ich hätte gerne ein Verzeichnis von Alexanders Klassenkameraden«, insistierte sie. »Und ich möchte mit den Lehrern reden.«

»Tut mir leid, damit kann ich Ihnen nicht dienen«, antwortete Dr. Tannenberg und leitete sie am Ellbogen aus der Tür hinaus. »Ich bitte um Ihr Verständnis. Datenschutz. Was die Lehrer angeht … Die Kollegen haben durch die polizeilichen Ermittlungen schon zu viel Zeit verloren. Wir sind gerade in der Zeit der Zeugniskonferenzen. Wie ich schon sagte: Der Betrieb muss hier weitergehen.«

Er verzog seinen Mund zu einem Verständnis heischenden Direktorenlächeln und schloss die Tür. Elfriede fand sich im Vorzimmer wieder.

»Er hat viel um die Ohren«, sagte Frau Klagbauer entschuldigend, während sie schwarze Leitz-Ordner in das Regal neben ihrem Schreibtisch einsortierte.

»Sie aber auch«, bemerkte Elfriede. »Das muss ein harter Job sein. Ich könnte mir vorstellen, dass Sie nicht nur den Schulbetrieb am Laufen halten, sondern auch noch ein offenes Ohr für die Schüler haben.«

»Da sagen Sie was.« Ein leichter Brummton unterstrich die Aussage.

»Diese Beschwerden über Alexander«, fragte Elfriede, »worum ging es da?«

Die junge Frau senkte den Kopf und starrte angespannt auf den Ordner, den sie gerade in den Händen hielt. »Eigentlich darf ich es Ihnen ja nicht sagen«, flüsterte sie.

»Ich wette, dass Sie viel mehr über diese Schule wissen als Ihr Chef«, schob Elfriede nach. »Sie kennen bestimmt einen Mitschüler, mit dem ich mich mal unterhalten sollte.«

Frau Klagbauer schien zu zögern.

Elfriede stellte ihre Handtasche auf die Theke. »Ich gehe mal kurz zur Toilette, könnten Sie auf das hier aufpassen?«

Die Sekretärin nickte.

Vor der Tür zählte Elfriede zweimal bis fünfzig, dann kehrte sie in den Raum zurück.

»Vielen Dank, ich wünsche Ihnen noch einen schönen Tag«, verabschiedete sie sich mit einem Lächeln.

Draußen öffnete sie ihre Handtasche.

Sie fand einen Zettel: »Sandy Schwarz, 11a.«

Die Schulglocke schrillte und die leeren Flure füllten sich auf einen Schlag mit wuselnden Schülern. Elfriede bahnte sich einen Weg durch eine Gruppe Jungen, die sich die Treppe hinunterschubsten und drängelten. Im Erdgeschoss blieb sie einen Moment stehen. Den Flur rechts hinunter musste der Raum der 11a sein. Noch immer strömten die Schüler aus den Klassenräumen, juxend und johlend, die Mädchen kichernd. Lehrer sein ist auch kein einfacher Job, dachte Elfriede, allein die Lautstärke bringt einen ja um. Sie drehte den Kopf, um das Schild an der Klassentür zu entziffern und stieß mit einem langhaarigen Teenager zusammen.

»Tschuldigung«, murmelte Elfriede, »ich suche Sandy Schwarz aus der 11a. Kannst du mir sagen, wo der ist?«

Der Jesus-Verschnitt deutete mit dem Daumen hinter seinen Rücken. »Wie ich den kenne, hängt der bestimmt schon wieder auf dem Klo und kotzt.«

Elfriede zögerte nur kurz, dann legte sie die Hand an die Türklinke und betrat die Jungentoilette. Im Waschraum sah sie einen schlanken Mann, offensichtlich Lehrer, mit Nickelbrille und kurzen, roten Haaren, der sich gerade besorgt über einen Jungen beugte und ihm die Hand auf die Schulter legte.

»Geht's wieder, Sandy?«, fragte er.

Der korpulente Junge hing über dem Waschbecken und hörte gar nicht damit auf, sich kaltes Wasser ins Gesicht zu spritzen. Durch die unbequeme Haltung wurde seine Jeans noch weiter heruntergezogen als sie wahrscheinlich eh schon sitzen sollte und Elfriede hatte freien Blick auf blau karierte Boxershorts mit schwarzem Bund.

»Echt Scheiße!«, sagte Sandy. Seine Stimme konnte sich zwischen hoch und tief nicht entscheiden, was bei zwei Worten bemerkenswert war.

»Ich dachte, jetzt, wo der Arsch tot ist, hört es auf. Aber es hört einfach nicht auf.«

Elfriede fragte sich, ob das Wasser vielleicht auch die Aufgabe hatte, Tränen zu verbergen. Sie ließ die Türklinke los und das Klappern der zufallenden Tür schien die beiden zu erschrecken. Verblüfft starrten sie Elfriede an.

Der Lehrer fasste sich als Erster. »Entschuldigen Sie, dies ist die Jungentoilette.«

»Ich weiß«, sagte Elfriede und fuhr fort, die beiden genau zu betrachten. Vor allem Sandy erregte ihre Aufmerksamkeit, der sie aus hellblauen Augen in einem blassen Gesicht ebenso neugierig ansah.

»Ich war gerade bei Doktor Tannenberg«, sagte sie. »Ich ermittle im Todesfall Alexander Köster und habe mit ihm den Fall besprochen.«

Daran war kein Wort gelogen.

»Deshalb komme ich als Erstes zu Ihnen«, fügte sie hinzu.

Gut, das war eine etwas eigenwillige Deutung der Fakten, aber sie erschien Elfriede sinnvoll.

»Den wird man wohl nie los«, knurrte Sandy und zog sich seine Hose hoch.

»Den Rektor?«

»Ha ha, sehr witzig. Alexander natürlich!«

»Du mochtest ihn nicht?«

Sandy zog die Nase hoch, wischte sich mit dem Ärmel übers Gesicht und griff nach seinem Rucksack, der unter dem Becken stand. »Sagen wir so: Er mochte mich nicht!«

Er schulterte seinen Rucksack und öffnete die Tür.

»Sandy«, rief der Lehrer. »Warte, wir sollten noch reden.«

Der Junge drehte sich abrupt um. »Es gibt nichts mehr zu reden, Mann, wann kapieren Sie das endlich? Das ganze Reden hat nie was genutzt. Ich hab die Nase echt voll und ich mach das nicht mehr mit. Die sollen nur aufpassen, sonst geht es ihnen bald wie Alexander.«

Mit einem wütenden Knall warf Sandy die Tür hinter sich ins Schloss.

Elfriede zog erstaunt die Augenbrauen hoch und wandte sich dem Lehrer zu. Fragend sah sie ihn an.

Der aber zuckte nur hilflos mit den Schultern. »Entschuldigen Sie, ich habe leider keine Zeit. Ich habe Fluraufsicht.«

Elfriede folgte ihm hinaus. »Das macht nichts, ich begleite Sie. Erklären Sie mir doch einfach, was ich da eben gesehen habe.«

»Was haben Sie denn gesehen?«

»Nun, offensichtlich einen sehr wütenden Jugendlichen, der etwas gegen Alexander Köster hatte und lautstark wilde Drohungen gegen andere von sich gibt.«

Der Lehrer, der bisher mit schnellen Schritten den Gang entlanggelaufen war, blieb stehen, wofür Elfriede, leicht schnaufend, dankbar war. Oh Gott, sie musste wirklich etwas für ihre Fitness tun.

»Ich sage Ihnen, was sie gesehen haben. Einen zutiefst verletzten, unglücklichen und verzweifelten jungen Mann haben Sie gesehen. Einen, der getriezt, gehänselt und gedemütigt wird und der schon lange an seine Grenzen gekommen ist.«

»Worum geht es hier?«, fragte Elfriede. »Mobbing?«

Der Lehrer zuckte wieder mit den Schultern. »Das ist wohl das richtige Wort.«

»Ich dachte, Sie haben ein Streitschlichter-Programm?«, konnte Elfriede sich nicht verkneifen.

Die Reaktion war ein trockenes Lachen. »Sagen Sie, mögen Sie Zahlen? Ist Ihnen klar, dass heutzutage jedes zehnte Kind, das aus der Grundschule wechselt, schon Mobbingerfahrung hat? Als Täter oder Opfer? Haben Sie sich mal ausgerechnet, wie viel Zeit ein Lehrer bei dreißig Kindern in fünfundvierzig Minuten für jedes einzelne hat? Haben Sie schon mal nachgefragt, wie viele Stunden der Lehrer seinen Lehrplan über Bord werfen darf, weil er meint, die Situation erfordere es? Dreißig Minuten Klassenrat jeden zweiten Freitagmorgen – was glauben Sie, wie viel Streit Sie da schlichten können?«

Der Mann hatte sich in Rage geredet, beruhigte sich aber ebenso schnell wieder. Auf Elfriede machte er jetzt einen eher resignierenden Eindruck.

»Wie passte Alexander ins Bild?«, fragte sie.

»Wenn Sie mich fragen, ein Täter übelster Sorte«, sagte der Lehrer und nahm seinen Gang, wenn auch langsamer, wieder auf. »Er hatte seinen Spaß daran, andere runterzumachen.«

»Unter anderem diesen Sandy?«

»Auch, ja!«

»Warum Sandy? Weil er dick ist?«

Und ein drittes Mal kam das Schulterzucken. »Vielleicht. Vielleicht ist es die Figur. Vielleicht etwas völlig anderes.

Wer weiß das schon. Es gibt kein Muster. Jeder kann Opfer werden.«

»Laut Direktor Tannenberg war Alexander doch ein vorbildlicher Schüler. Gute Noten, beliebt, bestes Sozialverhalten, wie er sich ausdrückte. Wie passt das mit einem Mobber zusammen?«

»Tja, Mobber haben oft die Aura der Beliebtheit um sich. Anhänger, Mitläufer, Angsthasen. Die guten Noten – ehrlich gesagt, die sind mir ein Rätsel. Bei mir war er von den Leistungen her höchstens Durchschnitt. Wie ich von den Kollegen höre, hat er sich auch in anderen Fächern mündlich nicht besonders hervorgetan. Allerdings hat er sich bei ihnen wohl mit den schriftlichen Arbeiten gerettet. Vorbildlich war er mit Sicherheit nicht. Aber sehen Sie, Lehrer sind auch nur Menschen und sie lassen sich von Mobbern nicht nur täuschen, sondern zuweilen sogar instrumentalisieren.«

»Wie meinen Sie das?«

»Schauen Sie sich selbst an. Das Erste, was Sie eben über Sandy gedacht haben, ist – okay, der Junge ist dick. Grund, ihn zu hänseln. Der Schritt zum nächsten Gedanken ist nicht weit. In dem Moment, in dem Sie denken, dass ein Schüler wirklich etwas auffällig oder anders oder merkwürdig ist und Sie die negativen Reaktionen auf ihn zumindest nachvollziehen können, sind Sie schon in der Mobber-Falle.«

Empört schnappte Elfriede nach Luft. »Ich würde nie …«

»Nein?« Der Mann vor ihr schenkte ihr ein schräges Lächeln. »Sicher?«

Verunsichert dachte Elfriede an ein Gespräch mit Oliver. Hatte sie sich nicht gemeinsam mit ihm neulich beim Mittagessen lustig gemacht über den tollpatschigen Ole? Der Kerl war wirklich ein Unglücksrabe. Kriegte beim Tanzen den Drehwurm, fiel um und schaffte es, sich einen Zahn auszuschlagen. Im Sportunterricht fuhr ihm garantiert irgendjemand mit dem

Mattenwagen über den Zeh. Und unlängst hatte er sich am Punchingball den Finger ausgekugelt. Der Junge tat ihr leid, aber er hatte auch etwas Tragisch-Komisches an sich. Klar, jeder lachte über ihn. Aber Mobbing – das war doch entschieden etwas anderes. Dazu gehörte noch mehr.

Sie sah dem Rothaarigen selbstbewusst ins Gesicht. »Sie sagten, Sandy war nicht der einzige Schüler, der unter Alexander zu leiden hatte. Wer waren die anderen?«

Der Lehrer musste einen Moment nachdenken: »Auf Yvonne Bellinger hatte er sich auch eingeschossen. Aber sie ist sehr verschlossen. Ich war leider nicht in der Lage, ihr zu helfen. Wissen Sie, wenn die Schüler nicht mit einem reden, dann kann man nichts machen. Wir Pädagogen können ja nur unsere Hilfe anbieten.« Er lachte bitter. »Aber das Angebot wird nicht immer angenommen.«

Er wollte fortfahren, aber ein aufgeregter Zehnjähriger mit Sommersprossen kam auf ihn zugestürmt und zog ihn am Ärmel.

»Herr Wenzel, kommen Sie schnell, der Eugen ist wieder unterwegs.«

Der Lehrer zuckte ein letztes Mal mit den Schultern. »Es tut mir leid, Sie sehen ja …«

Dann folgte er dem Schüler im Laufschritt. Elfriede gab es auf, bei seinem Tempo mitzuhalten. Sandy und Yvonne also. Und Alexander ein Mobber. Da hatte der gute Dr. Tannenberg wohl etwas nicht mitbekommen. Oder nicht mitbekommen wollen. Nachdenklich ging sie den Flur hinunter. Die Pause musste bald zu Ende sein, denn die Klassenzimmer rechts und links füllten sich langsam wieder. Beiläufig sah sie aus den Augenwinkeln, wie sich im Raum rechts ein älterer Schüler vor einem viel jüngeren, hochgewachsenen Mädchen aufbaute. Sie hatte lange braune Haare und ein blasses Gesicht. Der Kerl, der sie drangsalierte, hatte ein breites Kreuz und musste mindestens drei Klassen über ihr sein. Das Mädchen wich zurück, aber der Junge rückte ihr auf die Pelle und schob sein Gesicht ganz dicht vor ihres.

»Na, Giraffe!«, sagte er, »wie ist denn die Luft da oben?«

Ein paar jüngere Schüler, die um die beiden herum standen, johlten entzückt auf. Elfriedes Augen wurden schmal. Sie bahnte sich einen Weg durch die Schüler, tippte dem Jungen auf die Schulter und drehte ihm dann mit geübtem Griff den Arm auf den Rücken. Der Kerl war so verblüfft, dass er sich nicht mal wehrte.

»Du hast dich bestimmt in der Klasse geirrt«, zischte sie. »Kann ja mal passieren. Aber ab jetzt lässt du dich hier nicht mehr blicken. Klaro?«

Ihr Griff wurde noch ein wenig fester. Der Schüler stöhnte auf.

»Sie tun mir weh, Mann!«

»Klaro?«, wiederholte Elfriede, diesmal lauter.

Er nickte. Elfriede ließ ihn los, warf ihm noch einen drohenden Blick zu und ging gemessenen Schrittes zum Ausgang. Mobber-Falle, dachte sie. Ich doch nicht! Nicht mit mir!

Auf dem Schulhof herrschte immer noch ein unübersehbares Gewimmel. Elfriede brauchte einen Moment, um Einzelne in der Menge zu unterscheiden. Ihr Blick blieb an einer Gruppe dunkler Gestalten hängen. Emo – das kam von Emotionalität. Wieso waren Gefühle für diese Jugendlichen schwarz? Oder schwarz-weiß, wie das Karomuster ihre Van-Slipper? Wieso nicht sonnengelb oder knallorange?

Elfriede steuerte auf die Gruppe zu, sie hatte die beiden Jugendlichen entdeckt, die sie am Tatort angetroffen hatte.

»Hallo«, sagte sie.

Das Mädchen hob nicht einmal den Kopf und tippte weiter konzentriert auf ihrem Handy herum, der Junge warf ihr einen forschenden Blick aus seinen schwarz umrandeten Augen zu. Die anderen aus der Gruppe betrachteten sie neugierig.

»Könnt ihr mir sagen, wo ich Yvonne finde?«, fragte Elfriede.

»Hier jedenfalls nicht«, meinte der Junge.

»Ist sie krank?«

»So kann man das auch nennen.«

Innerlich seufzte Elfriede. Warum war es nur so schwer, einen Zugang zu den Kids zu bekommen. Sie entschloss sich zu einem Schuss ins Blaue. »Ich habe gehört, Yvonne wurde von Alexander gemobbt. Stimmt das?«

Schweigen.

»Warum hat ihr denn keiner geholfen?«

Das Mädchen erhob sich betont langsam. »Ja, warum wohl? Willkommen in der echten Welt!«

Dann trottete sie, den Blick wieder auf ihr Display gerichtet, davon und als hätte sie nur auf dieses Zeichen gewartet, folgte ihr die dunkle Gruppe.

Elfriede sah ihnen nachdenklich nach. Dann kramte sie ihr eigenes Handy hervor. Warum hatte sie daran nicht eher gedacht!

»Frau Köster? Guten Tag, Schmittke hier. Sagen Sie, Alexander hatte doch sicher ein Handy, könnte ich das haben? Wie? Hat Ihnen das die Polizei nicht übergeben? Ja danke, dann frag ich da einmal nach.«

Nachdenklich steckte sie ihr Handy wieder in die Tasche und kritzelte eine Notiz auf ihren Handrücken. Es war schließlich gut möglich, dass sich aus SMS oder Anruflisten Hinweise auf Alexanders letzte Aktionen ergaben.

Das zu erwartende Honorar im Hinterkopf hielt sie auf dem Heimweg bei dem neuen Fitness-Studio neben dem Soccer-Feld an. Es war keines dieser Wellness-Tempel mit Jacuzzi und Farbsauna, sondern eher ein regionales Sportstudio – ein paar Geräte, Sauna, Spinning und Pilates. Durchtrainierte Fitnessfanatiker hatte sie hier nicht zu erwarten, aber Patrick Sonnenhut, dem Besitzer, eilte ein Ruf als spirituell angehauchter Coach voraus.

Das Strampeln auf dem Hometrainer versüßte er seinen Kunden mit ionisiertem Trinkwasser, bei Wehwehchen empfahl er Schüsslersalze, Bachblüten und Reiki. Ein Freund der Kinesiologie, hatte Carmen gesagt.

Elfriede stieg die Treppe hoch und registrierte aus den Augenwinkeln, dass im ersten Stock ein Geistheiler sein Quartier bezogen hatte.

Der Mittfünfziger hinter dem Tresen, klein, aber drahtig und mit Ohrring, drehte sich um, als Elfriede hereintrat.

»Sei so lieb und zieh die Schuhe aus«, flötete er mit erstaunlich sanfter Stimme, die zu seinen muskelbepackten Oberarmen gar nicht passte.

»Ich will mich nur informieren«, antwortete Elfriede, die es gar nicht mochte, sofort geduzt zu werden.

»Stress gehabt?«, fragte Patrick und richtete seine großen Augen verständnisvoll auf sie. »Dann solltest du dir ein paar Minuten Zeit für dich nehmen. Du hast doch kein Problem damit, dass wir uns hier alle duzen?«

Eine Dreiviertelstunde später wusste Elfriede, dass laut kinesiologischem Test das Salz Nummer sieben ihre Nackenverspannung lösen würde, dass Patricks zehnjähriger Sohn auf dieselbe Schule wie Oliver ging und sein Vater letzte Woche an einer Familienaufstellung teilgenommen hatte. Sonnenhut stammte aus der Gegend, von »dribbe«, aus Marxheim. Geschickt hatte er herausgefragt, dass Elfriede sich nicht fit fühlte, und glaubhaft versichert, er habe hier als Sportwissenschaftler schon einige »Mobbelsche« wieder klarbekommen.

Elfriede war amüsiert und beeindruckt vom Charme des Fitness-Studio-Betreibers. Allerdings auch von den Preisen. Man müsse »scho ebbes« ausgeben für seine Gesundheit, hatte Patrick gesagt. Sie packte die Broschüre in ihre Tasche und verschob die Entscheidung auf später. Sie würde erst einmal genau durchrechnen, ob sie sich das Studio leisten konnte.

Tante Ingeborg hatte es tatsächlich geschafft, in alle Sofakissen genau in der Mitte einen Knick zu machen. Auf dem Schuhschrank in der Garderobe stand jetzt eine Vase mit Trockenblumen, sie zitterten, als der Regionalzug am Haus vorbeisauste. Elfriede hasste Trockenblumen, solange sie denken konnte, sie waren für sie nichts anderes als Staubfänger. Als sie ihren Mantel über den Garderobenhaken warf, fiel ihr Blick in den Spiegel. Eigentlich ganz passabel, dachte sie und schob sich eine blonde Locke aus der Stirn. Kritisch kniff sie die grünen Augen zusammen und drehte ihren Kopf zur Seite. War das etwa der Ansatz eines Doppelkinns? Nein, lediglich ein ungünstiger Blickwinkel. Aus zehn Meter Abstand sähe das ganz anders aus. Sie atmete tief durch und bekam dabei einen wohlbekannten Geruch in die Nase, der sie wieder versöhnte. Königsberger Klopse! Wie lange hatte sie die schon nicht mehr gegessen. Sie ging ins Wohnzimmer und ließ sich zufrieden seufzend aufs Sofa fallen.

»Zieh die Schuhe aus, Kindchen«, flötete Tante Ingeborg, »sonst war das ganze Putzen umsonst. Und wasch dir die Hände! Wir wollen gleich essen, Oliver kommt in zehn Minuten aus der Schule. Warst du erfolgreich?«

»Mmm«, murmelte Elfriede und genoss noch ein paar Minuten die weichen Kissen in ihrem Rücken. Sie sah ihrer Tante zu, wie sie geschäftig zwischen Küche und Esstisch hin- und herlief.

»Der Henkel hat einen Riss«, sagte Tante Ingeborg und stellte die dampfende Schüssel mit Kartoffeln auf den Tisch, »und einige Teller haben schon ordentlich Macken. Wo ist denn das gute Meißner Geschirr geblieben?«

Elfriede bückte sich und band ihre Schnürsenkel auf. »Habe ich bei Klaus gelassen.«

»Ist es möglich!«, schnaubte Tante Ingeborg entrüstet. »Na, das können wir ja gleich klären.«

Irritiert sah Elfriede auf. Erst jetzt bemerkte sie, dass der Tisch für vier gedeckt war. »Kommt noch jemand zum Mittagessen?«, fragte sie.

»Natürlich, Kindchen, dein Mann. Ich habe ihn eingeladen.«

Klaus brachte Tulpen mit. Wahrscheinlich hatte er sie noch schnell beim »Rosenzauber« um die Ecke geholt. Elfriede wusste sofort, dass das auf Ingeborg zurückzuführen war. »Bring Blumen mit!«, hatte sie sicher am Ende ihrer Einladung verlauten lassen.

Klaus wirkte irgendwie hölzern in seinen Bewegungen und groß, viel zu präsent. In dieser kleinen Wohnung schien er sich ebenso unwohl zu fühlen wie Vladimir Klitschko in einer Puppenstube. Unsicher stand er in der Zimmertür und hatte außer »Hallo« nicht viel zu sagen. Aber Elfriede ging es nicht anders. Sie wusste ebenfalls nicht, worüber sie mit ihm reden sollte. Genau genommen wusste sie es schon, aber das wäre ein Vortrag geworden, der bis zum nächsten Sonntag gedauert hätte, und darauf hatte sie im Moment einfach keine Lust.

Ihr Schweigen wurde vom »Pling-Pling«-Signal der sich schließenden Bahnschranke unterbrochen und kurz darauf sauste die S-Bahn mit quietschenden Rädern vorbei.

»So, setzt euch und greift zu«, meinte Tante Ingeborg und legte noch schnell bunte Papierservietten neben die Teller. »Oliver wird ja sicher gleich kommen.«

Für eine Weile hörte man nur das Klappern des Bestecks.

»Und?«, fragte Klaus dann, »wie geht es so?«

Elfriede zuckte mit den Schultern. »Wie soll es schon gehen? Bescheiden!«

»Olli hat mir erzählt, dass du wieder als Ermittlerin arbeitest. Hast du dir auch gut überlegt, ob das das Richtige ist?«

»Was spricht dagegen?«

»Na ja, die Jüngste bist du nun auch nicht mehr und außerdem ist der Job nicht ganz ungefährlich.«

»Danke, dass du mich daran erinnerst, dass ich zum alten Eisen gehöre.«

»Quatsch. Natürlich nicht. Trotzdem, Elli, so ganz gefallen will mir das nicht.«

»Ach, das will dir nicht gefallen? Mir gefällt auch so einiges nicht. Meinst du, ich finde es toll, hier so beengt zu wohnen? Meinst du, ich führe Jubeltänze auf, weil sich natürlich alle Arbeitgeber die Finger ablecken nach einer Frau, die fünfzehn Jahre nicht gearbeitet hat? Meinst du, es fühlt sich toll an, aussortiert zu werden wie ein alter Lappen, bloß weil eine Redakteurin ein sexy rotes Kleid trägt?«

Klaus blieb erstaunlich ruhig. »Du hast schließlich Verantwortung für ein Kind.«

»Ach, und du wohl nicht? Aber was rede ich. Faktisch bin ich seit vierzehn Jahren allein erziehende Mutter, jetzt brauchst du auch nicht mehr damit anzufangen, dich einzumischen.«

»Kinder, nun streitet euch doch nicht«, wandte Tante Ingeborg ein, die sich bis jetzt überraschenderweise zurückgehalten hatte. »Wo nur Oliver bleibt?«

Aber es war zu spät.

»Was soll das denn jetzt heißen?«, polterte Klaus. »Ich war immer für mein Kind da.«

»Ja klar, als Schokoladenvater. Der, der eben mal mit dem Kind zu Mediamarkt fährt und ein verbotenes Ballerspiel ab achtzehn für den Sohn kauft. Oder zweimal im Jahr mit ihm bowlen geht. Ihm mal einen Geldschein zusteckt und ansonsten widerwillig Mathe mit ihm übt. Dein Lieblingssatz lautet: Lass ihn doch!«

Elfriede knallte ihre Gabel auf den Teller. »Wo warst du denn auf den Elternabenden? Weißt du überhaupt, wie der Kinderarzt deines Sohnes heißt? Was sein Lieblingsessen ist? Was seine Sockengröße ist oder wie viel er wiegt?«

Auch Klaus legte sein Besteck zur Seite. »Und du? Du bist doch immer um uns rumgeflattert, aus lauter Sorge, wir könnten ohne dich nicht klarkommen. Du hast mir doch schon immer vorher gesagt, wie ich mit ihm umgehen soll, ohne mir die Chance zu geben, es selbst herauszufinden. Du hast mir doch alles aus der Hand genommen, weil du eh kein Vertrauen darin hattest, dass ich es überhaupt schaffen könnte.«

»Also, das ist ja wohl eine völlige Verdrehung der Tatsachen.« Elfriede wurde jetzt richtig wütend. »Du bist so was von unfair.«

»Cool«, kam es von Tür. »Alles wie immer.«

Drei Köpfe schnellten zum Zimmereingang herum.

»Oliver, Kind, da bist du ja endlich. Wasch dir schnell die Hände und setz dich zu uns«, meinte Tante Ingeborg erfreut, »bevor alles kalt wird.«

»Danke, keinen Hunger mehr.«

Ohne ein weiteres Wort verließ Oliver die Wohnung, nicht ohne wieder einmal die Tür zuzuknallen.

»Na prima, das hast du ja toll hinbekommen«, giftete Elfriede ihren Mann an.

»Ich? Also Elli, du hast einfach einen Knall«, schimpfte Klaus und stand so ungestüm auf, dass der Stuhl polternd ein Stück zurückrutschte und drohte, umzukippen.

»Danke für das Essen«, meinte er zu Ingeborg, drehte sich um und verschwand mit einem ebensolchen Türenknall wie kurz zuvor sein Sohn.

Am liebsten hätte Elfriede ihm ihren Teller hinterhergeworfen. Stattdessen schrie sie ihm nach: »Und hör auf mit diesen Verniedlichungen. Elli! Olli! Ich kann es nicht mehr hören!«

»Und was wird jetzt aus dem Meißner?«, seufzte Tante Ingeborg.

Es hatte zu nieseln begonnen. Elfriede fühlte, wie ihr die Tropfen in den Kragen rannen und fluchte einmal mehr. Sie hätte ihren Trainingsanzug anziehen sollen, anstatt hier in voller Montur im Wald zu joggen. Aber nach dem Krach mit Klaus wollte sie einfach nur raus. Kein Nachsorge-Gespräch mit Tante Ingeborg, keine Gedanken daran, wohin Oliver abgedampft war – einfach nur selbst die Tür knallen und ab in den Wald am Ende der Kirchstraße. Sie hoffte inständig, hier keinem Bekannten zu begegnen. Was hätte sie für ein Bild abgegeben: eine schnaufende, leicht übergewichtige Detektivin im Wintermantel beim Dauerlauf. Pah! Sie hatte keine Lust, Hauptthema des Dorftratsches zu werden.

Sie war erst vor zwei Jahren in das 3000-Seelen-Dorf Lorsbach am äußersten Ausläufer des Taunus' gezogen. Nach ihrer Trennung hatte sie direkt an der Bahnlinie, die Lorsbach durchteilte, in der Bornstraße die günstige Wohnung gefunden. Im Ortskern lehnten sich ein paar Fachwerkhäuser rechts und links der engen Hauptstraße aneinander und die Kirche samt einem der ältesten Pfarrhäuser Hessens sowie das nostalgische Gasthaus »Zur Linde« bildeten ein hübsches Ensemble, wie die Kulisse zu einem Heimatfilm. Oliver hatte hier schnell Freunde gefunden und war im örtlichen Fußballverein freundlich aufgenommen worden. Elfriede genoss die Überschaubarkeit des Dörfchens.

Als ihr der Mann der Pastorin mit seinen beiden Hunden entgegenkam, bog sie in die Unterführung zum Schwarzbach ab und blieb einen Moment stehen. Sie atmete schwer und presste die Hand auf den Leib, um das Seitenstechen zu besänftigen. Jeden Tag zwanzig Minuten und sie würde schon wieder fit werden. Von wegen, nicht mehr die Jüngste. Klaus, diesem Möchtegern-Macho, würde sie es noch zeigen. Der hatte doch selbst seit Jahren kein Fitness-Studio mehr von innen gesehen. Eine Tanne knarzte und in zehn Meter Entfernung sah Elfriede ein Reh stehen. Es blickte sie kurz aus braunen Augen an, wendete dann und sprang behände auf staksigen Beinen davon. Elfriede blickte ihm neidvoll nach und setzte sich langsam wieder in Bewegung Richtung Aussichtsturm. Noch zehn Minuten. Dann hatte sie ihr Pensum für heute geschafft. Als sie die nächste Weggabelung erreicht hatte, hörte sie schnelle Schritte hinter sich. Sie versuchte zu beschleunigen, rutschte aber auf dem Schlamm aus und fand sich auf dem Waldboden wieder.

»Typisch Mama«, sagte eine wohlbekannte Stimme hinter ihr. »Gibt es irgendetwas, in dem du nicht der Loser bist?«

Elfriede schnappte sich einen Lehmklumpen und warf ihn nach Oliver. »Ekel«, schnaubte sie, »steh nicht so blöd in der Gegend rum und hilf mir lieber hoch.«

Oliver reichte ihr die Hand. Sie rappelte sich auf und strich ihren Mantel glatt. »Der muss wohl in die Reinigung«.

»Ich habe mit Papa gesprochen«, sagte Oliver.

»Wie schön für dich!«, giftete Elfriede.

»Er meint, ich soll zu ihm ziehen.«

»Darf ich dich darauf hinweisen, dass du erst vierzehn bist? Dein Vater ist so gut wie nie zu Hause. Ich kann mir schon vorstellen, dass du gern sturmfreie Bude hättest. Aber da habe ich ja zum Glück auch noch ein Wörtchen mitzureden.«

»Jetzt fängst du schon wieder an zu nerven«, brüllte Oliver. »Mit dir kann man einfach nicht vernünftig reden!« Wütend trat er gegen einen dicken Ast, der auf dem Weg lag. »Ich hab keinen Bock mehr auf Lorsbach!« Dann spuckte er auf den Boden und rannte mit großen Schritten davon. Elfriede versuchte gar nicht erst, ihn einzuholen. Das war sowieso nicht der richtige Moment zum Reden.

Tante Ingeborg trug es mit Fassung.

»Den kriegen wir schon wieder hin«, sagte sie und Elfriede war sich nicht sicher, ob sie Oliver oder den Mantel meinte – im Zweifelsfall beides.

»Wir hängen ihn erst mal zum Trocknen auf und bürsten dann den Schlamm ab. Dann wird sich zeigen, ob er noch in die Reinigung muss.«

Elfriede fühlte immer noch Ärger in der Magengrube. »Wenn du Klaus nicht eingeladen hättest …«

»Nun sei mal nicht ungerecht, Kindchen«, erwiderte Tante Ingeborg und leerte die Taschen des Wollmantels, »ihr müsst miteinander reden, ihr habt schließlich ein gemeinsames Kind.«

Sie förderte einen kleinen Zettel aus der Manteltasche zutage. »Brauchst du das hier noch?« Sie las die Notiz. »Yvonne Bellinger?«

Elfriede nahm ihr den Zettel aus der Hand. »Ja«, sage sie. »Das gehört zu meinem Auftrag. Eine Schülerin, die ich suche. Ich muss rausfinden, wo sie wohnt, im Telefonbuch steht keine Familie Bellinger.«

»Und wie willst du das anstellen?«, fragte Tante Ingeborg. »Etwa mit diesem Facebook, an dem Oliver stundenlang sitzt?«

Elfriede umarmte ihre Tante und wirbelte sie eine Runde im Wohnzimmer herum. »Tantchen, du bist die Größte«, sagte sie und drückte ihr einen Kuss auf die Wange. Dann ging sie in Olivers Zimmer und stellte den Computer an. Facebook – es wäre sicher sinnvoll, wenn sie sich dort auch anmelden würde. Schließlich war »vernetzen« das Zauberwort des Jahrhunderts. Und für die Recherche war es ja anscheinend auch sinnvoll. Aber jetzt musste es schnell gehen.

Tante Ingeborg war ihr nachgekommen. »Passwort ist unten links in der Schublade«, sagte sie. »Unter den Zeitschriften mit den Nacktfotos. Ich schieb dann mal Wache.«

Der süßliche Duft zog ihr schon von Weitem in die Nase und einen Moment lang überlegte Elfriede, ob das Café wohl künstliche Aromen in den mit Glas überdachten Gang des Main-Taunus-Einkaufszentrums verströmte, um Kunden anzulocken.

Offensichtlich hatte das Vanille-Aroma gewirkt, denn in den grauen und braunen Sesseln lümmelten sich etliche junge Leute. Misstrauisch betrachtete Elfriede die Theke mit den Schokoladenmuffins und Karamel-Brownies und überschlug den Kaloriengehalt. Für eines dieser Mini-Teile würde sie zwei Stunden joggen müssen, um kein Fett anzusetzen. Never ever. Sie löste den Blick von der Kuchentheke und studierte das Kaffeeangebot. White Coffee Monica oder Vanilla Cream würde sie sich auch erst nach dem Fitnesskurs leisten können. Seufzend entschied sie sich für einen Latte macchiato – dreißig Minuten Radfahren –, verfluchte den Preis von 4,80 Euro und quetschte sich in einen der runden, graugestreiften, kleinen Sessel. Sie schlug ihr schwarzes Notizbuch auf und erntete gleich einen erstaunten Blick der Pinkgefärbten, die am Holztischchen gegenübersaß. Offensichtlich wurden Bücher in dieser Location selten gesehen. Sie ignorierte die junge Frau und studierte stattdessen die Angaben, die sie von den Facebook-Seiten abgeschrieben hatte. Viel war es nicht.

Name: Yvonne Bellinger
Ist hier zur Schule gegangen: Prinz-von-Nassau-Gymnasium
Geburtstag: 6.2.1996
Wohnt in: Hofheim

Mehr gab Yvonne nicht von sich preis. Richtig so, dachte Elfriede. Auch, wenn es meine Arbeit erschwert. Yvonnes Pinnwand war für die Öffentlichkeit gesperrt, ebenso die Liste ihrer Freunde. Hoffentlich hat sie überhaupt welche, überlegte Elfriede.

Auf Yvonnes Info-Seite wurde sie dann doch fündig. In die Rubrik Kunst und Unterhaltung hatte Yvonne zwei Logos kopiert. Das Erste gehörte zu einer amerikanischen Fernsehserie: Vampire Diaries. Das zweite war das Logo eben des Coffee Shops, in dem Elfriede gerade saß.

Es war nicht einfach gewesen. Auf gut Glück hatte sie den Namen des Gymnasiums bei Facebook eingegeben und war auf eine geschlossene Gruppe gestoßen, lauter Mädchen. Die meisten waren mit ihren Informationen freizügiger als Yvonne und alle hatten das gleiche Logo auf ihrer Seite. Nach einigem Klicken durch ältere Nachrichten wusste sich Elfriede auf der richtigen Spur.

Der Coffee-Girls-Club.

Deswegen war sie hier.

Die Teenies trafen sich offensichtlich jeden Dienstag um siebzehn Uhr zum Chillen in diesem Café.

Yvonnes Namen hatte Elfriede nicht bei dieser Gruppe gefunden. Aber das Logo konnte kein Zufall sein. War sie vielleicht einmal Mitglied gewesen? Oder träumte sie davon, eines zu werden? Elfriede tippte auf letzteres.

Aufmerksam schaute sie sich um und entdeckte eine Gruppe junger Mädchen, die sich während ihrer Lektüre auf einem Sofa niedergelassen hatten. Eine von ihnen, schwarze Strumpfhose, grün-gelb gefärbte Haare und ein unverschämt kurzer Rock, zeigte den anderen gerade etwas auf ihrem Handy. Es musste etwas Komisches sein, denn die drei brachen unisono in lautes Lachen aus. Elfriede erhob sich und steuerte auf das Sofa zu. Aus ihrer Handtasche nahm sie das Exemplar von »Biss zum Ende der Nacht«, das ihr Tante Ingeborg dankenswerterweise überlassen hatte. »Habe ich im Zug schon durchgelesen, Kindchen, solltest du auch mal machen, Vampirstorys sind in«, lautete ihr Kommentar dazu.

Die Mädchen kicherten immer noch.

»Der Coffee-Girls-Club?«, fragte Elfriede und wartete die Antwort gar nicht ab. Sie hatte ins Schwarze getroffen, die Mädchen schienen verblüfft. »Ich suche Yvonne Bellinger. Ich habe hier etwas für sie«, fuhr Elfriede fort und legte das Buch auf den Tisch.

Die Grüngelbe schaute kurz auf den Titel. Elfriede bemerkte, dass sie erstaunlich lange Wimpern hatte.

»Hallo«, sagte die Blonde aggressiv, die neben ihr saß und einen schnippischen Zug um den Mund hatte. Sie zog das o betont lang. »Geht's noch? Machen Sie das immer, fremde Leute anquatschen?«

»Reg dich ab, Sabrina«, sagte die dritte. Sie hatte schwarze lange Haare und ein offenes Gesicht. Höflich wandte sie sich Elfriede zu.

»Ich weiß zwar nicht, wer Sie sind«, sagte sie »und was Sie hier wollen, schon gar nicht. Aber Sie sehen ja, dass Yvonne nicht hier ist. Warum bringen Sie ihr das Buch nicht einfach ins Krankenhaus?«

Elfriede entschied sich gegen die Tiefgarage und fand einen Parkplatz in der Beethovenstraße, nur wenige Schritte von der breiten Einfahrt des Krankenhauses entfernt. Das St.-Josefs-Hospital, von den Wiesbadenern nur Joho genannt, strahlte seit dem Umbau den Charme eines Hotels der gehobenen Klasse aus. Trotz des schlechten Wetters hatten sich ein paar unerschrockene Patienten, fest in ihre Bademäntel eingemummelt, mit ihren Besuchern an die Tische draußen vor dem kleinen Café gesetzt. Nicht nur der Zigaretten wegen, wusste Elfriede, denn im hinteren Teil des Cafés befand sich auch einen Raucherbereich. Vielleicht gab ihnen ja der Blick auf die kleine Parkanlage tatsächlich kurzzeitig das Gefühl, im Urlaub zu sein und nicht in Behandlung.

Der Hotelcharakter setzte sich auch in der großen Eingangshalle fort. Helles Tageslicht, ein bunter Kiosk mit Blumen, Zeitschriften und Süßigkeiten, gemütliche Sitzinseln und im Hintergrund glitten lautlos die zwei gläsernen Aufzüge auf und ab. Eine Dame in hellblauer Bluse und dunkler Weste stand hinter der lang gezogenen Rezeptionstheke und gab Elfriede bereitwillig Auskunft. Die Zeiten ändern sich, dachte sie, als sie aus dem Aufzug auf die Halle hinunterblickte. Sie beobachtete zwei kleine Kinder, die ein Memoryspiel zwischen sich ausgelegt hatten, während ihre Mutter mit einem Mann mit Gipsfuß plauderte. Als ich Kind war, durfte man erst mit zwölf Jahren Krankenbesuche machen und am Empfang gab es einen gläsernen Kasten, in dem grundsätzlich ein Griesgram eingepfercht war, bei dem man sich anmelden musste.

Manche Dinge allerdings, so erkannte sie kurz darauf, ändern sich nie. In jedem Beruf, ob nun Ermittler, Lehrer oder eben Krankenschwester, gab es Leute, die ihre Arbeit offensichtlich nicht gern machten. Das war Elfriede sofort klar, als sie sich dem Stationsempfang näherte. Die dickliche Mittfünfzigerin im Kittel dahinter hatte offenbar Besseres zu tun, als Detektivinnen bei der Verbrecherjagd behilflich zu sein.

Sie ignorierte Elfriede.

»Guten Tag?« Elfriede beugte sich vor und versuchte, die Aufmerksamkeit der Schwester zu erhaschen. Die drehte sich weg, betrachtete ihre Fingernägel und setzte ungerührt ihr Telefongespräch fort.

Elfriede klopfte mit dem Zeigefinger kräftig gegen den Holzrahmen, der den kleinen Empfangsraum vom Flur trennte. Die Frau machte eine halbe Drehung mit dem Hörer am Ohr und setzte ein missbilligendes Gesicht auf.

Elfriede lächelte sie an.

Der Sekundenzeiger drehte eine weitere langsame Runde, bevor der Drachen in Weiß den Hörer auflegte und sich Elfriede zuwandte. »Sie wünschen?«

»Ich möchte zu Yvonne Bellinger«, sagte Elfriede.

»Zimmer?«, erwiderte die Dicke mit Blick auf die Uhr, die halb sechs zeigte.

Elfriede erneuerte ihr Kampflächeln. »Das würde ich gerne von Ihnen wissen.«

Die Dicke schaute unwillig in ihrem Computer nach und schloss dabei ihre Augen zu schmalen Schlitzen. Sie wirkte wie ein Wal in einem zu kleinen Aquarium. Elfriede überlegte, ob Wale überhaupt Augenlider haben.

»Zweihundertachtundachtzig«, sagte die Dicke ohne innere Beteiligung. Das Telefon klingelte. Vorsichtshalber verzichtete Elfriede darauf, nach dem Weg zu fragen. Sie hatte nicht viel Zeit.

Die Lernschwester war jung, hübsch und entschieden freundlicher.

Sie brachte Elfriede ans Ende des Krankenhausflures. Die Tür von Zimmer 288 stand weit offen und gab den Blick auf drei Betten frei. Hinten am Fenster lag eine blasse junge Frau im Bett. Ihre roten Haare breiteten sich wie ein Heiligenschein auf dem Kopfkissen aus, ihr Arm war an einen Tropf angeschlossen. Neben dem Bett stand eine hagere, ältere Dame in einem grünen Kittel und sprach sanft auf das Mädchen ein. Elfriede machte einen entschlossenen Schritt durch die Tür, kam aber nicht weit. Ein etwa sechsjähriger Junge mit wilden Locken zupfte an ihrer Hose.

»Hast du mir das mitgebracht?«, fragte er und deutete auf das Buch in ihrer Hand.

»Leider nein«, sagte Elfriede. »Kannst du denn schon lesen?«

Der Kleine schüttelte den Kopf und hüpfte in sein Bett neben der Tür zurück. »Ich lerne es gerade in der Schule, aber jetzt hab ich Rota-Viren.«

»Das ist ja was ganz Besonderes«, konstatierte Elfriede und kramte in ihrer Handtasche nach dem Schlüsselanhänger in Pistolenform, den ihr damals die Kollegen zum Abschied geschenkt hatten. »Hier, den darfst du dir mal anschauen. Ich muss ein paar Worte mit Yvonne reden.«

Als ihr Name fiel, drehte Yvonne den Kopf und sah Elfriede an. Die ältere Dame tätschelte dem jungen Mädchen die Hand.

»Dann geh ich jetzt mal«, sagte sie mit einem warmen Ton, »bis morgen.«

Sie warf Elfriede einen eindringlichen Blick zu. »Bleiben Sie nicht zu lange, sie ist noch sehr schwach.«

Elfriede zögerte einen Moment, dann setzte sie sich auf die Bettkante und zeigte Yvonne das Vampir-Buch. »Hast du das schon?«

Das junge Mädchen nickte: »Klar. Nur den Film konnte ich noch nicht sehen, weil das hier passiert ist.«

»Was genau ist passiert?«, frage Elfriede.

»Benzin«, quietschte der Sechsjährige, der Elfriedes Pistole offensichtlich ausreichend inspiziert hatte, »sie hat gedacht, sie ist ein Auto und hat Benzin in sich reingetan.«

Elfriede schaute Yvonne ungläubig an. »Getrunken?«

Wieder schüttelte Yvonne den Kopf. »Ich hab es mir gespritzt. Ich hab gedacht, das ist eine sichere Methode.«

Der Sechsjährige war wieder aus seinem Bett geklettert und hielt Elfriede die Pistole vor die Nase. »Schießt die auch?«

»Na klar«, antwortete Elfriede, »probier's mal aus. Gerade eben habe ich im Flur zwei Räuber gesehen.«

Als der Lockenkopf abtrabte, drehte sie sich wieder zu Yvonne und legte ihr eine Hand auf den Arm. »Du wolltest dich umbringen?«

Das Mädchen wandte den Blick ab und starrte aus dem Fenster. Ein Wind war aufgekommen und zauste die Zweige der Bäume im Krankenhausgarten. Elfriede war nicht bereit, unverrichteter Dinge zu gehen.

»Ich heiße Schmittke und ich bin Privatdetektivin. Ich untersuche den Mord an Alexander Köster.«

Es war still im Zimmer, nur vom Flur hörte man das Peng Peng, mit dem der Lockenkopf den Räubern den Garaus machte. Yvonne schien aufmerksam zu beobachten, wie sich draußen die Äste nach jeder Böe mühsam wieder aufrichteten. Elfriede verstärkte den Druck auf den Arm des Mädchens, den, aus dem keine Kanüle herausführte.

»Yvonne, haben Sie mich verstanden?«

Das junge Mädchen wandte den Kopf. »Auf welcher Seite stehen Sie?«

»Auf keiner«, erwiderte Elfriede, »ich will nur die Wahrheit wissen.

»Die Wahrheit«, wiederholte Yvonne und zog abschätzig die Mundwinkel herunter. »Die Wahrheit ist, dass es fast mich erwischt hätte und nicht ihn. Die Wahrheit ist, dass ich ohne ihn hier nicht liegen würde. Die Wahrheit ist, dass Alexander ein Schwein war und jeder froh ist, dass er tot ist.«

Als Elfriede in ihrem Fiesta über die A 66 nach Hause fuhr, ließ sie Yvonnes Bericht noch einmal Revue passieren. Alexander Kösters Bild bekam deutliche Schmutzflecken. Der vorbildliche Saubermann hatte offensichtlich in großem Stil gemobbt. Sandy war wegen seiner Figur dran gewesen, Yvonne wegen ihrer roten Haare. Erst blöde Bemerkungen. Dann verschwanden ihre Bücher, Rempeleien auf dem Nachhauseweg. Yvonne musste ihre Jacke abliefern, dann ihr Handy, dann Geld. Alexander fand Mittel und Wege, sie von den anderen Schülern zu isolieren. Und sie zu demütigen. Am Ende lebte das Mädchen in ständiger Sorge, was am nächsten Tag passieren würde. Warum war sie nicht zur Polizei gegangen? Warum hatte sie sich nicht wenigstens ihren Eltern anvertraut? Stattdessen hatte sie versucht, sich umzubringen. Auf eine solch absurde und konsequente Weise, dass sie fast erfolgreich gewesen wäre und jetzt schon seit Wochen im Krankenhaus lag.

»Willkommen im echten Leben«, hatte das Mädchen auf dem Schulhof gesagt.

Elfriede war sich nicht sicher. Hätte Yvonne tatsächlich Hilfe bekommen?

Schwarzes Etuikleid, rote Stola, passender Lippenstift – Carmen war wie immer perfekt gestylt. Fremde hätten sie für ein Model halten können, wären da nicht die vielen kleinen Lachfältchen um die Augen gewesen. Elfriede schwang sich auf den Barhocker, und während sie ihrer besten Freundin ein Küsschen auf die Wange gab, dachte sie darüber nach, dass die meisten Polizistinnen ungeheuer attraktiv waren. Das musste wohl mit der Einstellungspraxis zusammenhängen. Sie zog die Cocktailkarte des Nassauer Hofs zu sich heran und studierte die Preise.

»Bist eingeladen«, kam ihr Carmen zuvor, »ich weiß doch, wie knapp du zur Zeit dran bist. Allerdings wird sich in finanzieller Hinsicht wohl kaum etwas ändern, solange du in dieser Bude in Lorsbach wohnen bleibst. Ich habe dich gleich gewarnt – da kann nichts fließen.«

Elfriede nahm ihre Piña Colada entgegen. Sie wusste, dass Carmens Gemecker nur ein Ausdruck ihrer Zuneigung war. »Erst mal bin ich froh, dass nicht allzu viel Miete fließt«, murmelte sie.

Aber Carmen ließ sich nicht beirren. »Du nimmst das nicht ernst«, schimpfte sie und stellte ihr Glas mit Nachdruck auf dem Tresen ab. »Dieser Lärm von der Bahnlinie. Die Bücher stehen nicht in einer Linie im Regal, das gibt lauter Ecken. Und dann ist der Klodeckel auch immer hochgeklappt. Das zieht Energie ab.«

Elfriede verzichtete darauf, ihrer kinderlosen Freundin zu erklären, dass es unendlich mehr Energie kostete, einen Vierzehnjährigen zigmal am Tag daran zu erinnern, den Klodeckel zu schließen. Stattdessen strahlte sie Carmen an.

»Es hat funktioniert«, sagte sie, »ich habe einen Auftrag.«

Carmen sah sie irritiert an. »Was?«

»Na, die Bestellung beim Universum«, fuhr Elfriede fort. »Ich habe sie aufgegeben und gleich danach klingelte jemand an meiner Tür.«

»Synchronizität des Seins«, murmelte Carmen befriedigt vor sich hin, »ich hab's gewusst. Und nun? Wer ist es? Wie viel Geld verdienst du?«

»Immer langsam«, sagte Elfriede und schlürfte genüsslich den Ananassaft mit Rum durch ihren Strohhalm. »Erstmal hat er mich für zwei Tage engagiert. Bis dahin muss ich ihm durchschlagende Ergebnisse liefern. Ich hoffe, du hilfst mir dabei.«

Carmen zog die Stola fester um ihre schmalen Schultern. »Ich wüsste nicht wie«, sagte sie ablehnend.

»Ich schon«, gab Elfriede zurück. »Du könntest mir zum Beispiel etwas über diesen Schülermord am Prinz-von-Nassau-Gymnasium erzählen.«

»Du weißt genau, dass ich über laufende Ermittlungen nicht sprechen darf«, erwiderte Carmen. Ihre Stimme wurde eine Nuance schärfer.

»Ich will ja gar nichts über ›Ermittlungen‹ wissen, ich brauche nur ein paar Fakten zum Tod des Jungen. Zum Beispiel, wann und wie er gestorben ist!«

Carmen seufzte. »Also gut, aber mehr als das sage ich dir nicht. Wenn mein Chef das wüsste, würde er mich vierteilen. Seit ich seine Frau überzeugt habe, ihr Schlafzimmer Feng-Shui-gemäß einzurichten, ist er sowieso sauer auf mich. Er will einfach nicht einsehen, dass er seitdem viel besser schläft, und die dadurch gewonnene positive Energie verdrängt er mit Gewalt. Wenn er so weitermacht, bekommt er noch ein Magengeschwür. Seine Frau sagt auch, dass er sich nicht öffnen kann, dabei haben wir sogar Salzkristalllampen aufgestellt, um den Kreislauf der Elemente zu schließen. Und auch einen Seekarneol für seine Sinne und kreative Liebe habe ich –«

»Carmen!«

»Ja doch! Also …«, ihr Ton wurde professionell, »wir konnten den Zeitpunkt des Todes nur in etwa festlegen. Die Leiche hatte schon die Umgebungstemperatur angenommen.

Höchstwahrscheinlich wurde der Junge am Montagabend zwischen einundzwanzig und vierundzwanzig Uhr erschlagen. Und zwar von hinten durch einen Schlag auf den Hinterkopf. Abwehrverletzungen gab es keine, sexuelle Übergriffe auch nicht. Tatwaffe war offensichtlich eine Stange, die wir am Tatort vorgefunden haben. Ob es sich nur um einen oder um mehrere Täter handelt, ist aus den Spuren nicht ersichtlich. Ebenso ist die Frage, ob es Totschlag oder Mord war, ungeklärt.«

»Habt ihr Verdächtige?«

Carmen zog demonstrativ an ihrem Strohhalm.

Elfriede versuchte es anders. »Meine Ermittlungen führen in das Umfeld gemobbter Schüler. Dieser Alexander war nicht ohne, da hatten einige Leute eine große Wut auf ihn.« Aus den Augenwinkeln beobachtete Elfriede ihre Freundin.

»Habt ihr zum Beispiel diesen Sandy schon unter die Lupe genommen?«, gab sie einen Schuss ins Blaue ab. »Oder die Familie der kleinen Bellinger?«

»Die kommen nicht in Frage«, murmelte Carmen in ihren Drink.

»Was macht euch da so sicher?«

»Fleißarbeit der Spurensicherung und ein gutes kriminaltechnisches Labor.«

»Soll heißen?«

Carmen verdrehte die Augen. »Mensch, Elfriede, denkst du auch mal mit? Das heißt, dass wir Glück hatten bei dieser rostigen, alten Stange. Wir haben eine Fingerspur!«

»Die könnte doch ewig alt sein.«

»Höchstens etwa zehn Stunden, schließlich hat es am Montag geregnet. So, und jetzt Schluss mit der Fragestunde. Sag mir lieber, ob du dir ein Kostüm besorgt hast. Du weißt, unser Bauchtanzkurs beginnt bald. Ich habe uns angemeldet.«

Elfriede schnappte nach Luft. »Du hast was? Ich habe dir doch gesagt, ich brauche Bedenkzeit. Ich bin mir ganz und gar nicht sicher, ob ich meinen Astralkörper in ein bauchfreies Outfit stecken möchte.«

»Papperlapapp, gerade beim Bauchtanz sind kleine Speckröllchen besonders erotisch. Also stell dich nicht so an. Für den Anfang reichen auch Leggings und ein Tuch, das du dir um die Hüften bindest. Du wirst sehen, du entwickelst ein ganz neues Körpergefühl. Bauchtanz ist der weiblichste aller Tänze.«

Carmens Blick wanderte von oben bis unten über Elfriede in ihrem grauen Rolli, den Jeans und den Turnschuhen. »Und ein bisschen femininer könntest du ruhig werden.«

»Na toll, mach du mich auch noch fertig. Anscheinend weiß niemand mehr was Nettes über mich zu sagen.«

Carmen blieb ungerührt. »Ach komm, du weißt genau, dass du liebenswert, intelligent und humorvoll bist. Aber im Moment bist du nicht so locker wie sonst. Nicht alle Probleme lassen sich damit lösen, dass du Arbeit hast. Konfuzius sagt: Bewältige eine Schwierigkeit und du hältst einhundert andere von dir fern. Glaub mir, mit Bauchtanz bewältigst du gleich mehrere Schwierigkeiten auf einmal.«

Bei der Kombination von Schwierigkeit und Arbeit fiel Elfriede Köster ein, der in Kürze ein Ergebnis von ihr erwartete. »Raubmord schließt ihr aus?«

»Sagte ich liebenswert? Hartnäckig«, schimpfte Carmen. »Du bist vor allem hartnäckig. Ja, Raubmord schließen wir aus. Der Tote trug eine relativ teure Uhr, offensichtlich ein Geschenk zur Konfirmation, und in seiner Brieftasche steckten fast zweihundert Euro.«

»Habt ihr eine Ahnung, woher die fünftausend Euro in seinem Zimmer stammen?«

Carmen schüttelte nur den Kopf. Mit einer eleganten Handbewegung ließ sie den in vornehmes Schwarz gekleideten Barkeeper wissen, dass sie die Rechnung wollte. An ihren verkniffenen Mundwinkeln konnte Elfriede deutlich erkennen, dass sie jetzt lieber die Klappe halten sollte, wenn sie die Freundschaft nicht weiter strapazieren wollte. Aber eine letzte Frage konnte sie sich nicht verkneifen.

»Was ist mit Alexanders Handy?«, fragte sie.

»Er hatte keins dabei.«

3.

Sofort, als sie aufwachte, roch Elfriede den Kaffee. Daran könnte sie sich gewöhnen. Ebenso an die geputzte Wohnung, die gebügelte Wäsche und das Mittagessen – wenn auch lieber ohne Klaus. Aber der Gedanke an Häkeldecken auf dem Tisch und Seidenblumen auf der Fensterbank verursachte ihr Gänsehaut und trieb sie aus dem Bett.

»Du bist aber früh auf«, meinte Tante Ingeborg, als Elfriede die Küche betrat.

»Du doch auch«, brummte Elfriede.

»Der Güterzug hat mich geweckt«, sagte Tante Ingeborg. »Außerdem habe ich etwas vor.«

»Ich auch«, antwortete Elfriede und goss sich Kaffee ein. »Ich will einen Schüler erwischen, bevor er in die Schule geht. Ich muss unbedingt mit ihm reden.«

»So ist es recht, Kind, der frühe Vogel fängt den Wurm«, sagte Ingeborg und schreckte zwei gekochte Eier ab.

»Und was hast du für Pläne?«, fragte Elfriede.

»Nichts Besonderes, ich will die S-Bahn nach Frankfurt nehmen und mich mal ein bisschen in der Stadt umschauen«, antwortete ihre Tante ausweichend. »Aber mach dich ruhig auf den Weg, ich bleibe, bis Oliver zur Schule gegangen ist.«

Elfriede gab ihr einen Kuss auf die Wange und nahm sie beim Wort.

Keine fünfzehn Minuten später saß sie in ihrem Wagen, fluchte über die Schranke, wartete zwei S-Bahnen ab und parkte nach einer weiteren Viertelstunde in der Neugasse. Diesmal hatte sie die Adresse im Telefonbuch gefunden. Es war kurz vor halb acht und sie gähnte, ließ aber die Tür des roten Klinkerbaus nicht aus den Augen. Aus dem Handschuhfach kramte sie eine Schachtel Zigaretten hervor und zündete sich nach einem schnell verdrängten Anflug schlechten Gewissens eine an. Sie kurbelte das Fenster herunter und nahm einen tiefen Zug. Tag zwei ihrer Ermittlungen, sie brauchte jetzt unbedingt entscheidende Erkenntnisse, oder sie wäre ihren Fall los. Das bevorstehende Gespräch mit Herrn Köster verursachte ihr Magengrimmen. Das einzige, was sie ihm bisher erzählen konnte, war nicht das, was ein Vater hören wollte. Bei der Frage nach dem Täter tappte Elfriede ebenso im Dunkeln wie die Polizei. Sie brauchte einfach mehr Zeit, vielleicht konnte sie ja Köster davon überzeugen.

Als der Junge aus der Tür trat, warf sie schnell ihre Zigarette aus dem Fenster und stieg aus.

»Tom«, rief sie, »warte bitte mal.«

Erstaunt drehte er sich um. »Sie schon wieder?«

»Ja, ich schon wieder.«

Elfriede stand jetzt neben ihm. Er war locker einen Meter achtzig groß und sie musste ihren Kopf in den Nacken legen, um ihm in die Augen blicken zu können.

»Kann ich dir ein paar Fragen stellen?«

»Wer sind Sie überhaupt?«, antwortete der Junge mit einer Gegenfrage und schlenderte langsam weiter.

Elfriede blieb an seiner Seite. Meine Güte, dass in diesem Fall aber auch kaum einer der Befragten mal stehen bleiben konnte.

»Mein Name ist Schmittke und ich arbeite für Alexanders Vater. Ich soll den Tod deines Freundes aufklären.«

»Ach, und da kommen Sie zu mir?«

»Immerhin gehörst du zu den Leuten, die Alexander als Letzte gesehen haben.«

»Sagt wer?«

»Sagt Alexanders Mutter. Du warst am Todestag gegen siebzehn Uhr noch bei ihm. Was habt ihr da besprochen?«

»Nichts Besonderes.«

»Na komm, etwas genauer geht es ja wohl.«

Tom war vor dem Fenster eines kleinen Reisebüros stehen geblieben und besah sich die Auslage.

»Also?«, bohrte Elfriede nach.

Toms Gesicht spiegelte sich in der Glasscheibe, eingefärbt vom strahlenden Blau eines Posters, das zu einer Reise an die türkische Westküste verlocken sollte. Er schien angespannt.

»Wie gesagt, es war nichts Wichtiges. Ich wollte nur noch etwas zu den Mathehausaufgaben am nächsten Tag wissen.«

»Und dafür bist du extra hingefahren? Das hättet ihr doch über Facebook oder telefonisch erledigen können. Ihr habt doch sicher beide ein Handy?«

Er warf ihr einen verblüfften Blick von der Seite zu, dann versenkte er sich wieder in die Auslage. »Ja, klar. Aber das Haus der Kösters liegt auf dem Weg, ich wollte ja zum Training.«

»Wrestling?«

Tom nickte. »Da war ich auch den ganzen Abend, das können Sie nachprüfen.«

Er lachte kurz trocken auf. »Falls Sie mich verdächtigen.«

»Wart ihr sehr gute Freunde?« Elfriede bemühte sich um einen sanften Klang in ihrer Stimme.

»Wir kannten uns seit dem Kindergarten.«

»Aber sehr viel hattet ihr nicht gemeinsam, oder?«

»Wie meinen Sie das?«

»Na ja«, Elfriede schaute auf die Wandschmierereien auf der gegenüberliegenden Mauer und den Müll am Straßenrand. »Unterschiedliche Wohnverhältnisse, dein Sport, der Alexander nicht interessierte, die schulischen Leistungen?«

»Chillen konnte man mit ihm gut.«

Elfriede kam zum Thema zurück. »Alexander war also ein fleißiger Schüler, der nicht nur seine Hausaufgaben machte, sondern dir auch noch dabei half?«

Tom zögerte nur kurz. »Ja, sicher!«

Sein Blick wanderte jetzt über ein Plakat mit Städtereisen zum Schnäppchenpreis. Lissabon, Paris, Zürich knallte es Elfriede in roten Blockbuchstaben entgegen. Direkt darunter war ein weißer Zettel an die Scheibe geklebt, den Tom so konzentriert anstarrte, als wolle er den Text auswendig lernen. *Aushilfe auf 400-Euro-Basis gesucht.* Das richtige Stichwort.

»Woher hatte er die fünftausend Euro?«, fragte sie den Jungen, der seinen Blick jetzt von dem Schaufenster abgewandt hatte und mit der gleichen Konzentration wie zuvor seine Schuhe betrachtete. Tom zuckte mit den Schultern.

»Aber du wusstest von dem Geld?«

Tom schien seine Schuhe unwiderstehlich zu finden, so sehr fixierte er sie. »Nein. Das heißt: ja. Die Polizei hat uns alle gefragt, ob wir was wüssten. Die ganze Klasse.«

»Aber natürlich wusste niemand etwas«, meinte Elfriede.

Wieder zuckte Tom mit den Schultern.

»Ihr wusstet sicher auch nicht, was Alexander sonst noch so trieb. Mit Yvonne Bellinger zum Beispiel oder mit Sandy Schwarz. Keine Ahnung, was ihr unter Chillen versteht, aber offensichtlich gehörten Wegschauen und Klappehalten dazu.«

»Ach, die sollen sich nicht so haben«, murmelte Tom und setzte sich wieder in Bewegung. »So schlimm war das jetzt auch nicht. Er hat sie halt ein bisschen geärgert.«

»Ein bisschen geärgert?« Elfriede schnappte vor lauter Empörung nach Luft. »Er hat sie systematisch fertig gemacht.«

»Hören Sie«, fuhr Tom sie wütend an. »Was wollen Sie eigentlich von mir? Alexander war mein Freund und jetzt ist er tot. Mehr gibt es dazu nicht zu sagen.«

»Was ich von dir will?« Elfriede wurde jetzt auch wütend. »Das kann ich dir sagen, Tom. Ich glaube dir kein Wort. Mag sein, dass manche Angst hatten, sich in diese Mobberei einzumischen. Aber du warst sein Freund. Du hättest ihn stoppen können. Warum hast du das nicht getan? Was brachte dir diese Freundschaft?«

Toms Schritte wurden immer schneller und schon wieder musste Elfriede sich anstrengen, Schritt zu halten.

Sie packte Toms Ärmel und zwang ihn so, stehen zu bleiben. »Tom, woher stammte das Geld? Und wo ist Alexanders Handy?«

Der Junge riss sich los und gab ihr einen Schubs, so dass sie gegen die Hauswand taumelte. Für einen Moment starrte er sie schwer atmend an, dann drehte er sich um und jagte mit langen Schritten die Straße hinunter.

Elfriede besah sich ihren Mantel. Tante Ingeborg würde begeistert sein, das gute Stück noch einmal unter die Bürste nehmen zu müssen. Die Schmutzspur zog sich den ganzen Ärmel lang. Das nächste Mal würde sie sich einen dunklen Trench kaufen.

Fluchend wich Elfriede einem grünschillernden Hundehaufen am Bordsteinrand aus und suchte in ihrer Manteltasche nach der Schachtel Zigaretten. Der Junge wusste etwas, das war klar. Dem würde sie noch einmal auf den Zahn fühlen müssen. Köster wollte heute Ergebnisse sehen. Wenn sie nichts vorzuweisen hätte, wäre sie ihren Auftrag los. Aber hatte sie denn eine Spur? Elfriede schaute auf ihre Uhr. Um neun war der Termin im Autohaus vereinbart. Zeit, noch eine halbe Stunde das Sportprogramm zu absolvieren. Angeblich bekam man dabei ja die besten Ideen. Sie drückte die Zigarette aus und wandte sich ihrem Fiesta zu. Ihr Handy klingelte. War Tante Ingeborg doch nicht mit Oliver fertig geworden? Hatte er wie üblich gemault, weil seine Lieblingsjeans in der Wäsche war? Konnte er sein Lateinbuch mal wieder nicht finden?

Ohne auf das Display zu schauen, drückte sie auf die grüne Taste und flötete: »Na, mein Süßer, was hast du für Probleme?«

»Wenn du weiterhin so nett zu mir bist, keine«, tönte es aus dem Hörer. »Wir müssen über Oliver reden.«

»Ich wusste gar nicht, dass du um diese Zeit schon reden kannst, Klaus«, bemerkte Elfriede trocken.

Der Redaktionsbetrieb begann gegen zehn Uhr. Morgens um acht hatte ihr Ex sich – Schulbetrieb hin oder her – erst mal auf die andere Seite gedreht. Und vor der ersten Tasse Kaffee gegen neun Uhr war ihm kein Wort zu entlocken gewesen.

»Dachte ich mir's doch, dass die Liebenswürdigkeit nicht lange anhält«, höhnte Klaus aus den Handy. »Aber jetzt im Ernst: Oliver will zu mir ziehen. Das bedeutet, dass der Unterhalt für ihn entfällt. Ich werde die Überweisung ab dem nächsten Monat einstellen.«

Einen kurzen Moment lang war Elfriede sprachlos. Dann holte sie tief Luft. »Willst du Krieg, Klaus?«, bellte sie. »Kannst du haben. Oliver kann zwar seine Wünsche äußern. Aber ein Familienrichter schaut immer noch darauf, ob Jugendliche in diesem Alter auch gut untergebracht sind. Und das kannst du mit deinen vielen Dienstreisen gar nicht garantieren. Oder will deine tippende Geliebte den Babysitter mimen?«

»Von Baby kann überhaupt keine Rede mehr sein«, sagte Klaus. »Der Junge ist vierzehn und mittlerweile einen Meter achtundsiebzig groß. Also lass Viola gefälligst aus dem Spiel und kümmere dich um deine eigenen Angelegenheiten. Apropos, wie läuft der Neustart im Beruf?«

»Bestens«, blaffte Elfriede und drückte auf den roten Knopf, um das Telefongespräch zu beenden.

Der Streit mit Klaus hatte ihr gerade noch gefehlt. Zum Joggen hatte sie jetzt keine Lust mehr. Köster musste überzeugt werden. Sie brauchte das Geld dringender denn je.

Das BMW-Autohaus an der Kreuzung in der Nähe des Hofheimer Finanzamtes protzte mit blank geputzten Scheiben und viel

Chrom. In der Hofheimer Zeitung hatte sie vor kurzem das Foto der kleinen Werkstatt gesehen, die vor dreißig Jahren an dieser Stelle gestanden hatte. Köster Junior hatte den Betrieb seines Vaters übernommen und offensichtlich mit glücklicher Hand ausgebaut. Zwar war die Werkstatt noch angeschlossen, aber das meiste Geld machte Köster wahrscheinlich mit dem Verkauf von Neuwagen. Von Finanzkrise keine Spur. Selbst morgens um neun Uhr standen hier schon zwei geschniegelte Krawattenträger und feilschten mit den Verkäufern um die Preise. Elfriede machte einen Bogen um die Jungs mit der Gelhaarfrisur. Sie hasste die Automarke. In ihrer persönlichen Macho-Statistik standen BMW-Fahrer ganz oben: Drängler und Rüpel. Sie verzog die Mundwinkel, zwang aber sogleich ein Lächeln auf ihr Gesicht. Hier ging es nicht um persönliche Vorlieben, sondern ums Geschäft. Und der Köder musste dem Fisch schmecken, nicht dem Angler. Oder so ähnlich, soweit man Fische mit Autos vergleichen konnte.

Köster tat, als sähe er sie nicht, dabei hatte die Sekretärin die Tür weit geöffnet. Aufmerksam studierte er einige Unterlagen und wies dann, ohne hochzublicken, mit der Hand auf den Stuhl vor seinem Schreibtisch. Elfriede schluckte ihren Ärger runter, nahm Platz, schlug die Beine übereinander und zupfte den Rock ihres weißen Kostüms so zurecht, dass sie ein wenig, aber nicht zu viel Bein zeigte. Trotz der kühlen Jahreszeit hatte sie sich für das Kostüm entschieden, nicht nur, um ihre weiblichen Reize in die Verhandlung einzubringen, sondern vor allem, weil es momentan das einzige einigermaßen seriöse Kleidungsstück war, in das sie überhaupt hineinpasste.

Sie betrachtete Köster, der seine Unterschrift unter einige Papiere setzte, und blieb bei ihrem Urteil: attraktiv. Wenn man etwas übrig hatte für diese zackige Sorte, straff zurückgekämmte kurze Haare, einen schmalen, entschlossenen Mund und ein

Rasierwasser, das als Kampfauftrag zu werten war. Jetzt endlich erwies er ihr die Gnade eines Blickes und reichte ihr über den Schreibtisch die Hand.

»Guten Morgen, Frau Schmittke. Ich sehe Ihrem Bericht mit großem Interesse entgegen. Die Polizei –«

»Hat bisher noch keinen Tatverdächtigen«, ergänzte Elfriede und biss sich gleich danach auf die Zunge, weil sich Carmen wie das Lenor-Gewissen in ihr Unterbewusstsein getriggert hatte.

»Ganz richtig«, bestätigte Wolfgang Köster. »Ich bin sehr ungehalten über diese schleppenden Ermittlungen. Meine Frau – nun ja, sie würde mit Alexanders Tod besser fertig werden, wenn sie wüsste, wer es getan hat und warum. Ich mache mir große Sorgen um sie.«

»Das tut mir leid«, sagte Elfriede und dachte an die zerbrechliche Blondine in dem großen Haus.

Köster schaute sie an. »Sie würden uns einen großen Dienst erweisen, wenn Sie uns Ihre Ergebnisse mitteilen würden.«

»Ich stehe ja erst am Anfang«, begann Elfriede, aber Köster unterbrach sie:

»Also auch nichts«, bemerkte er bitter. »Dann danke ich Ihnen für Ihre Dienste und erkläre unsere Zusammenarbeit hiermit für beendet.«

Elfriede stand auf. »So geht das nicht, Herr Köster«, sagte sie. »Sie müssen mich schon ausreden lassen. Was ich zu sagen habe, ist nicht einfach. Denn es betrifft auch das Bild, das Sie sich von Ihrem Sohn gemacht haben. Einiges deutet darauf hin, dass Alexander nicht gerade zimperlich mit seinen Mitschülern umgegangen ist. Der vorbildliche Knabe, als den ihn Direktor Tannenberg verkaufen will, war er jedenfalls nicht.«

»Na und?«, schnitt ihr Köster das Wort ab. »Dass Alexander sich durchsetzte, habe ich bereits vermutet. Das Leben ist hart und wer früh Führungsqualitäten entwickelt, wird sich später von niemandem auf dem Kopf herumtanzen lassen. Was das allerdings mit dem Mord zu tun hat, ist mir schleierhaft.«

Elfriede beugte sich vor und wählte ihre Worte mit Bedacht: »Das sieht nicht jeder so, Herr Köster. Vor allem jene nicht, die sich als Opfer fühlten.«

Kösters Augen wurden schmal. »Wovon reden Sie, Frau Schmittke«, fragte er, »und vor allem, von wem?«

»Ich darf Ihnen die Namen nicht nennen«, antwortete Elfriede, »aber es wäre ratsam, im Kreise gewisser Schüler, die zu Außenseitern gemacht wurden, zu ermitteln.«

Köster zog seine Schreibtischschulblade auf und entnahm ihr ein Papier. »Der Anschlussvertrag«, sagte er. »Dreihundert Euro täglich zuzüglich Spesen. Zunächst für weitere zwei Wochen, Verlängerung möglich.«

Elfriede wollte danach greifen, doch Köster zog das Papier wieder zurück und schaute sie unverwandt an.

»Einen Namen«, verlangte er.

Elfriede blickte aus dem Fenster. Am Morgen hatte die Sonne geschienen, doch jetzt hatte sich der Himmel verdunkelt und die ersten Hagelkörner trommelten auf den Boden. Wahrscheinlich würde der Fiesta wieder nicht anspringen. Sie sagte mit leiser Stimme: »Sandy Schwarz.«

Was nun?, fragte sich Elfriede, nachdem sie quer über die Straße gerannt war und in dem Kiosk an der Zulassungsstelle Schutz vor dem heftigen Regen gefunden hatte. Sie stand an einem Stehtisch und rührte in ihrer Kaffeetasse, als wolle sie Schaum darin schlagen. Die Erleichterung über den Vertrag war schnell verflogen, dafür hatte das Grummeln in der Magengegend zugenommen. Natürlich, es war nicht ausgeschlossen, dass jemand aus Sandys Umfeld an dem Mord beteiligt war, versuchte sie sich zu beruhigen. Auch wenn man Sandy laut Carmen ausschließen konnte, wer sagte denn, dass er nicht jemanden beauftragt oder überredet und vielleicht sogar den Täter begleitet hatte.

»Eben«, bekräftigte sie laut ihren eigenen Gedankengang und schloss erschrocken wieder den Mund, als die Verkäuferin mit den fettigen Haaren hinter ihrer Theke erstaunt aufsah. Das ungute Gefühl blieb. Sie fühlte sich wie eine Hochstaplerin. Da half nur eins, sie musste diesen Fall so schnell wie möglich lösen.

»Konzentrier dich, Elfriede!« Und weil wohl Carmen immer noch in ihrem Hinterstübchen herumspukte: »Was würde dieser verdammte Konfuzius tun?«

»Guck, wie er handelt, betracht sei Motive un unnersuch, wo er sei Ruh findet. Wie könnt en Mensch dir dann noch ebbes verberge?«, sagte eine dünne Stimme.

Elfriede wäre bei den Worten der Verkäuferin fast die Tasse aus der Hand gefallen, die sie gerade an den Mund führen wollte.

»Wie bitte?«

»Konfuzius. Des iss mei allerliebste Weisheit von dem. Deshalb mach ich die Abeid hier so gern. Anner Zulassungsstell iss viel los, a ständisch Komme unn Gehe. Ich beobacht alls die Leut und mach mir so mei Gedanke übber se. Was die so mache unn warum. Des iss so was von geil. Vielleicht schreib ich mal e Buch drübber.«

Elfriede starrte sie immer noch sprachlos an.

»Machen Se sich kei Sorsche, mit sich selbst babbele iss meist harmlos.« Die Frau strich sich die Haare hinter die Ohren und legte dann mit spitzen Fingern Salamischeiben auf schon mit Margarine beschmierte Brötchenhälften. »Oder trinkee Se etwa?«

Elfriede schüttelte den Kopf, hatte aber auf einmal, trotz der Vormittagsstunde, das Gefühl, einen Schnaps gut vertragen zu können.

Stattdessen kramte sie in ihrer Handtasche und fragte: »Hätten Sie mal ein Blatt Papier für mich? Stift habe ich wahrscheinlich selbst.«

Die Verkäuferin grinste und schob ihr einen Zettel zu.

»Also, was sagt Konfuzius?«

Eine halbe Stunde später parkte Elfriede vor dem Gymnasium, mit dem Zettel in ihrer Manteltasche. *Beobachte, wie er handelt, betrachte seine Motive und untersuche, worin er seine Ruhe findet.* Sie fing mit Sandy an. Was tat er? Er litt und drohte. Der Grund war offensichtlich. Und Ruhe? Die hatte er wohl eher nicht. Ähnliches galt für Yvonne, nur dass die nicht drohte, sondern resignierte. Sich das Leben nehmen wollte, weil es für sie ebenfalls keine Ruhe gab. Wenn Elfriede ganz sicher sein wollte, dass niemand aus dem unmittelbaren Umfeld dieser beiden Jugendlichen die Tat begangen hatte, dann musste sie alle Familienmitglieder und Freunde der beiden ausfindig machen und hoffen, bei der Befragung auf Hinweise zu stoßen. Andererseits waren die Mobbingopfer die einzige Spur, die die Polizei bisher überhaupt hatte, und so, wie Elfriede Carmen kannte, war sie sicher, dass Untersuchungen dieser Art schon in großem Umfang stattgefunden hatten. Offensichtlich bisher ohne Erfolg.

Tom? Der war rundum widersprüchlich. Elfriede konnte ihn überhaupt nicht einschätzen. Seine Trauer schien aufrichtig, aber seine Kommentare zum toten Alexander waren knapp und seine Stimme klang dabei leicht gequetscht. Elfriede war überzeugt, dass er log oder zumindest etwas verschwieg, als bester Freund wusste er mit Sicherheit mehr, als er zugeben wollte. Zum Beispiel, woher das Geld stammte. Und was hatte sein aggressives Verhalten am Morgen zu bedeuten? Dieses Schubsen und Anschreien? War das Wut? Oder Angst? Verzweiflung? Toms Taten und Motive mussten auf jeden Fall noch einmal untersucht werden. Sie musste einfach einen Weg finden, Tom zum Reden zu bringen. Eines wusste sie allerdings mit Bestimmtheit: Eine innere Ruhe verspürte der Junge nicht.

Ein grüner Kombi parkte neben ihr und eine Frau mit dunkel gefärbten Haaren, die Aktentasche eng an sich gepresst, stieg aus und warf ihr einen misstrauischen Blick zu.

Elfriede fiel jemand ein, der anscheinend große Ruhe besaß.

Dr. Tannenberg. Wie ein Fels in der Brandung. Oder besser im Sumpf seiner Schule. Nicht ganz in Konfuzius' Sinne, aber dennoch mit Hilfe seiner Weisheit verfolgte Elfriede den Gedanken weiter. Tannenberg wiegelte ab, beschwichtigte und verlagerte Zuständigkeiten. Sein Motiv? Vermutlich der Wunsch nach einem störungsfreien Schulablauf, gekoppelt an den guten Ruf der Schule, der keinesfalls in Gefahr geraten durfte. Freundlicher Schüler mit guten Noten klang einfach besser als Mobber der übelsten Sorte. Das war nachvollziehbar. Was also störte sie an dem Bild? Und dann fiel es ihr ein. Die Noten. Tannenberg hatte behauptet, dass Alexander ein guter Schüler gewesen sei. Aber bei Wenzel bekam er schlechte Noten und war nach dessen Aussage in allen Fächern mündlich keine besondere Leuchte. Trotzdem schaffte Alexander es, gute Arbeiten zu schreiben. Außer bei Wenzel. War der Junge nur mit diesem einen Lehrer nicht zurechtgekommen oder gab es dafür einen anderen Grund?

Spontan entschied sich Elfriede, die eigentlich Tom vor seiner Klassentür hatte abfangen wollen, zu einem weiteren Besuch beim Direktor. Ebenso spontan klopfte sie an dessen Tür, als sie das Vorzimmer leer vorfand, drückte direkt die Klinke herunter, mit der festen Absicht, sich nicht abweisen zu lassen, und schlüpfte, weil auch dieser Raum leer war, einfach ins Zimmer.

Sie ließ den Blick über die düsteren Holzmöbel schweifen. Der Bücherschrank, Schiller, Brockhaus – eine Inszenierung der klassischen Bildung. Das verfehlte bei manchen Eltern sicher nicht seine Wirkung. Der Schreibtisch war aufgeräumt, das antike Federset mit Tintenfass akkurat unter der

Schreibtischlampe platziert, daneben ein Bilderrahmen, der ihr beim ersten Gespräch gar nicht aufgefallen war. Er zeigte eine Frau um die vierzig, die einen koketten Zug um den Mund hatte. Vermutlich seine Gattin. Dass er verheiratet war, machte ihr den Mann etwas sympathischer. Tief in ihrem Herzen hatte sie Tannenberg für beziehungsunfähig gehalten. Ob Konfuzius bei seiner Methode auch die Vorurteile einkalkuliert hatte?

Elfriede seufzte und zog die oberste Schreibtischschublade auf. Sie knarrte und erschrocken sah Elfriede zur Tür. Die Sekretärin schien noch nicht zurück zu sein. Zwischen zehn und elf war diese Schule wie leergefegt, alle saßen beim Unterricht in den Klassen. Eine gute Zeit für Ermittlungen. Elfriede durchsuchte die Schublade. Budgetaufstellungen, Kosten für Reinigungskräfte, Schulmöbel, Klopapier – langweilig. Eine Klarsichtmappe mit der Aufschrift »G8 – Kommunikationsstrategie«. Sie schmunzelte, das war sicher notwendig. Die zweite Schublade war abgeschlossen. Für Elfriede kein Problem. Sie nahm den Bund mit Dietrichen aus der Handtasche, suchte nach der passenden Größe und hatte in Sekundenschnelle die Schublade geöffnet. Eine rote Briefmappe aus Leder fiel ihr in die Hände. Dass es so etwas noch gab? Der Mann hatte Stil. Neugierig öffnete sie die Mappe und stieß auf ein Schreiben auf teurem Büttenpapier.

»Teilen wir Ihnen hiermit mit, dass Sie in den Kreis der engeren Bewerber aufgenommen wurden, und würden gerne in einem persönlichen Gespräch …«

Elfriede schaute auf den Briefkopf. Internat Schloss Riedberg. War das nicht dieses Hochbegabten-Internat, das im nächsten Jahr seine Pforten öffnen sollte? Sie hatte davon in der Zeitung gelesen. Von den Politikern hochgejubelt, ein Prestigeobjekt des Landes Hessen. Nur die Besten der Besten sollten dort angenommen werden. Das Ganze gesponsert von ein paar schwerreichen Industriellen. Für Tannenberg zweifellos ein

Karrieresprung. Sie klappte die Mappe wieder zu, verschloss die Schublade und nahm sich die Ordner im Regal vor. Korrespondenz mit Eltern, Mitteilungen des Schulamtes, auf dem obersten Regal Rundbriefe an die Lehrer. Dass es heutzutage so etwas wie E-Mails gab, schien an Dr. Tannenberg bislang vorbeigegangen zu sein. Warum sonst wurde hier alles noch wie in alten Zeiten abgeheftet? Was überhaupt hatten Schulleiter ihren Lehrern per Brief mitzuteilen? Elfriede reckte sich, kam aber nicht bis ans oberste Fach. Kurz entschlossen schob sie den Besucherstuhl vor das Regal, schlüpfte aus ihrem rechten regennassen und verdreckten Schuh und stieg, nach einem weiteren Blick zur Tür, hinauf. Sie griff nach dem neuesten Ordner mit Rundbriefen, kletterte hinunter und öffnete ihn neugierig. Neue Schulhofregelungen, Sanktionsandrohungen für Lehrer, die heimlich im Schulgebäude rauchten, eine Diskussion über das Ändern des Pausenklingelns. Auf Seite vier stieß Elfriede auf einen Namen, der ihr bekannt vorkam: Wenzel. Der Mobbing-Experte vom Schulflur. Der, der Alexander als mäßigen Schüler einstufte. Sie las weiter. Wenzel widersprach Dr. Tannenbergs Anordnung, für einen gewissen Zeitraum die Klassenarbeiten vorab der Schulleitung vorzulegen. Der Rektor argumentierte mit Qualitätssicherung in Hinblick auf Evaluation und Zentralabitur. Wenzel dagegen hielt diese Maßnahme für eine weitere Bürokratisierung des Schulalltags, er habe Besseres zu tun in seiner knapp bemessenen Zeit. In ihrem Herzen stimmte Elfriede ihm zu. Sie hätte dem Lehrer gerne noch ein Zitat von Marie von Ebner-Eschenbach als Argumentationshilfe geliefert: »Wenn die Zeit kommt, in der man könnte, ist die vorüber, in der man kann.«

Ein Geräusch im Vorzimmer und das direkt anschließende leichte Klopfen ließen Elfriede zusammenfahren. Ihr Puls schoss augenblicklich in die Höhe und erschrocken schnappte sie nach Luft. In Sekundenbruchteilen war ihr klar, dass sie keine Chance hatte, den Ordner an seinen Platz zurückzuschaffen, sollte der

Anklopfer eintreten. Was jetzt? Verzweifelt starrte sie zur Tür und vernahm ein zweites, diesmal ungeduldiges und lautes Klopfen. Spontan warf sie den Ordner auf den Stuhl und ließ sich draufplumpsen.

»Sie schon wieder!« Die Tür flog auf und der Straßenköterblonde, den Elfriede bei der Besichtigung des Tatorts getroffen hatte, stand massig im Rahmen. Diesmal trug er einen blauen Arbeitsanzug. »Was haben Sie hier zu suchen?«

»Ich warte auf Doktor Tannenberg.« Elfriede lächelte ihn an, während sie so unauffällig wie möglich an den Falten ihres Rocks zupfte, jetzt doch froh darüber, dass sie das weiße Kostüm angezogen hatte. »Frau Klagbauer war leider nicht da, sonst hätte ich erst noch ein bisschen mit ihr geplauscht«, sagte sie und tat, als wäre es das normalste von der Welt, einfach im Direktorenzimmer Platz zu nehmen.

»Ach ja«, sagte der Hausmeister und kam bedrohlich auf sie zu. »Meine Frau hat sich heute Morgen krank gemeldet. Das Sekretariat ist also nicht besetzt.«

»Nun, ich habe jedenfalls Wichtiges mit dem Direktor zu besprechen«, meinte Elfriede und rutschte ein wenig auf dem unbequemen Ordner herum. »Die Ermittlungen müssen schließlich weitergehen. Meinen Namen kenne Sie ja schon.« Sie streckte ihm die Hand entgegen: »Ich bin Privatdetektivin.«

Der Aschblonde ignorierte die ausgestreckte Hand und musterte sie misstrauisch. »Die Polizei war schon hier«, raunzte er. »Ich wüsste nicht, was es noch zu schnüffeln gäbe.«

»Ich ermittele im Auftrag von Alexanders Vater«, erwiderte Elfriede. »Ist Ihre Frau ernsthaft erkrankt?«

»Der Kreislauf«, knurrte Klagbauer.

»Kenn ich«, seufzte Elfriede, dankbar für das richtige Stichwort. »Bei diesem wechselhaften Wetter haut es mich auch immer um. Ich muss mich dann sofort hinsetzen, so schwindlig wird mir.« Entschuldigend machte sie eine Handbewegung zu ihrem Schuh. »Fußübungen helfen, den Kreislauf wieder in Schwung zu bringen.«

Stöhnend legte sie die Hand an ihre Stirn. »Ob Sie wohl so lieb wären, mir meine Kreislauftropfen aus meinem Wagen zu holen? Der knallblaue Fiesta auf dem Parkplatz? Die Tropfen sind im Handschuhfach.«

»Der Parkplatz ist nur für Lehrer«, schimpfte der Hausmeister, streckte aber die Hand aus.

Irritiert sah Elfriede ihn an.

»Die Schlüssel?«

Ihr Blick wanderte zu ihrer Handtasche auf dem Schreibtisch. Aufstehen war unmöglich. Sie lächelte Klagbauer, der ihr irgendwie unheimlich war, zuckersüß an. »Würden Sie mir bitte meine Tasche reichen?«

Auf dem Heimweg hatte sie immer noch Schweißtropfen auf der Stirn. Glück gehabt. Bis Klagbauer zurück war, um ihr zu sagen, dass er keine Tropfen finden konnte, hatte sie den Ordner wieder an seinen Platz gestellt. Der Hausmeister war sauer und wohl auch misstrauisch, half ihr aber dennoch zu ihrem Wagen.

»In diesem Zustand sollten Sie nicht fahren«, hatte er ihr beiläufig mit auf den Weg gegeben, seiner Stimme war anzuhören, dass es ihn nicht wirklich interessierte. Dementsprechend schnell konnte Elfriede den Parkplatz verlassen.

Sie fühlte sich völlig erledigt. Das war ein anstrengender Vormittag gewesen. Wenn sie sich je ein ordentliches Mittagessen verdient hatte, dann jetzt. Mist, ausgerechnet heute gab es keinen gedeckten Mittagstisch, fiel ihr ein. Ingeborg war doch nach Frankfurt gefahren. Aber fürs Kochen fehlte ihr die Energie. Höhere Gewalt, seufzte sie innerlich, als sie einen Zwischenstopp beim Pizza-Service am Bahnhof einlegte.

Bewaffnet mit einer Salami-Schinken-Pizza für Oliver und Thunfischsalat für sich selbst stieg Elfriede kurz darauf aus dem

Wagen, ein ganzes Stück entspannter als zuvor. Ob es an dem Glas Sekt lag, das sie getrunken hatte, oder an der Tatsache, dass Paulo sie dazu eingeladen hatte, wollte sie jetzt gar nicht weiter ergründen. Dieses weiße Kostüm schien in vielerlei Hinsicht praktisch.

Verdutzt blieb sie stehen. Eine innere Stimme teilte ihr mit, dass es wohl gleich vorbei sein würde mit der Entspannung. Vor ihrer Haustür stand Kösters Frau und schien offensichtlich auf sie zu warten.

»Gott sei Dank, da sind Sie endlich.« Die Aufregung war ihrer Stimme anzuhören. »Mein Mann hat mich angerufen, ich solle unbedingt mit Ihnen sprechen.« Nervös verknotete sie ihre Hände. »Mit Ihnen und mit unserem Anwalt.«

Elfriede war irritiert. »Was ist denn passiert?«

»Die Polizei hat ihn verhaftet.«

»Was? Wieso? Ich habe doch vorhin erst mit ihm gesprochen.«

Frau Köster verhaspelte sich fast, so schnell versuchte sie, alles zu erklären. »Genau weiß ich es ja auch nicht, aber anscheinend hat mein Mann nach Schulschluss einen Schüler zusammengeschlagen. Ich verstehe das alles nicht. Warum tut er denn so was? Auf jeden Fall soll ich Ihnen ausrichten, dass Sie sich beeilen sollen mit Ihren Beweisen gegen diesen Jungen.«

Sie schaute verlegen zu Boden. »Genau genommen sagte er, ich solle Ihnen Feuer unterm, na ja, unterm Hintern machen.«

»Wen hat er verprügelt? Welchen Jungen?«

Irene Köster zögerte und musste einen Moment nachdenken. »Ich komme nicht auf den Namen. Irgendeinen Randy oder so.«

»Sandy. Sandy Schwarz.«

»Ja, genau. Das war der Name.«

Es fühlte sich an wie ein Schlag in den Bauch und Elfriede spürte, wie die Magensäure sich einen Weg nach oben bahnte und sie auf einmal den Geschmack von Sekt im Mund hatte. Sie schloss die Augen und holte tief Luft, um den Brechreiz zu bekämpfen.

»Frau Schmittke? Geht es Ihnen nicht gut?«

Frau Köster packte sie besorgt am Ellbogen.

Elfriede öffnete die Augen. »Schon gut«, sagte sie. »Der Kreislauf.«

Aus dem Haus hörte sie das Telefon klingeln. Sie drückte Irene Köster Pizza und Salat in die Hand und suchte mit zitternden Händen nach dem Schlüssel in ihrer Tasche. Als die Tür endlich offen war, hörte das Klingeln auf.

»Hören Sie, ich muss gehen«, sagte Frau Köster. »Meine Tochter kommt gleich aus der Schule. Sie kümmern sich doch um alles, oder? Ich weiß wirklich nicht, was meinen Mann dazu veranlasst hat, ich verstehe überhaupt nichts mehr.« Tränen schossen ihr in die Augen. »Sie helfen uns, ja?«

Elfriede brachte ein angedeutetes Nicken zustande, während sie Frau Köster das Essen wieder abnahm. »Ich versuche es.«

Frau Köster nickte ebenfalls, warum, war Elfriede nicht ganz einsichtig, dann wandte sie sich um und eilte die Straße hinunter.

Wieder klingelte das Telefon. Gereizt griff Elfriede nach dem Hörer. Wenn das wieder Klaus war, kam er ihr gerade recht.

Aber es war nicht Klaus.

»Sag mir, dass das nicht wahr ist!«

Elfriede spürte die unterdrückte Wut, als griffe eine Hand durch den Hörer nach ihrer Kehle.

»Carmen!«

»Sag mir einfach, dass das nicht wahr ist!«

Zum zweiten Mal innerhalb weniger Minuten musste Elfriede tief Luft holen. Aber sie kam gar nicht dazu, etwas zu sagen.

»Hast du tatsächlich Herrn Köster gesagt, dass Sandy Schwarz seinen Sohn auf dem Gewissen hat?«

»Nein, das habe ich nicht«, warf Elfriede ein.

»Hast du ihm gesagt, dass Sandy, wenn er es schon nicht selbst war, trotzdem für den Tod seines Sohnes verantwortlich ist?«

»Nun ja, so ähnlich. Immerhin ist es nicht ganz ausgeschlossen, oder? Schließlich müssen wir allen Spuren nachgehen.«

»Wir? Wage es nicht, uns in einen Topf zu werfen. Heute nicht! Spur? Das ist nicht einmal der Hauch einer Spur! Seit wann arbeitest du so unprofessionell?«

»Der Junge hätte ein Motiv«, antwortete Elfriede trotzig.

»Wie viele andere wohl auch«, konterte Carmen. »Abgesehen davon gibt es nichts, aber auch gar nichts, was auf Sandy Schwarz verweist. Bist du denn wahnsinnig? Du kannst doch nicht den Vater eines toten Jungen auf einen Sechzehnjährigen hetzen!«

»Warte mal, Carmen, das lag auch nicht in meiner Absicht. Es war nur …«

»Nur was?«

»Er wollte halt Ergebnisse«, druckste Elfriede kleinlaut in den Hörer.

Sie hörte, wie ihre Freundin nach Luft schnappte.

»Du hast ihm also irgendwas vorgesetzt, damit du den Auftrag nicht verlierst? Hauptsache, etwas berichtet? Erzähl mir nichts, genau so war es doch. Elfie, mir ist glatt danach, dir die Freundschaft zu kündigen. Das ist so was von mies, mir fehlen die Worte.«

»Jetzt warte mal«, konterte Elfriede, die ihr Hirn nach einer Rechtfertigung durchforstete. »Ich bin keine Polizistin und es ist durchaus normal, dass ich einen Kunden über den Stand der Ermittlungen in Kenntnis setze.«

»Ach, halt die Klappe. Das war einfach rundum unseriös.«

Elfriede gab auf. »Es tut mir leid.«

»Das ist mir egal. Erzähl das dem armen Bengel, der jetzt das Zimmer neben Yvonne Bellinger bezogen hat.«

Das Gespräch wurde so abrupt beendet, wie es begonnen hatte. Carmen klickte sie ohne ein weiteres Wort weg.

Elfriede stellte endlich das Mittagessen auf den Tisch. Sie hatte keinen Hunger mehr auf Thunfischsalat.

»Ein Tag, der morgens beginnt, kann nicht mehr gut werden.« Recht hatte er, der alte Hemingway. Zumindest der heutige Tag hatte Elfriede noch nicht vom Gegenteil überzeugen können. Herr Köster, Herr Klagbauer, Frau Köster und vor allem Carmen – keines dieser Gespräche war erfreulich verlaufen. Dazu dieser Regen, der gar nicht mehr aufhören wollte. Seufzend machte sich Elfriede wieder auf den Weg. Sie wusste nicht, ob Carmen es ernst gemeint hatte, als sie sagte, sie solle ihre Entschuldigung bei Sandy Schwarz vortragen. Elfriede hatte keine Ahnung, was sie ihm sagen sollte. Klar war lediglich, dass sie ihn besuchen musste.

Extrem langsam schlenderte sie den Krankenhausgang hinunter, um die Begegnung noch ein wenig hinauszuschieben. Aber schließlich stand sie doch vor seiner Tür. Sie klopfte und trat ein. Das einzige Bett, das in diesem Dreibettzimmer belegt schien, war leer. Sandy war nicht da. Im ersten Moment war sie erschrocken, riss sich aber sofort zusammen.

»Positive thinking!«, murmelte sie.

Ein leeres Bett bedeutete erst einmal, dass der Junge nicht bettlägerig war, vielleicht sogar schon entlassen.

»Suchen Sie Sandy?«

Die ältere Frau im grünen Kittel, die ihr schon bei ihrem ersten Besuch begegnet war, stand in der offenen Tür. »Der ist nebenan bei Yvonne.«

»Vielen Dank!«

Erleichtert lächelte sie die Frau an. Sie wollte gerade an ihr vorbeigehen, als Elfriedes Blick auf das Namenskärtchen fiel, das in Brusthöhe an dem grünen Kittel befestigt war. Regine Köster.

Verblüfft schaute sie ihr ins Gesicht. Jetzt wusste sie auch, wieso ihr die Frau mit der grauen Kurzhaarfrisur so vertraut vorkam. Sie hatte sie schon einmal gesehen. Auf einem Foto in einem silbernen Rahmen in einem minimalistisch eingerichteten Wohnzimmer.

»Sind Sie mit dem Autohaus Köster verwandt?«, fragte Elfriede, obwohl sie sich ihrer Sache ziemlich sicher war.

»Ja, das ist mein Sohn«, sagte die Frau, die fast so groß war wie Elfriede, aber hager und drahtig.

»Und dann sind Sie hier?« Elfriede merkte, dass man ihrem Ton anhören konnte, wie erstaunt sie war.

»Ich arbeite ehrenamtlich in diesem Hospital. Ich bin eine von den ›grünen Damen‹«. Frau Köster zeigte erklärend auf ihren Kittel. »Wissen Sie, ich habe so viel Zeit, die will ich sinnvoll nutzen. Ich kümmere mich ein wenig um die Patienten. Höre ihnen zu, hole ihnen Bücher aus der Bibliothek oder mache auch schon mal kleine Besorgungen für sie. In ihrem Leid verstanden zu werden, das ist für viele oft schon Medizin.«

»Natürlich, ja, das ist auch sehr lobenswert«, stotterte Elfriede, »aber ausgerechnet hier?«

Frau Köster verzog ein wenig die Mundwinkel, ihr Lächeln wirkte bitter. »Sie meinen, ausgerechnet bei Yvonne und Sandy?«

Elfriede nickte.

»Nun, das nennt man vielleicht Ironie des Schicksals. Oder Bestimmung. Vielleicht auch einfach nur Zufall.«

Elfriede ließ sich auf eins der freien Betten plumpsen. »Das Leben spielt schon manchmal verrückt.«

»Nicht das Leben«, antwortete die Frau. »In diesem speziellen Fall sind es wohl eher die Männer in meiner Familie.«

»Sie wissen von Alexanders Verhalten?«

»Sicher weiß ich das. Ich war hier, als die Kleine eingeliefert wurde. Es stand auf Messers Schneide, ob sie überhaupt überleben würde. In der ersten Zeit habe ich mich dann viel mit ihr unterhalten. Sie hat mir von all den Quälereien und Demütigungen erzählt. Unglaublich, was der Junge ihr alles angetan hat.«

Frau Köster seufzte. »Als es Yvonne etwas besser ging, hat sie mein Namensschild bemerkt. Danach war sie natürlich nicht mehr gut auf mich zu sprechen. Schließlich war es mein Enkel, der sie so weit getrieben hat. Sie macht mich irgendwie mitverantwortlich. Wer weiß, vielleicht hat sie ja recht. Eine Zeit lang durfte ich gar nicht mehr zu ihr kommen. Meine Kollegin hat Yvonne dann davon überzeugt, dass ich nur versuche, etwas wiedergutzumachen. Falls man das überhaupt kann«, fügte sie bitter hinzu. »Aber Yvonne gibt mir eine Chance.«

»Hatten Sie guten Kontakt zu Alexander?«

»Als er klein war, war er ein lieber Junge.« Frau Köster betrachtete das Kruzifix an der Wand.

»Und als er größer wurde?«

»Als er älter wurde, ähnelte er mehr und mehr meinem Sohn. Und der ist eine Kopie seines Vaters.«

»Sind die Männer in Ihrer Familie gewalttätig?«

»Wenn Sie wissen wollen, ob sie ihre Frauen schlagen – nein. Aber laut und unbeherrscht sind sie, wie Sie ja jetzt an Sandy sehen können. Und allmächtig.«

»Allmächtig? Wie meinen Sie das?«

Frau Köster drehte sich um und sah Elfriede in die Augen. »Wie ich es sage.«

Energisch wandte sie sich zur Tür. »Sie müssen mich jetzt entschuldigen. Ich habe zu tun.«

Elfriede blieb noch einige Minuten auf dem Bett sitzen. Dies war ein Tag voller Überraschungen und sie fühlte sich erschöpft.

»Sei ehrlich«, ermahnte sie sich selbst. »Du bist nicht nur völlig fertig, du fühlst dich überfordert. Du hast vor allem immer noch keine Ahnung, wer Alexander ermordet hat.«

Aber es nutzte alles nichts. Eins nach dem anderen. Heute Abend konnte sie ihre Notizen sortieren und grübeln. Jetzt musste sie erst einmal zu Sandy.

Der kleine Junge, der mit ihrem Schlüsselanhänger Gangster gejagt hatte, war anscheinend entlassen worden. Jedenfalls war das Bett an der Tür leer. Sandy saß auf einem Stuhl vor Yvonnes Bett. Die blauen Boxershorts hatte er offensichtlich als Krankenhausbekleidung gewählt. Daneben stand das Emo-Mädchen, das Elfriede schon auf dem Schulhof neben Tom bemerkt hatte. Ihr weiß geschminktes Gesicht mit den dunkel umrahmten Augen drehte sich erstaunt nach Elfriede um. Auch Yvonne blickte sie fragend an. Sie war noch immer sehr blass und lag im Bett. Elfriede behielt vorsichtshalber die Türklinke in der Hand.

»Darf ich eintreten?«

Sandy erhob sich, bereit zur Flucht. Die Dunkelgewandete legte ihm beruhigend eine Hand auf den Arm.

»Das glaub ich jetzt echt nicht, … die Detektivin«, sagte sie. »Dass Sie sich überhaupt hierher trauen.« Elfriede machte zwei Schritte, das schlechte Gewissen trieb sie voran. Sie streckte Sandy eine Packung Lakritz entgegen, die sie noch schnell am Kiosk unten gekauft hatte.

»Für dich. Gute Besserung!«

Sandy wich zurück. Seine hellblauen Augen starrten sie voller Verachtung an. »Sie meinen wohl auch, mit ein paar Bonbons ist alles wieder gut«, stieß er hervor. »Dann hält der liebe Sandy seine Klappe und lässt sich von aller Welt weiter verprügeln? Es nützt gar nichts, wenn Sie hier gut Wetter machen. Ich habe ihn angezeigt.«

»Wolfgang Köster?«, fragte Elfriede.

»Na klar, Sie arbeiten doch für den!«

»Was nicht heißt, dass ich sein Verhalten gut finde«, antwortete Elfriede. »Ehrlich gesagt, finde ich es beschissen. Ich arbeite nicht nur für Wolfgang Köster. Ich möchte die Wahrheit herausfinden. Und zunächst mal interessiert mich, wie es dir geht.«

Yvonne hob ihren Kopf ein wenig an. Umrahmt von den roten Haaren wirkte ihr Gesicht fast ätherisch. Im Gegensatz dazu war ihr Ton scharf. »Haben Sie nicht längst gemerkt, dass es viele Wahrheiten gibt? An unserer Schule allemal. Kommt nur drauf an, welche sich durchsetzt. Er hat übrigens eine Gehirnerschütterung.«

»Das tut mir leid«, sagte Elfriede und atmete innerlich auf. Die Sache schien für Sandy glimpflich abgelaufen zu sein. »Ich werde mit Herrn Köster reden.«

Das Emo-Mädchen schob sich ein Stück vor, so dass sie Elfriede direkt gegenüberstand.

»Ich höre immer reden«, sagte sie verächtlich, »reden, reden – der Kerl wandert in den Knast und gut ist. Vom Reden hat sich noch nie was geändert, gell Sandy?« Sie warf dem pummeligen Jungen einen vielsagenden Blick zu.

»Lass gut sein, Sophie«, sagte der und ging zur Tür. »Ich muss jetzt mal wieder abliegen. Mein Kopf brummt.«

Elfriede stellte sich ihm in den Weg. »Habt ihr etwas mit dem Mord an Alexander zu tun?«, fragte sie mit schneidender Stimme.

Sophie brach in Gelächter aus. »So sieht also Ihre Wahrheit aus«, bemerkte sie bitter. »Täter-Opfer-Umkehrung. Sehr lecker.« Sie baute sich drohend vor Elfriede auf und die Spitzen ihres Stachelhalsbandes zeigten genau auf deren Kehlkopf. »Verschwinden Sie. Solange Sie für den Arsch arbeiten, werden Sie von uns sowieso kein Wort erfahren.«

Ingeborgs Schnaufen klang wie das Tröten eines Elefanten.

»Ich habe mich wohl ordentlich erkältet«, kommentierte sie das Offensichtliche, bevor ihr Kopf wieder unter dem Handtuch über dem Kamillenaufguss verschwand.

»Du warst ja auch pitschnass, als du heimgekommen bist«, meinte Elfriede, die am Wohnzimmertisch saß und über ihren Aufzeichnungen grübelte. »Warum hast du dich denn nirgends untergestellt?«

»Hab ich ja, so oft es ging«, brummelte es unter dem Tuch hervor.

Elfriede schob ihre Zettel hin und her, als ob es neue Verbindungen zu entdecken gäbe.

»Was heißt: so oft es ging?«, fragte sie eher beiläufig, schrieb Regine Köster auf einen Zettel und legte ihn zwischen das Blätterpuzzle. »Was hast du denn überhaupt in Frankfurt gemacht?«

»Glaub mir, das willst du gar nicht wissen«, sagte Ingeborg, die sich nun aufrichtete und das Gesicht mit dem Handtuch trockenrieb. »Erzähl du lieber! Den Auftrag hast du ergattert. Bist du auch weitergekommen?«

»Kein Stück«, meinte Elfriede, die gedanklich den Tag Revue passieren ließ. »Außer den Mobbingopfern finde ich niemanden, der ein Motiv hätte. Tom scheint mir irgendwie verdächtig, aber abgesehen davon, dass ich auch bei ihm kein Motiv erkennen kann, hat er für die Tatzeit ein Alibi. Das habe ich überprüft.«

»Vielleicht musst du außerhalb der Schule suchen.«

»Ja, vielleicht.« Elfriede seufzte. »Ich habe nur keine Ahnung, wo.«

Energisch schob sie ihre Zettel zusammen. Ganz oben lag das Blatt mit ihren Anmerkungen zu Herrn Wenzel. »Sag mal!«

»Hm?«

»Was glaubst du, warum würde ein Schulleiter Kopien von Klassenarbeiten einfordern, bevor sie geschrieben werden?«

Ingeborg zuckte mit den Schultern. »Kontrollzwang?«

»Aber welchen Sinn sollte das machen?«, meinte Elfriede. »Hätte er nicht einen viel besseren Überblick, wenn er einen Notenspiegel bekäme, nachdem die Arbeiten geschrieben wurden?«

»Vielleicht will er sichergehen, dass die Arbeiten auch angemessen sind. Also nicht zu leicht oder zu schwer.«

»Das würde ja bedeuten, dass er sich in allen Fächern auskennen müsste. Und er müsste die Arbeiten entweder ändern oder die Lehrer zu entsprechenden Änderungen auffordern.«

»Hat er das denn getan?«

»Ich weiß es nicht. Aber ich werde es herausfinden.«

Elfriede stand auf. »Ich koche Kaffee, magst du auch?«

Ingeborg erhob sich ebenfalls. »Doch nicht um diese Uhrzeit. Dann kann ich nicht mehr schlafen. Nein, ich gehe jetzt brav in mein Bett, ich bin völlig erledigt. Der Güterzug wird mich ohnehin früh genug wecken.«

Sie warf Elfriede einen strengen Blick zu. »Du solltest dich auch hinlegen. Nach dem harten Tag. Gute Nacht, Kind.«

Kopfschüttelnd sah Elfriede ihrer Tante nach, wie sie aus dem Raum marschierte.

Völlig erledigt? Wovon denn nur?

Erst jetzt fiel ihr auf, dass sie gar nicht nach Oliver gefragt hatte. In der Wohnung war es verdächtig still. Ob er schon schlief? Vorsichtig klopfte sie an die Tür seines Zimmers und drückte – als sie keine Antwort bekam – die Klinke herunter. Das Zimmer war leer.

4.

»Hast du etwa hier geschlafen?«

Ingeborgs Stimme klang dumpf bis zu Elfriede durch. Das unsanfte Rütteln an ihrer Schulter zwang sie aber, die Augen zu öffnen.

»Wach auf, Elfriede! Oliver ist weg.«

»Ich weiß«, krächzte Elfriede. »Er ist bei Klaus.«

»Ach Gott, da bin ich aber beruhigt.« Erleichtert ließ sich Ingeborg in den Sessel fallen. »Ich habe mich so erschrocken. Dabei hab ich doch gestern nach dem Abendessen noch nach ihm gesehen.«

Elfriede rappelte sich vom Sofa hoch. »Er ist zum Fenster raus. Der kann was erleben.«

Ingeborgs Blick wanderte von Elfriede in ihren verknautschten Klamotten zum Tisch mit der Weinflasche. Ein kleiner Rest Rotwein stand noch in dem Glas daneben.

»Gut, dass er das hier nicht sieht.«

»Er ist doch Schuld daran. Das war nur zur Beruhigung. Was meinst du, wie ich mich heute Nacht erschrocken habe, als ich gemerkt habe, dass der Herr Sohn nicht da ist. Ich habe natürlich sofort bei Klaus angerufen. Klar, Oliver war gerade bei ihm eingetrudelt. Ich wollte Klaus zur Schnecke machen, weil er mich nicht direkt angerufen hatte, aber er meinte, er hätte mir eine SMS geschickt.«

Seufzend wies Elfriede auf ihr Handy, das am Aufladekabel hing. »Hat er auch. Der Akku war leer.«

»Was macht das Kind auch für Sachen.« Ingeborg schüttelte mit dem Kopf. »Du solltest unbedingt ein bisschen Zeit für Oliver finden. Ihr müsst miteinander reden.«

»Weiß ich ja. Ich verstehe auch nicht, warum wir im Moment dauernd aufeinanderprallen. Er kann mich zur Weißglut bringen, von null auf hundert.«

»Papperlapapp, er ist ein guter Junge. Überleg mal, was ihr ihm alles antut. Die Trennung, keiner, der wirklich Zeit für ihn hat, keiner, der nach seinen Wünschen fragt. Natürlich motzt und rebelliert er, wie soll er denn sonst deutlich machen, dass ihm das Ganze gehörig auf die Nerven geht. Weißt du eigentlich, dass die letzte Lateinarbeit eine Fünf war? Und dass er unglücklich verliebt ist in eine belgische Austauschschülerin in der elften Klasse?«

Erstaunt blickte Elfriede auf, dann schüttelte sie den Kopf. »Du hast ja recht.«

Das Aufstehen fiel Elfriede schwer. »Ich werde ihn heute von der Schule abholen und mal mit ihm sprechen.«

»Tu das. Und jetzt geh unter die Dusche und putz dir die Zähne. Du hast eine schreckliche Fahne.« Energisch schob Ingeborg Elfriede zur Tür hinaus.

Eine Stunde und drei Tassen Kaffee später war Elfriede wieder einmal auf dem Weg zum Prinz-von-Nassau Gymnasium. Die Sache mit den Klassenarbeiten ließ ihr keine Ruhe.

Als sie in die Niederhofheimer Straße einbog, trat sie verblüfft auf die Bremse. Das Gymnasium war weiträumig abgesperrt, Polizeiautos standen quer auf der Straße und eine Traube von Schülern und Lehrern drängelte sich an dem rot-weißen Flatterband und starrte neugierig zum Gebäude hinüber.

Elfriede parkte ihren Wagen in der zweiten Reihe und sprang aus dem Auto.

»Was ist denn hier los?«, fragte sie eine blonde Frau, offensichtlich eine Lehrerin, so, wie sie versuchte, die Kinder zur Ordnung zu rufen.

»Ach, es ist schrecklich«, meinte die Frau. »Der arme Junge. Und für unsere Kinder hier an der Schule ist das doch auch traumatisch. Wie sollen wir das nur wieder auffangen? Wir Lehrer sind mit so was völlig überfordert.«

Elfriede war danach, die Frau zu packen und zu schütteln, aber sie beherrschte sich. Zwischen den Beamten vor dem Eingang des Gymnasiums hatte sie Carmen entdeckt.

Mordkommission? Elfriede wurde ganz mulmig zumute. Den Mann, mit dem ihre Freundin sprach, kannte sie auch. Klagbauer.

»Sagen Sie mir doch einfach, was passiert ist«, bat sie die Lehrerin erneut.

Aufgeregt wies die Frau in Richtung Sporthalle. »Sie haben schon wieder einen toten Jungen gefunden.«

Entsetzt wanderte Elfriedes Blick zu dem Gelände vor der Sporthalle. Dort, kaum zu erkennen hinter Gerümpel und Schrott, lag tatsächlich jemand. Das Team der Spurensuche durchkämmte das Gelände.

»Wer ist es?« Elfriedes Stimme war nur noch ein Flüstern.

Die Lehrerin hob nur die Schultern.

Elfriede bückte sich und krabbelte unter dem Flatterband hindurch. Sofort wurde ein Beamter auf sie aufmerksam und schoss auf sie zu.

»Carmen!«, rief Elfriede, bemüht, den Abstand zwischen sich und der Freundin so schnell wie möglich zu verringern. Überrascht hob Carmen den Kopf und sah zu ihr hinüber. Einen Wimpernschlag später drehte sie sich wieder um und ignorierte Elfriede.

»Bleiben Sie bitte hinter der Absperrung!« Der Polizist stand jetzt vor ihr und sein Auftreten war genauso bestimmt und kompromisslos wie seine Stimme.

»Carmen, bitte!« Elfriede schrie fast.

Sie konnte dem Rücken der Freundin ansehen, dass diese tief Luft holte. Dann drehte sie sich um und kam langsam auf Elfriede zu.

»Schon gut, ich mach das«, sagte sie zu dem Beamten, der sich daraufhin mit einem Nicken entfernte.

»Wer ist es?«, fragte Elfriede.

»Sein Name ist Thomas Mahler.« Carmens Stimme klang müde. »Er wurde erschlagen, irgendwann gestern Abend zwischen acht und Mitternacht.«

»Tom.«

Carmen warf ihr einen forschenden Blick zu. »Ich hoffe, das hat nicht schon wieder mit deinen Ermittlungen zu tun.«

»Nur indirekt. Du weißt, dass er Alexanders Freund war, oder? Ich bin mir sicher, er wusste mehr, als er sagen wollte.«

»Jetzt wird er jedenfalls nichts mehr sagen«, meinte Carmen und wandte sich energisch um. »Du gehst jetzt besser, wir haben hier zu tun.«

»Habt ihr denn schon was gefunden?«

Carmen warf ihr einen bösen Blick zu. »Fängst du schon wieder an? Nein, wir haben nichts entdeckt, nicht einmal eine passende Tatwaffe.«

»Und der Hausmeister?«, fragte Elfriede und wies mit dem Kinn in seine Richtung.

»Er hat den Toten gefunden.«

Carmen eilte mit flotten Schritten in Richtung ihres Einsatztrupps, blieb aber plötzlich stehen und drehte sich noch einmal um.

»In Toms Jackentasche haben wir eine Anzahlung auf zwei Tickets nach Paris gefunden. Und jetzt geh endlich, wir sehen uns beim Bauchtanz.«

Elfriede nickte und ging langsam zur Absperrung zurück. Vielleicht war sie ja doch nicht mehr geeignet für diesen Job, dachte sie. Es gelang ihr nicht, das Ereignis professionell und distanziert zu betrachten. Sie empfand eine unsägliche Traurigkeit über die Verschwendung dieses jungen Lebens.

Ein Hupen erregte ihre Aufmerksamkeit. Ihr Auto versperrte einem Wagen den Weg, der Fahrer drückte ungeduldig wieder und wieder auf die Hupe.

»Ich komme ja schon«, signalisierte sie ihm und eilte zu ihrem Wagen. Sie hatte gerade den Schlüssel ins Schloss gesteckt, als ihr Blick wieder auf die blonde Lehrerin fiel.

»Einen Moment, bitte«, rief sie dem wartenden Fahrer zu, der verärgert die Arme hob.

Elfriede zwängte sich zwischen den Kindern zu der Frau durch.

»Entschuldigen Sie, bitte, ich hätte da eine Frage.« Sie bemühte sich um einen freundlichen und ruhigen Ton. »Ich ermittle im Mordfall Alexander Köster. Es gibt doch an der Schule die Verordnung, die Klassenarbeiten vorab bei der Schulleitung abzugeben.«

Die Frau starrte sie irritiert an. »Was? Ja! Aber was hat das …?«

»Gar nichts. Es würde mich nur interessieren, ob die Arbeiten auf Veranlassung des Rektors jemals vorab auch geändert wurden.« Elfriede winkte beruhigend mit dem Schlüssel Richtung Autohupe.

Der Blick, der Elfriede traf, machte ihr klar, dass ihre Gesprächspartnerin sie für durchgeknallt hielt.

»Ich weiß zwar nicht, was Sie das angeht, aber nein, meines Wissens wurde nie eine Klassenarbeit geändert.«

Der Mann mit dem Schirm sprang zur Seite und gestikulierte heftig. Elfriede riss ruckartig das Steuer herum. Verdammt. Ein Unfall hätte ihr jetzt gerade noch gefehlt, sie musste sich besser konzentrieren. Fast hätte sie die Bordsteinkante gerammt. Sie atmete tief durch, drückte behutsam wieder aufs Gaspedal und sah im Rückspiegel, wie der Passant ihr mit dem Schirm drohte. Nur weg hier. Diesmal verbot sie sich jeden Gedanken an den Toten, bis sie vor dem Reisebüro eine Parklücke fand und der Wagen sicher stand. Sie stieg aus und genehmigte sich erst einmal eine Zigarette. Die Gedanken purzelten in ihrem Kopf durcheinander. Tom, warum Tom? Wem war er im Weg gewesen? Hatte er mit Alexander gemeinsame Sache gemacht und die anderen abgezockt? Hatte sich da jemand an ihm genauso blutig gerächt wie an Alexander? Und dann schon wieder Klagbauer. Der straßenköterblonde Hausmeister trieb sich auffällig oft an Tatorten herum. Der Mann war ihr zutiefst unsympathisch, aber war er deswegen auch ein Mörder? Sie musste aufpassen, dass ihre Vorurteile sie nicht auf eine falsche Fährte lockten. Und schließlich die Sache mit den Klassenarbeiten. Irgendetwas stimmte da nicht. Sie würde dem korrekten Dr. Tannenberg noch mal auf den Zahn fühlen müssen. Lauter offene Baustellen, inklusive ihrer eigenen mit Oliver. Und weit und breit keine Antworten. Entschlossen drückte sie ihre Kippe aus. Vom Rumstehen und Grübeln würde sie auch keine finden.

Die türkische Westküste lachte ihr noch immer auf dem Plakat entgegen, aber der Zettel »Aushilfe gesucht« war verschwunden. Elfriede öffnete die Tür des kleinen Reisebüros und staunte kurz über ein dort aufgeklebtes Infoblatt, das einen Vortrag im Stadtteil ankündigte: »Die Jagd gestern und heute«. Referent: Anton Wild.

»Wie passend«, sagte sie zu der jungen Frau mit Ponyfransen hinter dem Tresen und deutete auf den Zettel.

»Das ist noch gar nichts«, lachte die. »Wissen Sie, wie meine Zahnärzte heißen? Kuschel und Rausch!«

»Besser als Weh und Ach«, konstatierte Elfriede trocken. »Und wie heißen Sie? Hin und weg?«

Die Ponyfrau kicherte. »Nee, Grabowski. Guter alter polnischer Adel!«

Elfriede streckte ihr die Hand entgegen. »Schmittke. Den Namen hab ich geheiratet. Aber Trotz war auch nicht besser.«

Das Mädchen hielt sich die Hand vor den Mund, um das Kichern zu stoppen. »Da kann man doch mal sehen, dass das Heiraten auch sein Gutes haben kann. Was kann ich für Sie tun?«

»Mein Sohn wollte nach Paris«, sagte Elfriede, »mit einem Freund, Thomas Mahler. Der hat die Tickets bei Ihnen reservieren lassen. Es ist was dazwischengekommen. Ich soll die Flüge für beide stornieren.«

»Ach«, sagte die junge Frau, »und ich dachte, er wollte mit einer Frau verreisen. Sie verdrehte die Augen. »Paris, die Stadt der Liebe. Eiffelturm, Champs-Élysées, Notre Dame. Und amour fou.«

Sie summte leise eine Melodie vor sich hin, die Elfriede als »La vie en rose« erkannte.

»Na ja. Muss ja nicht sein. Man kann auch ein schönes Männer-Wochenende da verbringen. Meine Kollegin hat aber schon vermutet, dass daraus nichts wird, als er gestern Nachmittag mit dieser Schnapsidee ankam. Mitten im Schuljahr! Die Tickets hat Tom trotzdem angezahlt, das restliche Geld wollte er besorgen und heute vorbeibringen. Aber wo soll einer wie er auf einmal so viel Kohle auftun?«

Sie sah Elfriede schräg an. »Haben Sie ihm vielleicht was gegeben?«

Elfriede schüttelte den Kopf. Die junge Frau tippte etwas auf der Tastatur ein. »Wie ist die Reservierungsnummer?«

Elfriede kramte umständlich in ihrer Tasche. »Moment, das haben wir gleich. Irgendwo muss die Reservierungsbestätigung sein. Sie kennen Tom persönlich?«

»Klar«, sagte die junge Frau und hämmerte weiter auf der Tastatur herum. »Mist. Jetzt hat er sich aufgehängt. Scheiß-Computer!«

Sie sah Elfriede entschuldigend an. »Ich bin nur als Aushilfe hier. Tom wohnt im Nachbarhaus bei seiner Tante. Mein Fall ist die nicht. Ständig am Meckern und hin und wieder trinkt sie auch einen über den Durst. Ich wundere mich, wie er das bei dem Stress aufs Gymnasium geschafft hat. Bei mir hat's nur zum Realschulabschluss gereicht.«

Sie straffte sich. »Aber ich halt mich trotzdem tapfer über Wasser.«

»Davon bin ich überzeugt«, entgegnete Elfriede. »Sie sehen recht lebenstüchtig aus. Hatte Tom denn eine Freundin?«

Das Mädchen schlug mit der Faust auf den Computer. »Das Mistding will nicht mehr. – Die Buschtrommeln sagen, dass Tom eine Freundin hat. Aber gesehen habe ich die nie. Tom ist einer, der es immer kompliziert haben muss.«

»Na, jeder wie er mag«, sagte Elfriede und wandte sich zum Gehen. »Ich habe einen Termin und kann leider nicht mehr warten, bis Ihr Computer wieder anspringt.«

»Das kriegen wir auch so hin«, antwortete die junge Frau fröhlich und zeigte auf das Telefon. »Grüßen Sie Tom von mir, wenn Sie ihn sehen.«

Elfriede drehte sich um, um ihren bestürzten Gesichtsausdruck zu verbergen. »Das werde ich.«

Die Kantschule war eine jener hässlichen Sechziger-Jahre-Betonbunker, denen ein fantasieloser Architekt mit großen orangefarbenen Kreisen auf der Fassade einen Hauch von Fröhlichkeit verpassen wollte. Das war schon vor dreißig Jahren nicht gelungen, jetzt war der Beton stumpf und rissig und die orangefarbenen Schandflecke trugen zahlreiche Graffiti. »Legal – Chivas Regal« hatte da einer mit roter Farbe aufgesprüht. Zu meiner Zeit hätte es noch illegal geheißen, dachte Elfriede. Daneben prangte ein weiterer Spruch: »Wozu Tiere quälen? Es gibt doch Schüler!« Das Leben war hart – auch an der Kantschule.

Elfriede zündete sich eine Zigarette an und schlenderte um den Bau. Vor der Sporthalle hatten sich mehrere Schüler versammelt. Die einen hielten gelbe Luftballons in den Händen, die anderen bunte Plakate. Elfriede entzifferte die Aufschriften. »Geist ist geil«, las sie auf einem gelben Transparent, ein lilafarbenes forderte freie Bildung für alle und bekräftigte dies mit einer Faust, die einen Bleistift hielt. Sie packte einen der Rucksackträger am Ärmel.

»Was ist denn hier los?«

»Bundesweiter Bildungsstreik«, antwortete er. »Wir bereiten die Demo vor.«

»Und der Unterricht?«, fragte Elfriede.

»Streik ist Streik«, sagte der Schüler. »Danach besetzen wir die Banken. Wir wollen einen Rettungsschirm für Bildung.«

Er wurde von hinten geschubst und prallte auf Elfriede, so dass die erschrocken ihre Zigarette in die Höhe hielt. Entschuldigend hob der Schüler zwei Finger zum V.

»Peace!«

Elfriede warf einen Blick auf die Uhr: halb eins. Oliver musste gleich kommen. Sie trat ihre Zigarette aus und setzte sich wieder ins Auto. Verdammt, sie fühlte sich nicht in der Verfassung für Streitgespräche. Die Nacht auf dem Sofa, die Szene vor der Schule, Toms Tod, das alles hatte ihr zugesetzt, mehr als sie dachte. Vielleicht, weil sie selbst einen Vierzehnjährigen zu Hause hatte. Bei dem Gedanken verzog sie den Mund. Zu Hause war er ja nun gerade nicht. Das war der Grund, warum sie ihn von der Schule abholte. Sie würden die Sache klären müssen.

Die Schultür öffnete sich und eine Gruppe Jugendlicher trat johlend und einander boxend hinaus. Wie die jungen Bären, dachte Elfriede und für einen kleinen Moment war sie fast gerührt. So waren sie, die pubertierenden Jungen – immer in Bewegung, immer dabei, ihre Kräfte zu messen. Hinter der

Schülergruppe trottete Oliver heraus – allein. Die Schirmmütze hatte er tief ins Gesicht gezogen, den Rucksack über die Schulter geworfen. Elfriede dachte an das, was Tante Ingeborg erzählt hatte. Es schien ihm wirklich nicht gut zu gehen. Sie stieg aus und sah ihm erwartungsvoll entgegen. Als er seine Mutter bemerkte, bog er ab. In die entgegengesetzte Richtung.

»Oliver!« Elfriede winkte mit beiden Armen. »Bleib stehen«, rief sie. »Ich muss mir dir reden.«

In Sekundenschnelle war er an ihrer Seite. »Sei still«, zischte er. »Du bist so peinlich. Wenn das meine Kumpel mitkriegen.«

»Dann steig ein«, sagte Elfriede.

Oliver schmiss den Ranzen auf die Rückbank, genau auf die zwei Schalen Erdbeeren, die Elfriede dort deponiert hatte. Dann nahm er Platz auf dem Beifahrersitz, den Kopf gesenkt, und betrachtete seine nackten Knie. Dass ihm nicht kalt war in den kurzen Hosen. Jugendliche schienen über eine eigene Hitze zu verfügen. Elfriede bemerkte, dass er Haare an den Beinen bekommen hatte. Er wurde langsam ein Mann.

»Warum bist du abgehauen?«

Oliver gönnte ihr weiterhin keinen Blick. »Mama, du bist so sinnlos. Hast du's eigentlich gar nicht gepeilt? Du hättest mir doch nie erlaubt, zu Papa zu ziehen.«

»Und da hast du dir gedacht, du schaffst gleich Fakten? Kannst du dir vorstellen, wie viel Sorgen ich mir gemacht habe?«

Oliver schloss trotzig den Mund und starrte weiter düster vor sich hin. Elfriede rückte näher und legte einen Arm um seine Schultern. »Oliver, wenn du Probleme hast mit der Schule oder Liebeskummer – wir können doch über alles reden.«

Das schien genau der falsche Satz gewesen zu sein. Oliver erstarrte.

Dann befreite er sich mit einem Ruck von ihrem Arm. Vor dem Auto schlenderten zwei Mädchen vorbei und überquerten die Straße. Die eine war brünett und trug ihr Haar lang auf die Schulter fallend, die andere hatte eine blonde Kurzhaarfrisur. Die beiden mussten ein, zwei Jahr älter sein als Oliver. Sie spazierten am Auto vorbei, ohne von ihnen Notiz zu nehmen.

Elfriede registrierte erstaunt, wie sich ihr Sohn die Haare glattstrich, sich aufsetzte, den Bauch einzog und die Brust rausstreckte. Sogar zu einem liebenswürdigen Lächeln war er fähig.

»Wer sind die?«

»Kein Plan.«

Elfriede sah den Teenagern verblüfft hinterher.

Als die Mädchen das Auto passiert hatten, sank Oliver wieder in seine Muffelhaltung zurück. »Können wir jetzt Schluss machen? Ich muss mit Lennart lernen. Wir schreiben bald eine Englischarbeit.«

Elfriede atmete tief durch und fasste einen Entschluss. »Es ist in Ordnung«, sagte sie müde. »Du kannst bei deinem Vater in Frankfurt bleiben. Wir probieren das mal für vier Wochen aus. Danach sehen wir weiter.«

Oliver drehte sich überrascht zu ihr um. »Echt, Mama? Voll krass! Ich hol gleich heute Abend meine Sachen.«

Elfriede erstand bei Cemal am Lorsbacher Kiosk noch eine »Frankfurter Rundschau«, bevor sie nach Hause fuhr. Wer wusste schon, ob Köster sie tatsächlich weiter beschäftigen wollte, jetzt, wo er wegen Körperverletzung angezeigt und der zweite Mord geschehen war? Ein Blick in die Stellenanzeigen konnte nicht schaden. Wenn Klaus wirklich den Unterhalt reduzierte, dann würde es verdammt knapp werden. Während Cemal sie freundlich verabschiedete, dachte sie an Köster. Sie fragte sich, ob die Polizei ihn wohl schon entlassen hatte. Wenigstens hatte er durch die Haft ein Alibi für den Mord an Tom. Sie spürte leichte Kopfschmerzen und freute sich auf das Mittagessen mit Tante Ingeborg. Olivers Entscheidung würde sie ihr behutsam beibringen müssen. Tante Ingeborg nahm es übel, wenn man ihre Fürsorge ausschlug.

Der Fiesta stotterte, als Elfriede von der Hofheimer Straße links zu den Gleisen abbog. Momentan hielt das Universum für sie nur ein Gesetz der Pannen bereit. Aber davon reichlich. Die Schranke war auch wieder zu.

Sie verzichtete darauf, die Erdbeeren vom Rücksitz zusammenzukratzen, schnappte sich ihre Handtasche und stieg aus. Es würde ihr guttun, die Füße einen Moment hochzulegen.

Schon in der Tür zog ihr ein vertrauter Geruch in die Nase. Melissentee. Tante Ingeborgs Allheilmittel gegen Kummer in allen Lebenslagen. Wie lieb von ihr. Das war genau das, was sie jetzt brauchte.

Im Wohnzimmer blieb sie verblüfft stehen. Tante Ingeborg saß mit einem ihr nur zu gut bekannten, schwarz gekleideten Mädchen am Esstisch. Wie hatte Sandy sie noch genannt? Sophie?

Beide blickten ihr erwartungsvoll entgegen.

»Elfriede, endlich«, sagte Tante Ingeborg. »Hat's mit Oliver geklappt? Warum hast du ihn nicht mitgebracht?«

Sophie stand auf, hielt ihre Teetasse aber weiterhin mit beiden Händen fest. Das ersparte ihr die Entscheidung, ob sie Elfriede die Hand geben sollte oder nicht. Elfriede war es sowieso egal. Sie ignorierte das Mädchen und marschierte auf ihr Schlafzimmer zu.

»Frau Schmittke, Entschuldigung. Ich habe hier auf Sie gewartet, es ist dringend.«

Elfriede drehte sich entrüstet um. »Dringend, ja?«, sagte sie bissig. »Todsicher ist es dringend. Deswegen habe ich auch keine Zeit für Spielchen. An eurer Schule hat der Nächste dran glauben müssen. Aber von dir erfahre ich ja sowieso nichts, solange ich für den Arsch arbeite!«

Tante Ingeborg hielt sich erschrocken die Hand vor den Mund.

»Weißt du, Sophie«, sagte Elfriede, »wo immer meine Ermittlungen mich hinführen, treffe ich auf dich. Schon ein seltsamer Zufall, meinst du nicht? Was ist eigentlich mit deinem Alibi? Wo warst du zum Beispiel gestern Abend? «

Sophie schaute sie empört an. »Sie glauben, ich hätte die Morde begangen?«

»Warum nicht? Vielleicht wolltest du ja Sandy schützen. Außer ihm selbst merkt doch jeder, dass du ihn gern hast.«

»Sie haben sie ja wohl nicht mehr alle! Selbstverständlich war ich es nicht. Aber wenn Ihnen mein Wort nicht reicht, brauchen Sie nur bei meiner Wohngruppe nachzufragen. Wir haben schon die ganze Woche Ausgehverbot, weil wir mal wieder Scheiß gebaut haben.«

»Wundert mich nicht«, knurrte Elfriede. »Wohnt dein Bruder auch in der Wohngruppe?« Sie erinnerte sich an den schmächtigen Jungen, den sie in Sophies Begleitung gesehen hatte.

»Nein, der ist ja erst zwölf. Meine Oma hat ihn zu sich genommen.« Sophie biss sich auf die Lippen. »Mich will sie nicht. Ich bin ihr zu verkehrt, sagt sie.«

Tante Ingeborg legte dem Mädchen beruhigend die Hand auf den Arm. »Na komm, Elfi, jetzt hör dir doch erst einmal an, was das Kind zu sagen hat.«

Diese Worte wirkten nicht nur bei Elfriede, sondern auch bei Sophie.

Sie sah bedrückt auf den Boden. Auf einmal bahnten sich Tränen einen Weg durch die weiße Schminke und hinterließen groteske Spuren. Plötzlich sah das Mädchen gar nicht mehr angriffslustig, sondern fragil und verletzlich aus in ihren schwarzen Klamotten. Das Stachelhalsband hing traurig herunter.

»Es ist wirklich dringend«, sagte sie. »Sandy ist verhaftet worden.«

»Kinder, jetzt setzt euch doch erstmal wieder«, schlug Tante Ingeborg vor.

Elfriede ließ sich auf dem Sofa nieder und wunderte sich über gar nichts mehr. Das war jetzt schon die zweite Besucherin, die ihr von einer Verhaftung erzählte.

Zehn Minuten und eine weitere Kanne Melissentee später versuchte Elfriede, Ordnung in das Chaos zu bringen. Sie hatten sich um den Sofatisch gesetzt, Tante Ingeborg hatte Sophie ein Kissen hinter den Rücken gestopft und Elfriede die Hausschuhe gebracht. Jetzt saß sie neben ihrer Nichte auf dem Sofa und blickte von der einen zur anderen.

»Er war es nicht«, beteuerte Sophie.

Elfriede warf einen vielsagenden Blick zu Tante Ingeborg. »Warum sagst du das nicht der Polizei?«

»Hab ich ja«, schluchzte Sophie. »Aber die hören mir überhaupt nicht zu.«

»Was macht dich so sicher, dass Sandy es nicht war?«, fragte Elfriede. »Ein Motiv hätte er ja tatsächlich gehabt und ein Alibi kann er wahrscheinlich auch nicht nachweisen, sonst hätten sie ihn nicht mitgenommen. In welcher Beziehung stand Sandy überhaupt zu Tom?«

Sophie nahm einen Schluck Melissentee. »In gar keiner. Alexander war der Arsch. Er hat Sandy abgezockt und gemobbt. Tom wollte nichts von Sandy. Ehrlich. Der hat gar keinen Grund gehabt, ihn zu erschlagen. Dann schon eher der Klagbauer.«

»Der Hausmeister? Wie kommst du darauf?«

Sophie zögerte nur kurz. »Weil er ein Spieler ist. Veranstaltet immer Pokerrunden, manchmal auch im Fahrradkeller der Schule. Alexander hat gern gezockt. Er meinte, Klagbauer sei ein Loser, total easy, ihm die Kohle abzuknöpfen.«

Elfriede notierte das in ihrem Gedächtnis. »Noch mal zurück, Sophie. Du sagst, Tom hatte mit dem Mobben nicht wirklich was zu tun. Wie kann das sein? Alexander und Tom waren doch befreundet?«

»Klaro«, gab Sophie zu, »aber Tom hat nicht alles mitgemacht. Der war einfach korrekt. Und die beiden waren auch nicht mehr gerade Homies. Seit der letzten Walpurgisnacht haben die sich sogar immer wieder mal gedisst.«

»Was heißt gedisst?«, fragte Tante Ingeborg.

Elfriede sah sie scharf an. Ingeborg wedelte entschuldigend mit der Hand und beeilte sich, nachzuschenken.

»Sophie, das ist jetzt ganz wichtig, damit wir Sandy helfen können. Tom war am Tag vor Alexanders Tod bei Kösters zu Hause und hat mit seinem Freund diskutiert. Weißt du, worum es dabei ging?«

Sophie sah auf ihre Fingernägel, die dunkelviolett lackiert waren. »Ich bin mir nicht sicher, aber Alexander hatte irgendwas am Laufen. Ich hab nicht gecheckt, was. Irgendwas mit einem Handy. Tom hat es immer wieder vor der Sporthalle gesucht.«

Elfriede zog hörbar die Luft ein. »Und – hat er es gefunden?«

»Nö«, sagte Sophie und schnupperte, weil ein verräterischer Duft durch die Wohnung zog. Tante Ingeborg stand auf und verschwand in Richtung Küche.

»Ich werde mal das Gulasch holen.«

»Dann braucht ihr mich ja nicht mehr.«

Ingeborgs Stimme klang nicht nur der Erkältung wegen verschnupft. »Wenn Oliver nicht mehr da ist, wirst du dich ja wohl allein versorgen können.«

Elfriede zögerte. Die Vision einer Wohnung ohne exakt drapierte Sofakissen, Trockenblumen und auf Kante gefaltete Handtücher tauchte vor ihr auf. Für einen kurzen Moment eine verlockende Aussicht. Dann wurde ihr klar, dass es eine ziemlich leere Wohnung sein würde ohne Oliver und Tante Ingeborg.

»Blödsinn, ich brauche dich mehr denn je«, antwortete sie entschieden. »Wenn ich hier allein bleibe, fällt mir die Decke auf den Kopf.«

»Dass du den Jungen aber auch einfach so gehen lässt, ich verstehe das nicht.«

»Einfach mit Sicherheit nicht.« Elfriede spürte einen Kloß im Hals. »Es ist ja auch nur vorübergehend. Sollen sie es halt ausprobieren.«

Ingeborg nahm sie in den Arm. »Nicht weinen, Kind. Du wirst sehen, Oliver ist schneller wieder da als du denkst. Diese Viola kann doch bestimmt nicht mal ordentlich kochen.«

»Ich ja auch nicht«, schniefte Elfriede. »Jedenfalls in letzter Zeit nicht mehr. Vielleicht stimmt es ja. Vielleicht bin ich wirklich keine gute Mutter.«

»Unsinn, du bist die beste Mutter, die er haben kann. Meinst du, Oliver hätte sich zu so einem vernünftigen Kerl entwickelt, wenn du nicht gewesen wärst?«

»Vernünftig?« Elfriede versuchte ein schräges Lächeln.

»Natürlich. Er ist nämlich auch das beste Kind, das du haben kannst. Ihr dürft nur nicht aufhören, miteinander zu reden.« Ingeborg klopfte ihr aufmunternd auf den Rücken. »Und für das Kochen hast du ja mich.«

Elfriede trocknete ihre Tränen mit dem Ärmel und kramte in der Handtasche nach einem Tempo. »Hast du zufällig einen Seidenschal?«

»Wie bitte? Zum Naseputzen?«

Zum ersten Mal seit Tagen musste Elfriede lachen.

Sie lachte noch, als sie sich eine Stunde später den Schal um die Hüften band. Natürlich hatte sie keine Zeit gehabt, ein Kostüm zu besorgen. Carmen dagegen stand in einem Traum aus roter, weich fallender Pluderhose und goldbesticktem lila Oberteil neben ihr. Im diffusen Licht des Umkleideraums sah die Freundin mit ihren schwarzen Haaren aus wie Scheherazade aus »Tausendundeiner Nacht«. Zumindest stellte sich Elfriede Scheherazade so vor. Aber mit Märchen hatte das, was Carmen zu sagen hatte, nicht viel zu tun.

»Deinen Köster haben wir freigelassen«, hatte sie Elfriede gleich nach der Begrüßung erzählt.

»Dafür habt ihr Sandy festgenommen. Das kann doch nicht euer Ernst sein.«

Carmen zuckte mit den Schultern. »Er hat eine Drohung zu viel von sich gegeben. Er hat ein Motiv, er hat kein Alibi und er hat Vergeltung angedroht, als er auf eigene Verantwortung das Krankenhaus verlassen hat. Das reicht erstmal für eine Festnahme.«

Sie drehte sich um und verließ auf nackten Füßen den Raum. Elfriede zog sich schnell die Socken aus und folgte ihr. Sie betraten einen großen Saal, in dem es nichts gab außer Parkettfußboden und einer langen Spiegelwand. Einige Frauen, alle barfuß und in den buntesten Kostümen, hatten schon davor Aufstellung genommen. Direkt vor den Spiegeln erwartete sie eine dunkelhaarige Frau im bauchfreien Kostüm, neben sich einen kleinen CD-Player, der an eine monumentale Box angeschlossen war. Monumental war auch der Leibesumfang der Kursleiterin. Oberarme, Schenkel, Bauch, alles quoll regelrecht aus dem Kostüm heraus und Elfriede fühlte sich auf einmal schlank wie lange nicht.

»Seien Sie mir willkommen«, sagte die Kursleiterin jetzt mit angenehm tiefer Stimme, die untermalt wurde vom Klirren ihrer unzähligen Armreifen, als sie die Arme zu einer einladenden Geste öffnete. »Ich heiße Laila. Dieser Kurs ist der Erste von dreien. Im zweiten werden wir den Zimbeltanz lernen, im dritten den Trommeltanz, das ist dann was für Experten. Aber es ist wie überall, zunächst müssen wir mit den Grundfiguren beginnen. Eine nach der anderen. Heute wollen wir versuchen, unser Becken zu bewegen. Machen Sie es mir einfach nach.«

Sie drückte auf einen Knopf des CD-Players und orientalische Musik drang laut aus der Box. Sie stellte ein Bein leicht vor und begann, die rechte Hüfte kreisförmig zu bewegen. Die Frauen versuchten es ihr gleichzutun.

»Das sind alles nur Indizien«, raunte Elfriede Carmen zu. »Erst gestern warst du noch sauer, dass durch meine leichtfertige Verdächtigung Sandy in Gefahr geraten ist.«

»Kreisen, kreisen, kreisen!« Lailas Stimme gab den Rhythmus vor.

Carmen schob ihren knöchernen Hüftknochen vor und zurück, nach Kreisen sah es nicht wirklich aus. Die Leiterin schüttelte den Kopf, stellte sich neben Carmen und legte ihr eine Hand auf den Bauch, die andere auf den Rücken.

»Der Oberkörper bleibt gerade«, sagte sie und steuerte Carmens Schwung ein paar Minuten lang mit einem leichten Druck ihrer Hände. Endlich wandte sich Laila einer anderen Kursteilnehmerin zu.

»Das galt gestern. Bis Sandy sich von Yvonne mit den Worten verabschiedet hat, sich jetzt Alexanders Freunde vorknöpfen zu wollen. Bis das Mädchen wieder in die Schule käme, würde keiner von ihren Peinigern mehr da sein. So hat er das laut Yvonne fast wörtlich gesagt.« Carmens Stimme klang etwas atemlos, während sie sich vergeblich bemühte, ihre Schultern nicht jeder Bewegung folgen zu lassen.

»Meine Damen, bitte, etwas mehr Konzentration!«

Elfriede ließ ihre Hüfte so heftig kreisen, dass Ingeborgs Schal wild hin und her flatterte. »Das sind doch nur Sprüche. Er wollte vor ihr angeben, den Beschützer mimen«, entgegnete sie aufgebracht.

»Und du bist wieder oberschlau! Wer ist denn deiner Meinung nach der Täter?«

Ingeborgs Schal flatterte.

»Und jetzt die linke Hüfte.« Laila stellte sich wieder vor die Gruppe. »Kreisen, kreisen, kreisen!«

»Was ist mit dem Hausmeister? Hat der ein Alibi?«, fragte Elfriede gepresst.

»Nein. Aber ein Motiv auch nicht.«

Bis zum Ende der Stunde schwiegen sie. Wie soll ich mich weiblich und befreit fühlen, wenn meine Freundin immer so zickig ist, schimpfte Elfriede innerlich. An Carmens Gesicht war abzulesen, dass sie wohl Ähnliches dachte. Es wurde sogar noch ein wenig verkniffener, als die Leiterin am Ende der Stunde auf sie zukam und meinte: »Meine Liebe, Sie sind viel zu dünn. Ein arabisches Sprichwort besagt: Eine Frau ohne Bauch ist wie ein Himmel ohne Sterne.«

»Danke«, giftete Carmen sie an. »Ich werde daran arbeiten.«

In der Umkleidekabine stieg sie wütend aus der Pluderhose. »Zu dünn, die hat sie ja wohl nicht alle!«

»Na ja, ein paar Gramm mehr …« Ein funkelnder Blick aus Carmens Augen ließ Elfriede verstummen. Lieber nahm sie einen großen Schluck aus ihrer Wasserflasche.

»Übrigens«, sagte Carmen, während sie ihre Sachen in einen Sportbeutel stopfte, »wir waren in dem Reisebüro, in dem Tom seine Fahrkarten bestellt hat. Man sagte uns dort, dass Tom anscheinend mit einem anderen Jungen verreisen wollte. Die Mutter dieses Jungen sei kurz zuvor da gewesen. Du weißt nicht zufällig, um wen es sich da gehandelt haben könnte?«

Elfriede verschluckte sich fast.

»Dachte ich es mir doch, dass du das warst!« Carmen hängte sich den Beutel über die Schulter. »Eins sag ich dir, Elfriede! Treib es nicht auf die Spitze.«

Mit diesen Worten ließ sie die Freundin in der Umkleidekabine stehen.

Schon wieder Rotwein. Diesmal hatte Ingeborg ein Glas mitgetrunken, während sie sich von Elfriede die Zusammenhänge des Falles erklären ließ.

»Schlaf eine Nacht drüber«, sagte sie schließlich. »Das hilft manchmal.«

Schön wär's, dachte Elfriede und goss sich noch ein Glas Bordeaux ein, als sie allein war. Obwohl sie heiß geduscht hatte, spürte sie, dass ein Muskelkater im Anmarsch war. Immerhin hatte sie laut Kursleiterin einen Sternenhimmelbauch, das war das einzig Erfreuliche, das der Tag gebracht hatte. Mit dem Glas in der Hand ging sie in Olivers Zimmer und hockte sich auf sein Bett. Was, wenn er nicht wiederkäme? Bei Klaus bleiben wollte? Sie war sich ziemlich sicher, dass sie das nicht würde ertragen können. Ihr Blick fiel auf ein offenes Heft auf Olivers Schreibtisch. Eine knallrote Fünf stand unter dem Text. Das war wohl die Lateinarbeit, von der er ihr nichts erzählt hatte. Warum wohl nicht? Hatte er Angst vor ihrer Reaktion? Oder dachte er, es würde sie eh nicht interessieren? Was immer es war, Elfriede wurde klar, dass sich an der Beziehung zu ihrem Sohn so einiges ändern musste. Die Fünf verschwamm vor ihren Augen, sie heulte schon wieder.

Ob Oliver nicht geübt hatte oder gar nicht wusste, was er hätte üben sollen? Aber meistens bekamen die Schüler doch vor einer Klassenarbeit die ungefähren Inhalte mitgeteilt. Ein Gedanke schoss ihr durch den Kopf, aber sie konnte ihn nicht gleich packen. Energisch rieb sie sich über die Augen und setzte sich gerade hin. Also, wie war das? Schüler wussten vor einer Arbeit ungefähr, worum es gehen würde. Wie praktisch wäre es, wenn sie schon die genauen Inhalte kennen würden? Die detaillierten Aufgaben? Ein Rektor konnte mit der Kopie einer Klassenarbeit vorab nur bedingt etwas anfangen, ein Schüler hingegen ein Vielfaches mehr. Das wäre für einen Schüler wie ein Sechser im Schullotto, eine Garantie für gute Noten. Ein mittelmäßiger Schüler wie Alexander schrieb in den Arbeiten erstaunlich gute Noten und zufällig besaß der Rektor Kopien aller anstehenden Arbeiten.

Nein, das war kein Zufall.

Angenommen, Alexander hatte sich tatsächlich in den Besitz der Kopien gebracht, dann stellte sich die Frage, ob das mit oder ohne Wissen des Rektors geschehen war. Elfriede musste prüfen, ob eventuell auch Frau Klagbauer Zugang zu den Arbeiten hatte, aber sie tippte auf Tannenberg. Ein Sternenhimmelbauchgefühl. Zum ersten Mal seit Anbeginn des Falls glaubte sie, eine Spur zu haben.

Sie öffnete das Fenster und grüßte den Nachtzug freudig winkend mit beiden Armen.

5.

Der Muskelkater war mörderisch. Elfriede hatte vorher gar nicht gewusst, dass sie am Bauch überhaupt Muskeln hatte. Jedenfalls hatte sie sie offenbar eine ganze Weile nicht benutzt. Genau genommen wohl seit der Schwangerschaft nicht mehr. Sie drehte die Dusche noch einmal auf, kreiste ein- zweimal mit dem Becken und genoss den warmen Strahl auf ihrer Haut, bis Tante Ingeborg energisch an die Badezimmertür klopfte.

»Frühstück ist fertig!«

Elfriede schwang das Handtuch spielerisch über ihrem Kopf und suchte nach der Flasche Franzbranntwein, die sie zuletzt benutzt hatte, als Oliver sich beim Wrestling den Nacken gezerrt hatte.

Moment mal. Wrestling? Das war doch auch Toms Lieblingssport gewesen! So was konnte man ja nicht allein machen. Da gehörten mindestens zwei dazu. Elfriede rieb sich den Bauch ein und beschloss, noch einmal bei Toms Trainer anzurufen. Bei ihrem ersten Telefonat mit ihm vor zwei Tagen hatte sie sich nur Toms Alibi bestätigen lassen. Aber vielleicht wusste der Mann ja noch mehr. Elfriede schraubte energisch die Franzbranntweinflasche zu. Sie war wirklich unverbesserlich, machte sich schon vor dem Frühstück Gedanken über den Mordfall. Dabei war keinesfalls klar, ob Köster sie weiter beschäftigen würde. Mit dem musste sie auch noch reden.

»Komme gleich«, rief sie durch die geschlossene Badezimmertür. »Ich muss nur noch schnell jemanden anrufen!«

Tante Ingeborg hatte Brötchen geholt und ein Glas ihrer unvergleichlichen Quittenmarmelade auf den Tisch gestellt. Elfriede seufzte. So würde sie nie abnehmen. Aber ihrer Seele tat es gut und dem Sternenhimmelbauch auch. Sie griff nach einem Brötchen und fing einen schrägen Blick ihrer Tante ein.

»Hast du mit einem Mann telefoniert?«

Elfriede grinste in sich hinein. »Ja, und mit was für einem!«

Tante Ingeborg platze vor Neugierde. »Wie heißt er denn?«

»Mighty Daddy Carlos«, antwortete Elfriede und strich genüsslich einen Löffel Quittenmarmelade auf ihr Brötchen.

»Ach, der«, sagte Tante Ingeborg ein bisschen enttäuscht. »Muss ein netter Kerl sein. Oliver will mit ihm schon lange zu Wrestlemania …«

Elfriede staunte mal wieder darüber, was ihre Tante so wusste. »Heute morgen klang er alles andere als nett«, sagte sie, »eher knurrig. War ihm wohl zu früh.«

»Na klar, sagte Tante Ingeborg. »Er arbeitet nach dem Training ja auch noch als Barkeeper in der Wunderbar. Sagt Oliver. Warum hast du denn mit dem telefoniert?«

»Er war der Trainer des zweiten Jungen, der tot am Prinz-von-Nassau-Gymnasium aufgefunden wurde«, antwortete Elfriede und besah sich das Mohnbrötchen im Brotkorb.

Tante Elfriede reichte es ihr. »Frisch vom Kiosk. Und? Hast du denn was rausgefunden?«

»Nicht viel«, seufzte Elfriede. »Tom war an dem Abend, an dem Alexander ermordet wurde, beim Training, das wusste ich ja schon. Aber sonst kam er nur noch sehr unregelmäßig. Die Mannschaft war nicht gut auf ihn zu sprechen, er hat sie wohl bei einem Wettkampf sitzen lassen.«

Sie nahm sich noch einen Löffel Quittenmarmelade. »Ich glaube, da brauche ich nicht weiter zu suchen. Alle Spuren führen irgendwie in die Schule.«

»Dann solltest du da auch noch mal hin«, stellte Tante Ingeborg fest und nahm die »Frankfurter Rundschau« von gestern, um sie zum Altpapier zu räumen. Elfriede hielt die Zeitung am anderen Ende fest: »Warte mal!« Vielleicht fand sich ja etwas im Stellenteil. Es war immer besser, mehrere Eisen im Feuer zu haben. Sie studierte die Anzeigen und verstand nur Bahnhof. In den letzten fünfzehn Jahren schien Deutschland sich in ein englischsprachiges Land verwandelt zu haben. Was bitte war ein Key Account Manager? Oder jemand, der für human resources zuständig war?

»Weißt du, was ein Relations-Manager ist?«, fragte sie Tante Ingeborg, die mit der frisch gefüllten Kaffeekanne aus der Küche kam.

»Ungefähr so jemand wie ich!«, kam es fröhlich zurück.

Elfriede sah sie erstaunt an.

»Du musst nur die richtigen buzz-words kennen, dann kannst du überall mitreden«, fuhr Tante Ingeborg fort. »Hab ich vom Sohn meiner Freundin Käthe. Der ist im Personalwesen tätig.«

Sie zog die »Rundschau« zu sich heran. »Ich glaube, die kleine Anzeige links unten wäre eher was für dich. »Detektiv/in gesucht. Berufsübliches Tätigkeitsfeld, flexibler Einsatz in der Region, Einsatzzeiten vierzig bis sechzig Wochenstunden.« Sie rümpfte die Nase. »Wenn das man nicht zu viel ist. Oliver braucht dich doch noch.«

»Gib mal her«, verlangte Elfriede und las weiter: »Persönliche sowie fachliche Weiterentwicklung innerhalb des Unternehmens, Vergütung übertariflich, nach Vereinbarung. Klingt gut. Ich werde mal gleich meine Bewerbungsunterlagen zusammensuchen. Wer weiß, wie das mit Köster weitergeht.«

»Ich Schussel!« Tante Ingeborg schlug sich mit der flachen Hand gegen die Stirn. »Er hat gestern angerufen. Das hab ich in dem ganzen Tohuwabohu glatt vergessen. Du sollst dich bei ihm melden.«

Sie blickte Elfriede vielsagend an. »Auf die Polizei ist er jedenfalls nicht gut zu sprechen. Das ist doch günstig für dich, oder?«

»Wie man's nimmt«, befand Elfriede.

Tante Ingeborg kniff ein Auge zu. »Das Schicksal meint es gut mit dir. Oder sollte ich lieber sagen, das Universum?«

Die Polizeiabsperrungen waren verschwunden, dafür lagen in der Nähe des Haupteingangs Blumensträuße vor der Treppe. Einige Schüler hatten Teelichter aufgestellt. An der Eingangstür hing ein Pappschild. *Heute fällt der Unterricht aus.* Elfriede drückte die Klinke herunter. Es war nicht abgeschlossen.

Wenigstens gehen sie nicht gleich zur Tagesordnung über, dachte Elfriede, als sie die Treppen zum ersten Stock hochstieg. Sie betrat das Vorzimmer des Direktors.

»Doktor Tannenberg hat eine Besprechung außer Haus. Sie sehen ja, was hier los ist«, empfing sie Frau Klagbauer, ohne von ihren Papieren aufzublicken. Aber Elfriede bemerkte es trotzdem. Die dunkle Schwellung zog sich quer über eine Gesichtshälfte und entstellte das hübsche Gesicht der Sekretärin. Von wegen Kreislauf. In ihrem Berufsleben hatte sie solche Verletzungen schon zu oft gesehen, um nicht zu wissen, um was es sich hier handelte.

»Sind Sie gegen die Tür gelaufen?«, fragte sie.

Verlegen hob Frau Klagbauer den Kopf. »Ja. Ja genau.«

Ein ja zu viel, dachte Elfriede. »Stand Ihr Mann hinter der Tür?«

»Ich weiß nicht, was Sie meinen.« Frau Klagbauer stand auf, trat aber nicht an die Empfangstheke. »Wie gesagt, Doktor Tannenberg ist außer Haus.«

»Ich wollte ohnehin zu Ihnen. Sagen Sie, die Kopien der Klassenarbeiten – gehen die auch durch Ihre Hände?«

»Natürlich. Die Lehrer geben sie bei mir ab und ich lege sie Doktor Tannenberg dann auf den Schreibtisch.«

»Und was macht er damit?«

»Wie meinen Sie das? Er kontrolliert sie und dann wird er sie wohl in einer Schublade einschließen.«

»Sonst hat keiner Zugang dazu?«

Frau Klagbauer schüttelte den Kopf.

»Frau Tannenberg vielleicht?«

»Bestimmt nicht. Sie sind schon seit fast vier Jahren geschieden. Frau Tannenberg ist nach Köln gezogen.«

»Ach – ich dachte – wegen des Fotos.«

Die junge Frau zuckte mit den Schultern. »Er hängt wohl noch an ihr.«

Ab und zu kramte Elfriede ja auch das Fotoalbum hervor und besah sich die Bilder der glücklichen Familie, die sie einmal gewesen waren. Aber sie war sich ganz sicher, dass sie in vier Jahren kein Bild von Klaus auf ihrem Schreibtisch stehen haben wollte. Auch nicht in zwei. Nicht einmal jetzt.

»Frau Klagbauer, könnte es vielleicht sein, dass Sie die Arbeiten jemandem gezeigt haben? Einem Schüler vielleicht?«

Die Verblüffung stand der Sekretärin so deutlich ins Gesicht geschrieben, dass Elfriede sich sicher war: Frau Klagbauer hatte keine Ahnung, was sie von ihr wollte.

»Nein, selbstverständlich nicht, entschuldigen Sie die Frage«, sagte sie schnell. »Und das war's auch schon. Ich wünsche Ihnen noch einen schönen Tag.«

An der Tür drehte sich Elfriede noch einmal um. »In der Nacht von Alexanders Ermordung – wo war da eigentlich Ihr Mann?«

»Wir waren daheim.«

»Sicher?«

Frau Klagbauer zögerte nur kurz. »Ganz sicher.«

Diesmal fand Elfriede den Gesichtsausdruck der Sekretärin ganz und gar nicht überzeugend.

Als Elfriede das letzte Mal vor diesem roten Klinkerbau in der Neugasse gestanden hatte, war kurz darauf die Tür aufgegangen und ein quicklebendiger Tom auf die Straße getreten. Dass er dies nie wieder würde tun können, war traurige Gewissheit und bedrückte sie sehr. Vielleicht, wenn sie ihn hätte zum Reden bringen können, wenn er sich ihr anvertraut hätte – vielleicht wäre er dann noch am Leben. Aber was auch immer sie versäumt hatte, zu tun, es war zu spät. Dass Toms Ermordung mit Alexanders Tod in Zusammenhang stand, erschien ihr offensichtlich. Der gleiche Ort, die gleiche Todesursache … aller Wahrscheinlichkeit nach auch der gleiche Täter. In was waren diese beiden Jungen nur verwickelt gewesen? Warum hatte man sie ermordet?

Die Haustür hatte eine zerbrochene Scheibe und das Schloss war augenscheinlich schon vor langer Zeit herausgebrochen worden. Die Scharniere quietschten, als Elfriede die Tür aufdrückte. Ein muffiger, mit Essensdünsten durchsetzter Geruch schlug ihr entgegen und ließ sie erst einmal nach Luft schnappen. Der Treppenflur war dunkel und sie tastete nach dem Lichtschalter. Fehlanzeige. Es blieb dunkel. Na prima, dachte Elfriede. Sie kramte ihr Feuerzeug aus der Tasche, um die Namensschilder an den Türen zu lesen, während sie langsam die morsche Treppe hinaufstieg. Auf jeder Etage kam sie an einem Raum mit Bad und WC vorbei, offensichtlich mussten sich die Mieter die Sanitäreinrichtungen teilen. Elfriede hatte nicht gewusst, dass es solche Häuser überhaupt noch gab. Sie fand den Namen Mahler im dritten Stockwerk. Glück gehabt. Offensichtlich war die Tante die Schwester von Toms Vater. Vergebens suchte sie nach einer Klingel. Als sie an die Tür klopfte, merkte sie, dass diese offen stand. Vorsichtig schob sie sie ein bisschen weiter auf.

»Hallo? Frau Mahler?«

Sie lauschte, aber aus der Wohnung kam kein Geräusch. Elfriedes Herz klopfte schneller, als sie die Tür langsam ganz öffnete. Sie wusste nicht, was sie erwartet hatte, aber das Bild, das sich ihr bot, ließ sie erst einmal erleichtert aufatmen. Es gab keinen Flur, man stand direkt in einem freundlich-hellen Wohnzimmer mit Blumen auf der Fensterbank und Familienfotos an der Wand. Ein dunkler Holztisch mit karierter Tischdecke vor einer dunkelbraunen Couch, ein Sisalteppich und eine Stehlampe aus den Siebzigern erinnerten Elfriede an die Einrichtung ihres ersten eigenen Zimmers vor über zwanzig Jahren. Auf den zweiten Blick sah sie, dass die Blumen vertrockneten, dass ein überquellender Aschenbecher auf der verschmutzen Tischdecke stand, dicke Staubflusen den Boden bedeckten und die Fensterscheiben so verschmiert waren, dass sie kaum noch einen Sonnenstrahl durchlassen konnten. Zögernd trat Elfriede einen Schritt vor und nahm in den Augenwinkeln einen dunklen Schatten auf dem Boden wahr. Augenblicklich schoss ihr Puls wieder in die Höhe und erschrocken drehte sie sich um. Die Frau lag dicht an der Wand, ihr schwerer Körper war zusammengerollt wie der eines kleinen Kindes im Tiefschlaf. An ihrer Schläfe prangte eine dicke, blutunterlaufene Beule. Für einen Moment blieb Elfriede, starr vor Schreck, bewegungslos stehen, starrte nur diese Frau an. Dann beugte sie sich vor und tastete nach dem Puls. Sie lebte.

»Frau Mahler? Hallo, hören Sie mich?«

Die Frau gab ein Stöhnen von sich, ihre Lippen zitterten, dann öffnete sie langsam wässrig graue Augen. »Wer sind Sie?«, krächzte sie. »Was wollen Sie?«

Elfriede schlug eine starke Alkoholfahne entgegen und sie musste gegen einen Brechreiz ankämpfen. »Mein Name ist Schmittke. Was ist passiert? Können Sie sich erinnern?«

Die Frau versuchte sich aufzurichten. »Ich weiß nicht. Bin überfallen worden.«

Automatisch griff sie sich zwischen die Beine, beruhigte sich aber, als sie durch den dicken Rock hindurch offensichtlich den Schlüpfer an der vorgesehenen Stelle fand.

Elfriede stützte sie am Oberarm, während sie mit der anderen Hand ihr Handy aus der Tasche holte.

»Was tun Sie da?«

»Ich rufe die Polizei und einen Notarzt.«

»Nein!« Frau Mahler griff nach Elfriedes Hand mit dem Handy. »Ich will keinen verdammten Arzt. Auch keine Polizei. Die weisen mich nur ein.«

»Aber es wäre wirklich besser, wenn Sie sich untersuchen ließen. Diese Schwellung sieht böse aus.«

»Das geht schon. Helfen Sie mir mal auf.«

Ächzend rappelte sich Frau Mahler mit Elfriedes Hilfe auf und wankte zum Sessel, in den sie sich fallen ließ. Sie griff über die Lehne auf den Boden und holte eine Flasche Wodka hervor.

»Medizin«, meinte sie.

Angewidert beobachtete Elfriede, wie die Frau einen tiefen Schluck aus der Flasche nahm, wobei ihr einzelne Tropfen über das Kinn liefen. Suchend sah sie sich um und fand in der angrenzenden Küchenzeile ein nicht ganz sauberes Küchenhandtuch, das sie unter kaltes Wasser hielt und dann auswrang.

»Sie sollten das wenigstens kühlen«, meinte sie, als sie Frau Mahler das Tuch auf die Beule legte.

»Danke.« Der Antwort folgte ein weiterer Schluck aus der Flasche, im nächsten Moment traten der Frau Tränen in die Augen und mit weinerlicher Stimme klagte sie: »Das Leben ist Scheiße!«

»Zuweilen schon«, stimmte Elfriede zu. »Wer hat sie überfallen?«

Die Frau schüttelte den Kopf. »Ich weiß es nicht. Ich kam gerad vom Bestatter. Der Mistkerl hat mich hier an der Tür abgepasst, mich vorwärts gestoßen, dass ich durch's halbe Zimmer geflogen bin, und im nächsten Moment hat er mir was über den Schädel gezogen.« Vorsichtig betastete sie ihren Kopf. »So ein Schweinehund.«

»Was wollte er?«

»Woher soll ich das wissen? Als ob bei mir was zu holen wäre. Die paar Euro, die ich noch habe, trage ich hier.« Sie griff sich in den ausladenden Ausschnitt und zog einen blauen Schein hervor. Traurig rieb sie ihn zwischen den Fingern. »Mein letztes Geld«, jammerte sie.

»Darf ich mal einen Blick in Toms Zimmer werfen?«

Frau Mahler sah sie überrascht an. »Toms Zimmer? Was wollen Sie da? Mein kleiner Tommi ist tot. Wo ich immer für ihn gesorgt hab, als wär er mein eigener Sohn.«

Und nach einem weiteren Schluck heulte sie schon wieder. »Wer soll sich jetzt um mich kümmern?«

Elfriede wartete nicht auf eine Antwort. Von dem Zimmer gingen noch zwei Türen ab. Sie öffnete die Erste und schloss sie sofort wieder. Der kurze Blick auf ein ungemachtes Bett und dreckige Kleiderberge, dazu der saure Gestank reichten ihr. Hier hauste offensichtlich Frau Mahler. Das bisschen Schein, das sie zumindest für das Wohnzimmer zu erhalten versucht hatte, galt anscheinend nicht für ihr Schlafzimmer.

Elfriede öffnete die andere Tür. Der Undertaker und Rey Mysterio an den Wänden verrieten ihr, dass dies Toms Zimmer gewesen sein musste. Die Unordnung, die hier herrschte, war von ganz anderer Art. Alle Schranktüren und Schubladen standen offen, die Inhalte lagen verstreut auf dem Boden, das Bett war verschoben, die Matratze halb vom Gestell gezogen. Auch die Möbel schienen verrückt. Das reinste Chaos. Hier hatte jemand etwas gesucht. Aber was? Und hatte er es gefunden?

Nachdenklich schloss sie die Tür und hockte sich auf den Sessel neben Frau Mahler. »Kannten Sie Alexander Köster?«

»Den vornehmen Schniesel? Sicher, von früher noch. Aber der hat sich hier schon lang nicht mehr blicken lassen. War ihm wohl nicht fein genug.«

Zum ersten Mal seit Anbeginn des Falls konnte Elfriede Alexander verstehen. Es war ihm nicht zu verdenken, dass er sich von so einem Umfeld ferngehalten hatte.

»Hatten Alexander und Tom Probleme? Oder vielleicht Streit?«

Frau Mahlers Antwort bestand aus einem lauten Rülpsen und einem weiteren Zug aus der Flasche. Elfriede versuchte es anders.

»Was ist mit Toms Freundin? Kannten Sie die?«

Frau Mahler kicherte und zeigte dabei eine große Lücke im Backenzahnbereich. »Ich hab sie mal erwischt. Er hat wohl gedacht, ich merk es nicht.«

Sie warf Elfriede einen verschlagenen Blick zu. »Aber noch ist das hier meine Wohnung. So einen Schweinkram dulde ich nicht.«

»Wissen Sie, wie die Freundin heißt?«

»Tina? Lina? Irgendwie so was, glaub ich.« Frau Mahler musste wieder rülpsen. »Hübsch ist sie ja. Aber viel zu alt für Tom. Ich hab ihr gesagt, sie soll sich verpissen.«

»Warum?«

»Weil ich keinen Ärger will. Sie ist verheiratet.«

»Oliver war hier«, überfiel sie Tante Ingeborg, kaum dass Elfriede die Tür ihrer Wohnung geöffnet hatte. »Er hat drei Teller Bratkartoffeln gegessen, vier Frikadellen und noch eine halbe Schüssel Götterspeise hinterher. Das Kind scheint da nichts zu essen zu bekommen.«

Sie sah Elfriede bedauernd an. »Leider hat er deine Portion auch verschlungen. Ich schnibbel schnell mal neue.«

»Lass mal«, sagte Elfriede müde, »ich habe gar keinen großen Hunger.« Der Geruch von Frau Mahlers Wohnung war ihr auf den Magen geschlagen.

»Er hat gesagt, sein Vater sei ein Lauch und Viola ein …«, Tante Ingeborg suchte nach dem Wort und fand es, als ihr Blick auf das Aquariumhandbuch in Bücherregal fiel: »Blubb. Keine Ahnung, was das ist. Ich soll es dir aber nicht verraten.« Sie schaute ratlos. »Ein Kompliment scheint es nicht gerade zu sein.«

Elfriede schmunzelte. Sie hatte damit gerechnet, dass Oliver auch mit seinem Vater und dessen neuer Lebensgefährtin aneinandergeraten würde, aber dass es so schnell passiert war, stimmte sie hoffnungsfroh. Vielleicht tauchte er ja in den nächsten Tagen schon wieder auf. Dann zog sie den Mantel aus und überlegte einen Moment. Wollte sie das eigentlich? Ein paar Wochen ohne Türenknallen waren ja auch ganz angenehm.

»Warst du bei Köster?«, fragte Tante Ingeborg, nahm ihr den Mantel ab und hängte ihn an die Garderobe.

»Auch. Er ist stinksauer auf die Polizei, nach seiner Verhaftung erst recht. Denen traut er nicht zu, den Mord aufzuklären. Er will, dass ich weitermache.«

»Dann musst du ja schon viel rausgefunden haben«, stellte Tante Ingeborg vergnügt fest und schob ihrer Nichte eine halb leer gegessene Schüssel Waldmeister-Götterspeise vor die Nase.

»Noch nicht genug«, murmelte Elfriede und dachte daran, dass sie Köster natürlich nichts von ihrem Verdacht gegen Klagbauer und den Rektor erzählt hatte. »Zu ihrem eigenen Schutz, damit Sie nicht wieder rot sehen« – so hatte sie argumentiert. Der hatte sich nach einem langen Disput schließlich damit zufriedengegeben, sich aber ausbedungen, informiert zu werden, wenn es »ernst wird«. Elfriede hatte offenbar Eindruck auf ihn gemacht. Trotzdem würde sie diese Bewerbungsunterlagen abschicken.

»Ich dachte, Detektive mögen Götterspeise«, sagte Tante Ingeborg und blickte vorwurfsvoll auf die Schüssel, die noch immer zur Hälfte gefüllt war.

»Das war doch nur so ein Gag der Drehbuchschreiber von Liebling Kreuzberg«, sagte Elfriede lachend. »Hat mit der Wirklichkeit nicht viel zu tun. Detektive sind ganz normale Menschen.«

»Wenn du meinst«, sagte Tante Ingeborg zweifelnd. »Apropos: Kannst du mir eigentlich erklären, wie man jemanden beschattet?«

Elfriede schaute sie überrascht an. »Wozu willst du denn das wissen?«

»Nur so«, sagte Tante Ingeborg. »Der Sohn meiner Freundin Ilse schreibt einen Krimi, und da habe ich versprochen …«

»So, hast du«, meinte Elfriede und deutete mit dem Zeigefinger aufs Regal. »Da hinten steht mein Ausbildungsordner. Ist zwar schon ein wenig angestaubt, aber ich glaube, in dem Bereich hat sich nicht allzu viel geändert.«

Halbherzig nahm sie einen Löffel und versenkte ihn in der Schüssel Götterspeise. »Ich muss heute Nachmittag nach Köln fahren«, sagte sie. »Willst du vielleicht mitkommen, ein bisschen bummeln, Dom angucken und so?«

»Danke, nein«, antwortete Tante Ingeborg. »Ich habe Termine.«

»Wat fott es, es fott«, seufzte der Kölner, der Elfriede gegenübersaß, während der Zug auf den Dom zufuhr. Sie hatte sich entschlossen, mit der Bahn von Frankfurt aus zu fahren – der Fiesta stotterte mal wieder – und war im Abteil gleich mit einem älteren Herrn ins Gespräch gekommen. Einmal mehr bewunderte sie die Kölsche Lebensphilosophie, wie sie hier als Statement zum Einsturz des Stadtarchivs zum Ausdruck kam.

Was fort ist, ist fort – in gewisser Weise könnte man das auch zu dem Fall sagen, den sie gerade untersuchte. Und dann? »Wat kütt, datt kütt, et es, wie et es« – so einfach war das. Sie nahm sich vor, bei nächster Gelegenheit Carmen mit diesen universellen Weisheiten zu konfrontieren und nickte dem Mann zu: »Es bliev nix wie et war.«

Elfriede liebte Köln. Klaus hatte das nie verstanden, er hielt die Stadt für schmuddelig und nur Frankfurt als Wohnsitz für standesgemäß. Vielleicht wegen der Bankentürme, die Schönheit konnte es nicht sein. Elfriede sah das anders. In Köln hatte sie ihre Ausbildung zur Polizistin absolviert und an das besondere Flair mit den vielen kleinen Kneipen in der Südstadt gute

Erinnerungen bewahrt. Sie mochte es, dass die Kölner zu allem und jedem ihren Senf dazugaben. Es gefiel ihr, dass die Rheinländer das Leben leicht nahmen und immer zum Feiern aufgelegt waren. Auch, wenn man dann mal auf dem Amt keinen erreichte, weil die ganze Abteilung mit einem Geburtstagskind anstoßen musste: »Da sollten Se Verständnis für haben, junge Frau!« »Autobahnausfahrt Neapel-Nord«, hatte Klaus immer gespottet, wenn sie auf der A 3 nach Köln fuhren. Nun, das hatte sie hinter sich. »Willkommen, Neapel!«, grüßte Elfriede die Stadt durchs Zugfenster. Sie schnappte sich ihre Tasche. Dann wandte sie sich ihrem Sitznachbar zu: »Auf Wiedersehen, war mir eine Ehre!«

»Mir auch, junge Frau!« Der Kölner streckte ihr die Hand entgegen. »Und denkense dran: Liever rich und jesund als ärm und krank.«

Die Kölner tragen ihr Herz auf der Zunge, dachte sie, als sie durch die engen Gassen der Südstadt lief und vor einem schmalen, grün angestrichenen Haus Halt machte. Ob das mit Tannenbergs Frau auch so war? Sie hatte nicht lange nachgedacht, als sie die Telefonnummer rausgesucht und spontan angerufen hatte. Jetzt starrte sie auf das Türschild und musste sich einen Moment sammeln. Vorsichtshalber kramte sie schon mal Schreibblock und Kugelschreiber aus der Tasche. Dann setzte sie eine kritische Miene auf.

»Frau Tannenberg?« Die schlanke, hochgewachsene Frau, die ihr die Tür öffnete, nickte. Sie war barfuß und trug ein indisches Seidenkleid, das ihr bis zu den Knöcheln reichte.

Die Haare schimmerten in einem warmen Kastanienbraun, zwischendrin züngelten hennarote Strähnchen. Elfriede rätselte, wie sie das wohl hingekriegt hatte. Die Frisur samt Farbe sah umwerfend aus. Irgendwie lebendig.

»Movida«, sagte die Tannenberg, die Elfriedes Überlegungen offensichtlich von deren Gesicht ablesen konnte. »Die Tönung kriegen Sie in jedem Supermarkt, gar nicht teuer. – Ich musste nach der Scheidung jeden Pfennig umdrehen«, fügte sie mit einem Seitenblick auf Elfriedes verwaschene Jeans und das ausgeblichene T-Shirt hinzu.

Sie bat ihre Besucherin herein und wies auf einen Ikea-Klapptisch, der in der winzigen Küche an der Wand befestigt und von zwei Stühlen umrahmt war. »Mögen Sie grünen Tee? Ich hab ihn gerade frisch aufgebrüht.«

Elfriede nahm Platz und betrachtete die Bilder an den Wänden. Offenbar eigene Werke der Tannenberg. Auf der einen Leinwand identifizierte sie eine hässliche Topfpflanze, aus der wilde Triebe schlugen, die in orangefarbenen Flammenblüten mündeten. Die andere beheimatete gelbe und orangefarbene Kreise, die zur Mitte hin immer feuriger wurden. Die Dame liebte es brenzlig. Wie passte das zu dem korrekten Rektor?

»Ausdrucksmalen!«, sagte die Tannenberg. »Sollten Sie auch mal probieren. Es lässt die Energien so schön fließen.« Offenbar konnte die Dame Gedanken lesen.

Die Tannenberg goss Elfriede einen stark duftenden Tee in ihre Tasse und schob ihr ein paar Plätzchen hin, die verdächtig nach Hafer-Dinkel aussahen.

»Sie wollten mit mir über meinen Ex-Mann sprechen?«

Elfriede zückte Block und Kugelschreiber. »Ja«, sage sie. »Die Rundschau würde gerne einen Artikel bringen. Man munkelt, dass Ihr Mann für den Humboldt-Bildungspreis der Hessischen Landesregierung in Frage kommen könnte. Wir möchten für alle Fälle eine Home-Story vorbereiten, etwas Persönliches, verstehen Sie? Er selbst ist ja sehr zurückhaltend. Deswegen befragen wir auch Menschen aus seinem Umfeld. Es soll ein Porträt werden.«

»Zurückhaltend!« Die Tannenberg legte den Kopf zurück und lachte. »So kann man das auch nennen. Er hat Angst, etwas von sich preiszugeben. Der Himmel weiß, warum. Immer perfekt, immer korrekt. Alles wird im Voraus geplant. Nichts dem

Zufall überlassen. Ich hab am Schluss regelrecht keine Luft mehr gekriegt in der Ehe. Er hat mir die ganze Energie abgezogen. Schon wenn ich durch die Haustür kam, überfiel mich bleierne Müdigkeit.« Sie verdreht die Augen in Erinnerung an diese kraftlosen Zeiten. »Aber im Kultusministerium mag man diese Eigenschaften schätzen.«

Elfriede sah sie neugierig an. Die Tannenberg legte einen ihrer unbestrumpften Füße aufs Knie und zog ihn zu sich heran. Um ihren Knöchel schlang sich ein silbernes Fußkettchen.

»Wissen Sie, ich hab gar nicht mehr gewusst, dass man auch anders leben kann.«

Elfriede legte den Kuli zur Seite und nahm einen Schluck von dem grünen Tee. Er musste irgendwie aromatisiert sein. Wahrscheinlich eine dieser Mach-mich-frei- oder Klön-mit-deiner-besten-Freundin-Sorten.

»Sie fühlen sich lebendiger, seit Sie sich von Ihrem Mann getrennt haben? Das kenne ich.« Elfriede ließ vor ihrem geistigen Auge Klaus und die nicht geschlossenen Klodeckel Revue passieren.

Die Tannenberg richtete ihren Blick auf die gemalte Topfpflanze. »Insgeheim wünscht er sich wohl, dass ich wieder zurückkomme. Er denkt, wenn er noch mehr Ansehen hat, wird mich das beeindrucken.« Sie schüttelte ihre glänzenden braunen Haare. »Aber schon ein chinesisches Sprichwort sagt: Die Nachtigall kehrt nie wieder in ihren Käfig zurück.«

»Konfuzius?«, riet Elfriede.

»Nee, Laotse«, korrigierte die Tannenberg. Sie musterte Elfriede belustigt. »Und jetzt sagen Sie mir, warum Sie wirklich gekommen sind.«

Elfriede ließ vor Schreck einen der Hafer-Dinkel-Kekse fallen. »Was meinen Sie?«

»Sie sind keine Journalistin«, stellte die Tannenberg kategorisch fest, »und schon gar nicht von der ›Frankfurter Rundschau‹.

Ich hab nämlich dort angerufen. Es gibt zwar einen Herrn Schmittke, aber der wusste von nichts. Ihr Mann, vermute ich mal. Und dann«, sie schmunzelte, als sie fortfuhr, »waren Ihre beiden Daumen auch nicht auf gleicher Höhe, als Sie mir Ihre Geschichte aufgetischt haben. Das hat mir gezeigt, dass zwischen dem, was Sie sagten, und dem, was Sie sind, eine Diskrepanz besteht.«

Elfriede betrachtete verblüfft ihre Daumen.

»Sapientia«, brachte sie die Tannenberg auf den neuesten Stand. »Noch nie von dieser Methode gehört?«

Drei Zigaretten und eine weitere Kanne Tee später wusste Elfriede, dass die Tannenberg sich von ihrem Lehrerberuf schon länger verabschiedet hatte und sich gerade zur psychotherapeutischen Heilpraktikerin ausbilden ließ – bei einem Institut, das offenbar sämtliche Strömungen der Esoterik und ganzheitlichen Medizin aufgenommen und gemixt hatte, um sie für teures Geld als neue Weisheit zu verkaufen. Die Tannenberg hatte bei ihr innere Blockaden diagnostisiert und ihr einen Bergkristall empfohlen, damit sie bei künftigen Verhandlungen ums Geld selbstbewusster auftreten könne. Kann ja nicht schaden, dachte Elfriede. Dann versuchte sie, ihre Energie auf den Fall zu konzentrieren und die Meinung ihrer Gesprächspartnerin einzuholen.

»Zwei Mordfälle«, dachte die Tannenberg laut. »Armer Rüdiger. Das gibt eine schlechte Presse. Das kann er gar nicht brauchen. Wo er doch immer so stolz darauf war, sich vom Außenseiter zum angesehenen Bürger emporgearbeitet zu haben.«

»Ist er ehrgeizig?«, fragte Elfriede. »Kam er aus kleinen Verhältnissen?«

»Punkt eins ja, Punkt zwei nein«, antwortete die Tannenberg munter. »Er hatte eine schlechte Kindheit, strenge Erziehung, Liebe nur gegen Leistung, die ganze Palette. Einziger Sohn seiner

Mutter. Vater nur unterwegs. Er hat sich immer irgendwie falsch gefühlt. Verstehen Sie?«

Elfriede nickte und bemühte sich, nicht an Oliver zu denken.

»Als wir erst kurz verheiratet waren, hat er mir mal ein Fotoalbum gezeigt, das seine Mutter für ihn gemacht hat. Es waren nur Fotos vom Elternhaus drin. Der Wintergarten, das schnieke Wohnzimmer, die Designer-Küche, das Kinderzimmer mit Hülsta-Möbeln. Alles top, aber kein einziger Mensch auf den Fotos. Nicht ein einziger. Und wissen Sie, was auf dem Umschlag des Albums stand? Goldene Kindheit!« Sie lachte bitter. »Meine Schwiegermutter war schon speziell. Mich hat sie nie gemocht, weil wir keine Kinder bekamen.«

Elfriede musste an ihre eigene Schwiegermutter denken. Große Liebe war das auch nicht. »Was halten Sie von dieser Sache mit den Klassenarbeiten?«

Die Tannenberg dachte einen Moment nach. » Eine Kontrollmacke hatte er schon immer. Ich bezweifle aber, dass die so weit ging. Klar, er wollte einen guten Notendurchschnitt an seinem Gymnasium. Aber dafür betrügen? Nein!« Sie schüttelte energisch den Kopf mit dem kastanienbraunen Haar. »Das kann ich mir nicht vorstellen. Rüdiger war immer korrekt.«

Elfriede nahm noch einen von den Hafer-Dinkel-Keksen, um ihren knurrenden Magen zu beruhigen. Wehmütig dachte sie an Tante Ingeborgs Bratkartoffeln. Sie hätte sie doch nicht ausschlagen sollen. »Haben Sie noch Kontakt zu ihm?«

Die Tannenberg verschränkte die Arme vor der Brust und wippte auf ihrem Stuhl zurück. »Sporadisch. Er ruft hin und wieder an. Ich versuche, das möglichst abzukürzen.« Sie seufzte. »In letzter Zeit haben sich die Anrufe wieder gehäuft. Ich sag ihm dann immer, er soll sich mit seiner Mutter unterhalten. Die hat schließlich auch Langeweile.«

Elfriede entschied sich gegen einen weiteren Hafer-Dinkel-Keks. »Machte er einen bedrückten Eindruck?«

Die Tannenberg überlegte. »Bedrückt ist nicht das richtige Wort. Irgendetwas schien ihn zu beschäftigen. Eher unruhig, würde ich sagen. Aber er rückte nicht mit der Sprache raus. Ich habe ihm empfohlen, seine Wünsche zu visualisieren.«

Elfriede horchte auf. Sie schob den Teller mit den Keksen energisch von sich, nahm eine weitere Zigarette aus der Schachtel und hielt die dann der Tannenberg hin. »Sagen Sie mal, was halten Sie eigentlich von Bestellungen beim Universum?«

Das Richter-Fenster im Dom war jetzt schon fünf Jahre alt, aber Elfriede hatte es noch nicht gesehen. Die leuchtenden Farbquadrate schienen ihr wie Teile eines Puzzles, das es zu lösen galt, und unwillkürlich suchte sie nach einer Ordnung in dem Chaos. Ehrfürchtig ließ sie eine Weile Licht und Farben auf sich wirken, bis ein Blick auf die Uhr sie zur Eile zwang. Als sie kurz darauf in den ICE nach Frankfurt stieg, war sie beladen mit lauter Köstlichkeiten aus der Fressmeile des Bahnhofs: Bratwurst mit Senf im Brötchen, Mini-Frühlingsrollen, Doughnuts mit Zuckerguss und Apfelsaft. Nach so viel gesunder Verpflegung bei der Tannenberg brauchte sie etwas Handfestes, Übergewicht hin oder her. Mit knurrendem Magen konnte sie nicht nachdenken, und das musste sie ja schließlich.

Der tote Alexander gab ihr ganz schöne Rätsel auf. Woher die 5000 Euro stammten, wusste sie immer noch nicht. Hatte er tatsächlich mit Klagbauer gezockt? Und konnte man denn beim Pokern so viel Geld gewinnen? Ein Hausmeistergehalt gab das sicher nicht her. Und wo war Alexanders Handy? Warum hatte Tom danach gesucht? Stand Toms Suche mit dem Durchwühlen seines eigenen Zimmers im Zusammenhang? Lauter Fragen ohne Antworten, lediglich in einem Punkt hatte sie das Gefühl, weitergekommen zu sein.

Elfriede steckte sich das letzte Stück Frühlingsrolle in den Mund, leckte sich die Lippen und spülte mit dem Saft nach.

Ihre Intuition sagte ihr nach wie vor, dass Alexander Zugriff auf die Klassenarbeiten gehabt hatte, bevor sie geschrieben wurden. Und wenn das stimmte, konnte er die nur von einer Person haben. Von Tannenberg. Stellte sich die Frage, wie es Alexander gelungen war, seinen Rektor dazu zu bewegen. Warum hätte Tannenberg sich auf einen solchen Betrug einlassen sollen? Freiwillig doch sicher nicht. Bestechung? Das schien nicht zu ihm zu passen. Hatte Alexander ihn unter Druck gesetzt? Oder jemand anderes? Köster senior vielleicht? Aber womit? Tannenberg mochte ein merkwürdiger Kauz sein, aber alles, was Elfriede bisher über ihn herausfinden konnte, deutete auf einen mustergültigen Rektor hin. Der korrekte Rüdiger, hatte seine Exfrau ihn nicht so genannt? Welche Leiche hatte er im Keller, dass er sich auf ein solches Risiko einließ, das mit einem Betrug verbunden war?

Elfriede biss in den Doughnut und schloss genussvoll die Augen. Danke, lieber Gott, dass es Zuckerbäcker gibt, dachte sie und wusste, dass sie die Augen lieber öffnen sollte, wenn sie nicht augenblicklich einschlafen wollte.

Tante Ingeborg hatte schlechte Laune. Elfriede merkte es daran, dass sie ziellos in der Wohnung herumlief, mal die Tischdecke glatt strich, mal das Sofakissen neu knickte und sich später daranmachte, die Blätter des Ficus benjamini abzustauben.

»Ist was?«, hatte Elfriede gefragt und Ingeborg hatte zurückgeblafft: »Was soll sein?«

Im ersten Moment wollte Elfriede entsprechend grantig antworten, aber sie entschied sich anders. Schließlich hatte Ingeborg seit Tagen im Haushalt geschuftet, sich um Oliver gekümmert und sogar noch Zeit gefunden, sich von ihrer Nichte die neuesten Entwicklungen des Falls erzählen zu lassen. Da hatte sie sich eigentlich eine kleine Belohnung verdient.

»Komm«, sagte Elfriede, »wir gehen aus.«

Ingeborg sah sie erstaunt an. »Wohin?«

»Ist doch egal, lass uns irgendwo etwas trinken gehen. Gönnen wir uns mal einen schönen Abend, das haben wir uns verdient. Ich muss unterwegs nur noch ein kurzes Gespräch führen, dann machen wir uns einen netten Mädelabend.«

Ingeborgs Laune hellte sich schlagartig auf. Obwohl Elfriede ihr versicherte, dass es nicht nötig war, hatte sie sich rasch eine frische Bluse angezogen, die perfekt ondulierten Haare gekämmt und Lippenstift aufgelegt. Erst im Auto fragte Ingeborg nach.

»Mit wem musst du denn noch reden?«

»Mit Klagbauer.«

Aber so schnell wie gedacht war das nicht zu machen. Als Elfriede an der Tür der Hausmeisterwohnung direkt neben dem Gymnasium klingelte, konnte sie von Frau Klagbauer nur erfahren, dass ihr Mann nicht daheim war.

»Wahrscheinlich hockt er wieder im Kleeblatt«. In der Stimme der Sekretärin klang ein bitterer Ton mit. »Nur die Straße runter.«

Das »Kleeblatt« war leicht zu erkennen. Neben der neongrellen Schrift, in der zwei Buchstaben fehlten, prangte ein angeschmutztes vierblättriges Kleeblatt über der Tür. Aus winzigen Scheiben fiel orange gefärbtes Licht auf das Pflaster des Bürgersteigs.

»Ich bin gleich wieder da«, meinte Elfriede und löste den Sicherheitsgurt.

»Auf gar keinen Fall«, erwiderte Ingeborg und stieg energisch aus dem Wagen. »In diese Spelunke gehst du mir nicht alleine rein.«

Beim Eintritt in die Kneipe war Elfriede insgeheim froh über die Begleitung. Der mit dunklem Holz getäfelte Raum wirkte wenig vertrauenerweckend. Einige Gäste, die offenbar schon mehr als genug gepichelt hatten, hingen eher an der Theke als dass sie standen. An einem runden Tisch in der Ecke hockten mehrere Männer mit zwei Frauen mittleren Alters zusammen.

»Stößchen«, quiekten die Damen und hatten anscheinend nichts dagegen, dass sich von beiden Seiten kräftige Männerhände auf ihre Schenkel legten. Von irgendwoher dudelte lateinamerikanische Musik, zu deren Takt ein älterer Mann an einem Ecktisch mit den Händen aufs Holz klopfte. An das Rauchverbot schien sich kaum jemand zu halten, allen voran der dicke Wirt, der sich gerade einen Zigarillo in den Mundwinkel steckte, um mit beiden Händen ein frisches Bier zu zapfen.

Klagbauer stand am Ende des Tresens und hatte ein großes Weizen vor sich stehen.

»Prost«, meinte Elfriede, als sie sich neben ihn stellte.

Klagbauer schien erstaunt. »Ich habe Feierabend«, brummte er. »Kommen Sie morgen wieder.«

»Ach, das passt schon«, meinte Elfriede und bestellte zwei Pils für sich und Ingeborg, bemüht, die großen Flecken auf dem Hemd des Wirts zu übersehen. Ingeborg kletterte etwas umständlich auf den Barhocker zwei Sitze weiter und tat betont unbeteiligt. Aus welchem Krimi sie das wohl wieder hat, dachte Elfriede.

»Ich wollte mich mit Ihnen eh über Ihre kreative Freizeitgestaltung unterhalten«, begann Elfriede.

Klagbauer runzelte die Stirn. »Ich weiß nicht, was Sie meinen.«

»Dann erkläre ich es Ihnen. Wie man so munkelt, zocken Sie gern mal im Heizungskeller. Auch um größere Beträge.«

»Erstunken und erlogen«, meinte Klagbauer und nahm einen großen Schluck aus seinem Glas.

»Kommen Sie, Klagbauer, lassen wir das Rumgeeiere. Mich interessieren Ihre illegalen Spielrunden nicht. Ich will nur wissen, wie Alexander da drinhängt. Er hat gewonnen, oder?«

Klagbauer zögerte noch.

»Er hat Sie richtig abgezockt, was?«, schob Elfriede nach.

»Der kleine Mistkerl hat geblufft«, schimpfte Klagbauer plötzlich los. »Das muss man sich mal vorstellen. Ich hatte eine kleine Straße und der Arsch hatte nichts, aber auch gar nichts auf der Hand.«

Elfriede entging nicht, dass sich die Hand des Hausmeisters zur Faust ballte. »Er hat geblufft?«

»Ja, er hat mich voll reingelegt. Ich war überzeugt davon, dass er das bessere Blatt hat.«

»Wie viel hat er gewonnen?«

»Fast vierhundertfünfzig Euro.«

»Und das hat Sie wütend gemacht.« Es war keine Frage, sondern eine Feststellung.

»Na klar, glauben Sie, ich kann Geld scheißen? Ich hätte ihn am liebsten –« Klagbauer brach ab. »Moment mal, worauf wollen Sie hinaus? Wenn Sie glauben, dass Sie mir den Mord unterschieben können, haben Sie sich aber geschnitten. Ich war wütend auf ihn, aber ich hab ihm nichts getan.«

»Na, ich weiß nicht. Sie waren sauer, Sie hatten ein Motiv und Sie hatten die Gelegenheit.«

»Sie spinnen ja wohl!«, explodierte Klagbauer. »Ich bring doch keinen um. Außerdem stimmt es nicht. Ich hatte keine Gelegenheit, ich war daheim bei meiner Frau.«

»Der Sie die richtige Aussage eingebläut haben, oder? Wortwörtlich sogar. Ich fürchte, Ihr Alibi ist nicht sehr glaubhaft.«

»Aber es ist eins«, knurrte der Hausmeister. »Das können Sie auch nicht ändern.«

Aus den Augenwinkeln nahm Elfriede wahr, dass Ingeborg gerade ein Schnapsglas entgegennahm und, noch erstaunlicher, mit den Füßen zum Salsa-Takt des Tischklopfers in der Ecke wippte.

Elfriede starrte Klagbauer in die Augen. »Die fünftausend Euro, hatte Alexander die von Ihnen?«

Der Hausmeister brach in ein trockenes Gewieher aus. »Der Witz ist gut«, meinte er schließlich. »Lady, seh ich aus, als ob ich fünftausend Euro hätte? Hey, Kalle!«, rief er dem Wirt zu. »Seh ich aus, als ob ich fünftausend Euro hätte?«

»Eher nicht«, nuschelte der Wirt und schob den Zigarillo in den anderen Mundwinkel. »Aber solltest du die Knete haben, wär's schön, wenn du mal deine Deckel bezahlen würdest.«

»Jaja, ist gut«, winkte Klagbauer ab. »Du bekommst dein Geld schon noch.«

»Noch eins?«, fragte Kalle und nahm das leere Weizenglas vor Klagbauer weg.

»Ne, lass stecken«, meinte der Hausmeister mit einem Seitenblick auf Elfriede. »Die Gesellschaft stinkt. Mir ist die Lust vergangen. Ich geh heim.«

»Tun Sie das«, meinte Elfriede. »Aber lassen Sie die Hände von Ihrer Frau.«

Klagbauer, der schon ein paar Schritte in Richtung Tür gemacht hatte, kam noch einmal zurück. Er baute sich vor Elfriede auf, beugte sich vor und starrte ihr in die Augen. Sein Atem stank nach Qualm und Alkohol, so dass Elfriede instinktiv die Luft anhielt.

»Um meine Frau kümmere ich mich schon. Passen Sie mal lieber gut auf sich selbst auf, Lady.«

»Soll das eine Drohung sein?«

»Nennen Sie es, wie Sie wollen.« Klagbauer verzog den Mund zu einem fiesen Grinsen, drehte sich um und ging.

»So hatte ich mir unseren Mädelabend nicht vorgestellt«, brummte Ingeborg und kippte den Schnaps auf ex. »Na ja, das nennt man dann wohl Lokalkolorit.«

Sie warf einen Blick in den schmuddeligen Raum, schüttelte sich, dass das kleine Doppelkinn wackelte, und schob ihr Glas zu Kalle hinüber. Mit einer Handbewegung gab sie ihm zu verstehen, nachzuschenken.

»Geben Sie dem Herrn auch eins«, meinte sie und zeigte zum Ecktisch. »Und ein Bier dazu. Wenn er in beiden Händen ein Glas hält, hört er vielleicht mit der Trommelei auf.«

6.

Zeitungen auszutragen war einer von Olivers ersten Jobs gewesen, er hatte ihn bald wieder aufgegeben, weil er trotz aller Bemühungen nur auf einen Stundenlohn von drei Euro gekommen war. Olivers Nachfolger machte sich erst gar nicht die Mühe, für die paar Kröten seine Exemplare an den Mann oder die Frau zu bringen. Jeden Montagmorgen deponierte er den noch verschnürten Stapel des »Rhein-Main-Anzeigers« auf einer Parkbank unweit von Elfriedes Wohnung. Ein paar Mal hatte sie sich beim Spaziergang schon darüber geärgert, jetzt aber kam ihr die Faulheit des Jugendlichen gerade recht. Sie hatte einen alten Overall angezogen, dazu eine von Olivers Baseballkäppis, und zog ihren Einkaufstrolley hinter sich her. Da hinein kamen nun die Exemplare des »Anzeigers« samt Plastikfolie.

Vorsichtshalber stellte sie den Fiesta etwas unterhalb des Rosenbergs in Marxheim ab. Dann stieg sie zu Fuß den Weg zu den Terrassenhäusern im Grünen hoch. Das Mehrparteien-Haus, das sie im Auge hatte, wurde von zwei Villen eingerahmt und war erst vor wenigen Jahren gebaut worden. »Mediterranes Flair, ein Traum in Granit und Lavendel«, so hätte es ein Makler wohl beschrieben. Eine dichte grüne Hecke verwehrte Besuchern den Einblick auf das Gelände.

Sie stellte den Trolley ab und studierte die Klingelschilder neben den Briefkästen aus Aluminium. Es war zehn Uhr morgens. Rüdiger Tannenberg musste jetzt in der Schule sein. Vorsichtshalber drückte sie auf den Klingelknopf ganz oben rechts und wartete auf ein Summen des Türöffners.

Nichts.

Offensichtlich war der Rektor Eigentümer der Penthouse-Wohnung ganz oben. Das machte die Sache entschieden leichter. Elfriede stopfte ein Exemplar des »Rhein-Main-Anzeigers« in einen der Briefschlitze und stellte mit Befriedigung fest, dass die Zeitung dort kaum Platz hatte. Dann sah sie sich nach rechts und links um und holte ihr Bump-Key-Set aus der Tasche. Mal sehen, mit welchem Fabrikat sie es hier zu tun hatte.

Das Universum hatte ihr BKS beschert. Kein Thema.

Mit einem kleinen Stapel Zeitungen schlüpfte sie durch die Tür und entschied sich für den Aufzug. Im fünften Stock gab es nur einen einzigen Eingang, den zur Penthouse-Wohnung. Tannenberg, der Glückliche, hatte eine Etage für sich. Sie studierte das Schloss. Abus. Auch hier würde ihr der Schlagschlüssel weiterhelfen und Tannenberg würde nicht einmal merken, dass jemand in seine Wohnung eingedrungen war. Sie legte die Zeitungen zur Seite, atmete einmal tief ein, hielt die Luft an und steckte den Schlagschlüssel in das Schloss. Dann schlug sie mit einem kleinen Stück Holz darauf. Schon drehte sich der Schlüssel. Elfriede atmete erleichtert aus. Schnell zwängte sie sich durch die Tür und zog sie behutsam hinter sich zu.

Dann prallte sie zurück.

Auf der Kommode im Flur streckte ihr eine hässliche Topfpflanze ihre flammenden Blütendolden entgegen. In natura sah die Blume noch widerlicher aus als auf der Leinwand in Frau Tannenbergs Wohnzimmer. Entweder die beiden Tannenbergs hatten den gleichen scheußlichen Geschmack bei Topfpflanzen oder das Ding besaß irgendeine energetische Heilwirkung. Vorsichtshalber machte Elfriede einen Bogen um das Gewächs. Dann besah sie sich das Wohnzimmer. Schwarzes Leder, Chrom, ein weißer Berber-Teppich – die nüchterne Einrichtung eines Junggesellen. Nichts lag herum, keine Socken, keine Papiere, sogar die Zeitschriften waren ordentlich in einem Zeitungsständer aufgestapelt. Routiniert durchforstete sie die

Schubladen der schwarzen Schrankwand. Sie war sich nicht im Geringsten darüber im Klaren, was sie eigentlich suchte. Steuerunterlagen jedenfalls nicht. Dokumentationen von Fortbildungsveranstaltungen noch weniger, davon gab es reichlich. Sie öffnete die Tür zum Schlafzimmer. Auch hier alles aufgeräumt. Auf dem französischen Bett prangte eine Tagesdecke aus blauem Samt. Sie bückte sich mechanisch und suchte den Boden unter dem Bett ab. Fehlanzeige. In der Kommode fanden sich nur Socken und Unterhosen, immerhin Marke Wildsachsen, was die Geschmacksverirrung mit der Topfpflanze wieder wettmachte.

Plötzlich polterte etwas im Treppenhaus.

Blitzschnell ließ sich Elfriede auf den Boden fallen und robbte unter das Bett. Sie zwang sich, ruhig zu atmen und fühlte ihr Herz im Hals klopfen. Der Schlagschlüssel zwickte sie unangenehm in der Gesäßtasche. Ein Gedanke ließ sich nicht mehr wegschieben: Wie war das mit den Zeitungen? Hatte sie die vor der Haustüre gelassen oder mit in die Wohnung genommen?

Sie hörte, dass ein Schlüssel ins Schloss gesteckt wurde, und dann ein Geräusch, als ob etwas Schweres zu Boden fiel.

»Scheißwerbung«, fluchte eine Männerstimme unterdrückt. Es war Tannenberg.

Elfriede atmete lautlos aus, die Bauchmuskeln noch immer angespannt. Die Frage war beantwortet.

Tannenberg betrat die Wohnung, dann lief in der Küche Wasser aus dem Hahn, ein Glas wurde abgestellt. Schließlich näherten sich die Schritte dem Schlafzimmer.

Elfriede konzentrierte sich auf den Gedanken, unsichtbar und eins mit dem Universum zu sein.

Tannenberg stand vor dem Bett und suchte offenbar etwas in seiner Nachttischschublade. Elfriede sah seine Füße mit den schwarzen Lederschuhen aus den Augenwinkeln. Gut geputzt.

Ein scharfer, eigenartig säuerlicher Dunst strömte zu ihr unters Bett und sie musste die Nasenflügel zusammenziehen. Sie konnte Tannenberg riechen.

Elfriede hoffte, dass sie nicht ebenfalls Gerüche aussendete. Sie konzentrierte sich darauf, ihre Poren zu schließen. Konnte man das überhaupt? Tannenberg bückte sich.

Dann klirrte etwas. »Da ist er ja«, murmelte Tannenberg und schob die Schublade wieder zu, wie Elfriede vermutete. Die Lederschuhe verschwanden aus ihrem Blickfeld, die Schritte entfernten sich.

Elfriede traute sich, wieder zu atmen. Ihr Rücken schmerzte und der Schlüssel stach ihr noch immer in den Po.

Was, wenn Tannenberg für den Rest des Tages freihatte?

Aber das Schicksal schien es gut mir ihr zu meinen. Sie hörte, wie die Haustür wieder ins Schloss fiel und der Schlüssel zweimal rumgedreht wurde.

Sicherheitshalber blieb sie noch einige Minuten unter dem Bett liegen. Dann rappelte sie sich mühsam auf und streckte erst einmal Arme und Beine. Mit zwanzig hatte sie solche Aktionen besser ausgehalten. Sie horchte auf Schritte im Treppenhaus.

Jetzt bloß keine Panik. Tannenberg war weg.

Schwer atmend durchsuchte sie die Küche und ging dann im Storchenschritt ins Arbeitszimmer, um die Durchblutung ihrer Beine anzukurbeln. Sie fand einen Ordner mit Zeitungsartikeln, fein säuberlich ausgeschnitten und in Klarsichtfolien eingetütet. Ein Fotoalbum mit Urlaubsschnappschüssen: ein Weingut in der Toscana, die Türme von San Gimignano, der Dom von Siena. Keine Menschen auf den Bildern, nicht mal die flammenfarbene Gattin.

Goldene Ehe!, dachte Elfriede.

Nichts Auffälliges in den Schubladen. Ihre Ahnung hatte sie getrogen. Tannenberg war offenbar sauber.

Bevor sie sich zum Gehen wandte, fiel ihr Blick auf das Bücherregal und blieb an einem Band mit der Aufschrift »Konfuzius« hängen. Neugierig nahm Elfriede das Buch in die Hände und blätterte darin.

»Der wahrhaft Weise hält es wie der wilde Büffel – er wedelt mir dem Schwanz.«

Während Elfriede noch darüber nachdachte, ob der Spruch auch auf Frauen zutraf, fiel ein Blatt aus den Buchseiten. Behutsam hob sie es auf.

Werden auch die Haare grau, das ist für uns kein Supergau, las sie und wunderte sich, dass der Schiller-Liebhaber Dr. Tannenberg an solche Verse kam. Dann wurde ihr klar, warum: *Einladung zum 30. Jahrestag unseres Abiturs,* ging der Text weiter. *Wir treffen uns am 30. April ab 18 Uhr in Niedernhausen, im Gasthaus »Zur Eiche«.* Darunter hatte jemand, wahrscheinlich der Knittelversdichter, ein altes Foto eingefügt.

Einem Impuls folgend öffnete Elfriede ihr Handy und machte ein Foto von der Einladung. Dann faltete sie das Blatt wieder zusammen, legte es in das Buch, klappte den Konfuzius-Band zu und stellte ihn zurück ins Regal.

Im Flur wich sie der Topfpflanze nicht mehr aus, sondern schnippte im Vorbeigehen mit Zeigefinger und Daumen gegen eine der Blüten. Rote Blätter rieselten herab.

Elfriede schnaubte zufrieden.

Tante Ingeborg hatte heute kochfrei und sich schmollend mit der S-Bahn auf eine Tour nach Frankfurt begeben. Auch Elfriede musste sich diesmal mit dem öffentlichen Nahverkehr begnügen, denn der Fiesta hatte den Ausflug nach Marxheim übel genommen. Sie war von Köster an den Kapellenberg bestellt worden. Es ging um die Anzeige wegen Körperverletzung. Eigentlich hasste sie Termine um die Mittagszeit, aber in diesem Fall war es eine gute Gelegenheit, mit ihrem Auftraggeber grundsätzlich ins Gespräch zu kommen und ihm unauffällig einige Verhaltensgrundsätze einzuschärfen. Sie sah zufrieden an sich herunter. Der blaue Blazer wirkte in Kombination mit der grauen Hose seriös, den sündhaft teuren, neuen Trenchcoat, den sie trotz eines Anflugs von schlechtem Gewissen in Köln erstanden hatte, nahm sie über den Arm.

»Nun denn!«, ermunterte sie sich. »Packen wir's an!«

Die Apfelbäume im künftigen Baugebiet Vorderheide standen in voller Blüte. Wieder einmal bedauerte Elfriede, dass sie bald den Baggern weichen mussten. Sie war nicht die einzige. Vor einigen Tagen hatte ein Unbekannter einen Obstbaum in Brand gesetzt, um gegen das Bauprojekt zu protestieren. Zum Glück war die Feuerwehr schnell eingeschritten, bevor sich die Flammen ausbreiten konnten.

Irene Köster öffnete ihr die Tür. Sie wirkte noch immer sehr fragil, auch die blauen Schatten unter den Augen waren noch nicht verschwunden. Aber irgendetwas schien Elfriede anders als beim ersten Mal. Vielleicht die Körperhaltung. Sie hatte mehr Spannung.

»Wie schön, Sie zu sehen!«, begrüßte sie Frau Köster und hielt ihr eine Hand mit sorgfältig manikürten Nägeln hin. »Mein Mann erwartet Sie schon.«

Elfriede betrat das sparsam möblierte Wohnzimmer. Der Tisch war gedeckt. Köster stand mit einem Glas Sherry auf der Terrasse und unterhielt sich lebhaft mit einer älteren Dame.

»Wissen Sie«, sagte Irene Köster und trat vertraulich an Elfriedes Seite, »Alexanders Tod hat mich in eine tiefe Krise gestürzt. An manchen Tagen wollte ich gar nicht mehr aus dem Haus gehen. Aber jetzt habe ich mir professionelle Hilfe gesucht. Meine Schwiegermutter hat mich dazu überredet. Es geht mir besser.« Ihre Augen leuchteten auf. »Ich werde mein Psychologie-Studium wieder aufnehmen.«

Elfriede schaute sie aufmerksam an. »Das ist wunderbar, Frau Köster. Eine sehr gute Entscheidung!«

»Na ja«, sagte Frau Köster verlegen. »Mein Mann ist nicht so begeistert.«

Wie auf ein Stichwort kam Wolfgang Köster von der Terrasse herein. »Frau Schmittke«, rief er, »da sind Sie ja endlich. Ein Skandal, konnten Sie mich da nicht früher rausholen? Was bilden die sich eigentlich ein? Der Junge hat die Prügel verdient. Hierzulande muss man die Sachen selbst in die Hand nehmen, sonst passiert gar nichts.«

Elfriede sah ihm fest in die Augen. »Das sehe ich anders, Herr Köster«, sagte sie sanft, aber bestimmt.

»Dafür bezahl ich Sie nicht!«, bellte Köster.

»Wolfgang, nicht diesen Ton!« Die ältere Dame kam ins Wohnzimmer und packte Köster am Arm. Der schüttelte ihre Hand ärgerlich ab.

»Halt du dich da raus, Mutter!«

Elfriede warf der alten Frau Köster einen Blick zu. Ohne ihren grünen Kittel sah sie noch hagerer aus. Im Krankenhaus hatte sie so ausgeglichen gewirkt, souverän. Hier in der Wohnung ihres Sohnes schien sie sich unwohl zu fühlen. Und dennoch ging ein zäher Widerstand von ihr aus. Elfriede kannte das. Welche Mutter hatte den nicht, da ging es schlicht ums Überleben.

Köster unterbrach sie in ihren Überlegungen. »Ich gehe davon aus, dass Sie die Sache schleunigst ins Reine bringen«, fuhr er fort. »Hier ist die Nummer des Anwalts. Setzen Sie sich umgehend mit ihm in Verbindung. Er ist auf Ihre Informationen angewiesen.«

Elfriede nahm die Visitenkarte entgegen und öffnete ihren Mund. »Sie hätten niemals zu Sandy fahren dürfen«, setzte sie an, doch Köster unterbrach sie rüde.

»Sparen Sie sich Ihre Belehrungen«, bellte er und schob sie Richtung Tür. Doch so umstandslos wollte sich Elfriede nicht abkanzeln lassen und stemmte sich gegen den Druck von Kösters Hand auf ihrem Rücken.

Kösters Mutter schnappte sich ihre Handtasche.

»Kommen Sie, es hat keinen Sinn«, sagte sie zu Elfriede. »So ist er eben.« Sie öffnete die Tür. »Lassen Sie uns lieber gehen. Wenn er in dieser Stimmung ist, können Sie bei ihm ohnehin nichts bewirken. Ich begleite Sie ein Stück.«

Elfriede wollte etwas entgegnen, doch die alte Dame marschierte bereits zielstrebig durch den Vorgarten. Elfriede hetzte hinterher.

»Ich trage auch ein Stück Verantwortung«, seufzte Frau Köster und drückte ihre Handtasche an sich. »Er hat einen jähzornigen Charakter, war schwer zu erziehen, ja, aber ich war zu nachgiebig, ich hätte mich mehr durchsetzen müssen.« Unvermittelt blieb sie stehen und schaute Elfriede an. »Aber man hat nicht allzu viel Selbstbewusstsein, wenn man von den eigenen Eltern nur geschlagen wurde.«

Elfriede zog vor Schreck die Luft ein.

»Sie haben es nicht böse gemeint«, fügte Frau Köster hinzu. »Ich bin auf einem Bauernhof aufgewachsen, zusammen mit sechs Geschwistern. Meine Mutter war wahrscheinlich überfordert. Sie hat uns als kleine Kinder einfach in einen Kükenbauer gesperrt, damit wir nicht fortliefen. Während der Ernte haben wir Stunden darin verbracht.« Sie zog die Arme um den Körper, als wolle sie sich selbst Trost spenden.

»Ihre Mutter hat Sie in einen Käfig gesperrt?«, fragte Elfriede.

Frau Kösters Augen hatten sich längst einen anderen Fixpunkt gesucht. »Sie wusste es nicht besser. So war das auch mit den Schlägen. Wenn etwas nicht so lief, wie sie es sich vorgestellt hatte, schlug sie zu. Manchmal mit der flachen Hand, manchmal mit dem Besen.«

Elfriede schauderte. »Und Sie haben sich nie gewehrt?«

»Nein«, sagte Frau Köster und sah in die Ferne. »Damals nicht. Ich dachte, ich hätte das verdient, ich sei ein schlechter Mensch. Auch mein Mann hat mich immer in dem Glauben gelassen. Du kannst nichts, du hast nichts, das war sein Standardspruch. Kein Wunder, dass es ihm der Sohn bald nachmachte.«

Sie schüttelte sich, als sei sie aus einem Alptraum erwacht. »Heute sehe ich das anders. Ich kann es nicht ertragen, wenn Wolfgang seine Frau auf die gleiche Weise behandelt. Sie ist intelligent und schön. Sie hat Besseres verdient.«

Elfriede nahm die Zigarettenschachtel aus der Tasche und streckte sie Frau Köster hin. Die schüttelte den Kopf.

»Sie erstaunen mich«, sagte Elfriede. »Wie haben Sie es geschafft, sich von diesem Minderwertigkeitsgefühl zu befreien?«

Frau Köster lächelte in sich hinein. »Es war ein langer Weg«, sagte sie, »und mein Mann musste erst sterben, damit ich mich aufmachen konnte. Aber viele gute Freunde und vor allem Freundinnen haben mir geholfen. Heute bemühe ich mich um klare Ansagen. Wie heißt es so schön in den Selbsthilfegruppen: Welchen Teil von Nein haben Sie nicht verstanden? Aber glauben Sie mir: Es ist ein täglicher Kampf und oft genug versage ich.«

Sie deutete mit der Hand auf das Straßenschild vor ihnen. »Ich muss hier abbiegen. Haben Sie noch einen schönen Tag!«

Elfriede schüttelte ihr die Hand. »Lassen Sie sich nicht unterkriegen.«

Sie machte sich auf den Weg zum Bahnhof. Dann stutze sie einen Moment und änderte die Richtung. Es war erst kurz nach eins. Sie würde jetzt nicht nach Hause gehen. Sie würde Tannenberg noch einmal auf den Zahn fühlen.

Das Prinz-von-Nassau-Gymnasium kam ihr schon vertraut vor, als sie den Parkplatz überquerte. Die Blumensträuße am

Haupteingang waren verwelkt. Sichtbare Zeichen der Vergänglichkeit. Zwei Tote, junge Menschen. Und ein Direktor, der kühl blieb. Weil er einen aussichtsreichen Posten anstrebte und möglichst nicht in die Schlagzeilen kommen wollte? Nun, das war bereits passiert, davor musste er sich nicht mehr fürchten. Weil er in seiner goldenen Kindheit nicht gelernt hatte, Gefühle zu zeigen? Elfriede dachte an die flammende Frau Tannenberg in Köln und ihre Analyse des Ex-Mannes.

Es musste doch möglich sein, den Panzer dieses immer korrekten Herrn zu knacken. Das ging wahrscheinlich nur im Überraschungsangriff. Sie nahm die Stufen im ersten Stock im Laufschritt, fest entschlossen, sich von der Klagbauer nicht aufhalten zu lassen.

Aber die war nicht da. Umso besser.

Tannenberg drehte sich erstaunt um, als sie in sein Büro stürmte. Er zog die Augenbrauen hoch.

»Ich muss noch einmal mit Ihnen reden«, sagte Elfriede etwas kurzatmig.

»Junge Frau«, erwiderte Dr. Tannenberg, »Ihre Manieren lassen zu wünschen übrig, selbst wenn man die Maßstäbe aus Detektivromanen anlegt. Ich kann mich nicht erinnern, dass wir einen Termin ausgemacht haben!«

»Haben wir auch nicht«, sagte Elfriede, »aber ich habe etwas herausgefunden, was Sie interessieren könnte.«

»Das kann ich mir zwar nicht vorstellen«, sagte Tannenberg trocken und stellte den Ordner, den er in der Hand hatte, zurück ins Regal. »Aber Sie werden es mir wahrscheinlich trotzdem sagen.«

Elfriede setzte sich auf den Stuhl vor dem Schreibtisch. »Alexander war kein guter Schüler«, sagte sie herausfordernd.

»Das können Sie wohl kaum beurteilen«, erwiderte Tannenberg trocken. Er blieb stehen und sah sie von oben herab an.

»Er hat bei den Klassenarbeiten betrogen«, klopfte Elfriede auf den Busch.

»So? Sie sollten solche schwerwiegenden Vorwürfe besser nicht laut äußern. Sonst gehe ich gerichtlich gegen Sie vor.« Er machte einen Schritt auf sie zu.

»Das werden Sie nicht tun«, widersprach Elfriede. »Denn Sie stecken doch dahinter. Sie haben dafür gesorgt, dass Alexander den Inhalt der Arbeiten vorher kannte. Indem Sie die Lehrer gebeten haben, die Arbeiten bei Ihnen einzureichen.«

Tannenberg spannte die Muskeln seines Unterkiefers an. Seine Augen wurden schmaler. »Sie verfügen über eine blühende Phantasie, für eine Kurzgeschichte im Deutsch-Unterricht wäre das gar nicht schlecht. Aber ich habe hier den Ruf eines Gymnasiums zu erhalten, eines Gymnasiums, das in den letzten Wochen schon genug in den Schlagzeilen war. Verschonen Sie mich also mit Ihrem Blödsinn und gehen Sie, sonst rufe ich die Polizei. Noch habe ich hier das Hausrecht!« Er nahm das Telefon von der Station.

Elfriede stand auf. »Sie können so unbeteiligt tun, wie Sie wollen«, sagte sie, »ich weiß, dass Sie mit der Sache zu tun haben. Und ich werde herausfinden, warum Ihnen daran gelegen war, Alexander gute Noten zu verschaffen.«

Tannenberg wählte eine Nummer.

»Fühlen Sie sich nicht zu sicher!«, sage Elfriede.

Dann ging sie zur Tür. Aus den Augenwinkeln verfolgte sie, wie Tannenberg das Telefon wieder auf die Station legte.

Niedernhausen war nicht weit. Das letzte Mal, als Elfriede in dieser Ortschaft gewesen war, hatte sie mit Carmen das große Rhein-Main-Theater besucht. Ihre Freundin hatte ihr zum Geburtstag Karten für eine Vorstellung der Chippendales geschenkt. Noch auf dem Parkplatz hatte Elfriede sich skeptisch über das Vorhaben geäußert, als sie sah, dass ganze

Reisebusse mit aufgehübschten, vorgeglühten und aufgekratzten Frauen vorfuhren. Männer gab es keine, höchstens ein paar Fahrer.

»Stell dich nicht so an, das wird lustig«, hatte Carmen gesagt und sie energisch am Ärmel weitergezogen. Im Nachhinein musste Elfriede zugeben, dass sie noch niemals so viele sexy nackte Männerhintern auf einmal gesehen hatte. Damit war bei ihren heutigen Ermittlungen wohl nicht zu rechnen. Aber gut, die Chippendales waren ja auch keine Hessen.

Das Gasthaus »Zur Eiche« lag zwar nicht unter, neben oder überhaupt in Sichtweise einer Eiche, dafür aber genau gegenüber dem blassrosa Rathaus und war von daher leicht zu finden. Schwieriger gestaltete es sich, im Gasthaus den Wirt aufzutreiben. Zwei Senioren hatten die Köpfe über ihren Schoppen zusammengesteckt, aber von wem sie ihren Wein bekommen hatten, war erst mal nicht ersichtlich. Elfriede grüßte sie mit einem »Gude!« und stellte sich wartend an die Theke.

»Schorsch iss im Keller«, meinte einer der beiden Männer, der ein Zwillingsbruder des anderen hätte sein können. Beide trugen dunkle Hosen, ein helles Hemd und eine grüne Lodenjacke. Das einzige Unterscheidungsmerkmal war die Brille, die sich derjenige, der soeben das Wort an sie gerichtet hatte, nun mit einem Stups auf den Mittelbügel zurechtrückte.

»E noi Fass oschließe«, fügte er hinzu.

»Aha«, sagte Elfriede und kramte in ihrer Handtasche. »Dauert das länger?«

»Des kaa dauern.« Die Antwort wurde von einem Schulterzucken begleitet.

»Sie sind sicher von hier?«, fragte Elfriede. »Und öfters im Gasthaus?«

Die beiden Männer nickten synchron.

»Abbä Sie net. Sie san e Auswerddische.«

»Hört man des?«, versuchte sich Elfriede im Dialekt, obwohl sie die Antwort natürlich kannte.

»Ei sischer, Sie schwätze ja Hessisch mit Knubbele.«

Elfriede musste lachen. »Vielleicht können Sie mir weiterhelfen.«

Sie ging zu den Männern hinüber und legte das Blatt, das sie aus ihrer Handtasche hervorgeholt hatte, mitten auf den Tisch. »Das ist eine Einladung zu einem Klassentreffen letztes Jahr. Hier in diesem Lokal. Sie wissen nicht zufällig, wer das Ganze organisiert hat?«

Die beiden Männer beugten sich vor und warfen einen Blick auf den Zettel. Wieder fast synchron, wäre das erneute Zurechtrücken der Brille nicht gewesen.

»Des ko scho sei, dass mer des wisse«, meinte diesmal der andere Mann und drehte nachdenklich sein mittlerweile leeres Glas in den Händen.

»Kann auch net sei«, murmelte der Brillenträger.

»Was würde Ihrer Erinnerung denn auf die Sprünge helfen?«

»Ei ja.« Dazu eine weitere Drehung des Glases.

Elfriede musste schmunzeln. Ihr Blick fiel auf eine offene Flasche Wein, die am Ende der Theke stand. Entschlossen ging sie hinüber, holte ihre Börse hervor, legte einen Zwanziger auf den Tresen und griff nach der Flasche.

»Meine Herren, darf ich Sie auf ein weiteres Glas einladen? Es wäre mir ein Vergnügen.«

»Gern, mei Mädsche.« Der Brillenträger strahlte sie durch seine dicken Gläser hindurch an und ging nahtlos zum Du über. »Abbä nur, wenn de e Schoppe mittrinkst.«

Ein Glas Rotwein später hatte Elfriede einen Schluckauf, genug von den Witzen der beiden Alten und eine Adresse.

»Noch oaner?«

Elfriede war sich nicht sicher, ob damit der Wein oder ein weiterer Angriff auf ihr Zwerchfell gemeint war, und verabschiedete sich schnell und bestimmt.

Das muss ich Ingeborg erzählen, dachte sie, als sie die Tür hinter sich schloss.

Hessische Wurstsorte mit U? Uffschnitt.

Als Elfriede die Tür der Arztpraxis öffnete, rechnete sie damit, hustenden Patienten zu begegnen, Arzthelferinnen in klobigen Gesundheitsschuhen und vielleicht sogar Laborassistentinnen, die durchsichtige Urintöpfchen mit Namen versahen. Stattdessen empfing sie gähnende Leere. War die Praxis geschlossen? Aber wieso war dann nicht abgeschlossen? Irritiert näherte sie sich der verwaisten Empfangstheke.

»Hallo?«, rief sie. »Ist hier jemand?«

Sie fuhr erschrocken zusammen, als das Telefon klingelte und gleich darauf der Anrufbeantworter ansprang. Am Ende des Flurs war das Klappern von Schranktüren zu vernehmen.

»Moment!«, hörte sie einen Mann rufen. »Ich bin gleich bei Ihnen.«

Elfriede ging ein paar Schritte den Flur entlang, als ein großer, schlanker Mann aus einem der hinteren Zimmer trat und ihr entgegensah. Er trug eine weiße Hose und ein weißes Polo-Shirt. Sein dunkles Haar war voll, aber von einigen Silberfäden durchzogen. Das musste der Arzt sein.

»Sie sind zu spät!« Seine sonore Stimme klang leicht genervt, da half auch die einladende Geste nicht, mit der er Elfriede ins Zimmer bat. »Machen Sie den Arm frei.«

»Zu spät?«

Der Arzt hatte sich von ihr abgewandt und war vor einem kleinen Kühlschrank in die Hocke gegangen. Unhöflicher Klotz, dachte Elfriede, aber netter Hintern. Trotz ihrer Verwirrung musste sie grinsen.

»Sie haben Glück, eine einzige Dosis habe ich noch.«

»Eine Dosis?«

Der Mann hatte sich wieder aufgerichtet und schaute sie jetzt an. In der Hand hielt er eine Spritze. Das Grinsen verging Elfriede auf der Stelle.

»Können Sie auch etwas anderes als nur Gegenfragen stellen?« Der Arzt schien zu schmunzeln.

»Nein. Das heißt, ja, natürlich.« Elfriede schüttelte ihre Verblüffung ab. »Sind Sie Doktor Carsten Huber?«

»Das ist schon wieder eine Frage. Aber um sie zu beantworten, ja, der bin ich. Und wie mir scheint, sind Sie keine Patientin.« Er drehte sich um und deponierte die Spritze wieder im Kühlschrank.

»Nein, mein Name ist Schmittke und ich hätte Sie gern in einer privaten Angelegenheit gesprochen.«

»Dann legen Sie mal los.« Sein Ton schien etwas freundlicher zu werden.

Aber Elfriede war neugierig. »Wen haben Sie denn erwartet?«

»Ach«, der Arzt winkte ab. »Irgend eine Frau Hansen. Oder Jansen, ich weiß nicht mehr. Touristin. Wollte beim Spaziergang eine Kuh streicheln und hat sich den Zeigefinger am Stacheldrahtzaun aufgeritzt. Jetzt hat sie solche Angst vor einer Blutvergiftung. dass sie die reguläre Öffnungszeit nicht abwarten kann.«

»Hm«, nickte Elfriede. »So eine Wunde sollte man durchaus ernst nehmen.«

»Stimmt, das Leben ist lebensgefährlich. Ich hätte Ihnen jedenfalls gerade eben meine letzte Tetanus-Dosis verabreicht. Möchten Sie vielleicht doch?« Es klang, als wolle er sie auf einen Kaffee einladen.

»Nein, danke«, antwortete Elfriede schnell, »ich lasse mich nicht impfen.«

»Jeder wie er will.« Der Arzt zuckte mit den Schultern. »So, jetzt erzählen Sie, wie ich Ihnen helfen kann.«

Elfriede kramte den Zettel mit der Einladung hervor. »Ich möchte gern etwas über dieses Treffen erfahren.«

Bevor der Arzt antworten konnte, klopfte es an der Tür. Eine Frau mit Dauerwelle betrat den Raum. Demonstrativ hielt sie eine dick verbundene Hand in die Höhe.

Er lud sie tatsächlich auf einen Kaffee ein. In der »Eiche«.

»Eine echte Detektivin? Das lasse ich mir nicht entgehen«, hatte er hinzugefügt. Im Vorbeigehen hatte er den beiden Männern mit den Worten »Na, ihr Babbelschnuten« kurz auf die Schulter geklopft, ihre Einladung dankend abgelehnt und sich dann mit Elfriede an einen der Fenstertische gesetzt.

Jetzt hielt er die Kopie der Einladung zum Klassentreffen in der Hand und las noch einmal den Vers.

»Den hat Bernie geschrieben«, sagte er kopfschüttelnd. »Bernhard Specker. Der war früher schon eine Niete in Deutsch.« Er blickte auf. »Jetzt ist er übrigens der hiesige Sparkassendirektor«, fügte er mit einem Grinsen hinzu.

»Wohnen noch viele der Ehemaligen im Ort?«, fragte Elfriede.

»Außer mir nur noch zwei, drei andere. Die meisten sind weggezogen.«

»So wie Doktor Tannenberg?«

Er nickte. »Sind Sie deshalb hier? Wegen Rüdiger?«

Elfriede überlegte. »Sicher, irgendwie schon. Genau genommen bin ich wegen des Datums hier.«

Der Arzt sah erneut auf den Zettel. »Der dreißigste April«, sagte er verständnislos. »Und? Tanz in den Mai.«

»Eben«, antwortete Elfriede. »Es ist aber auch die Walpurgisnacht.« Sie dachte dabei an Sophie, in deren düsteres Lebenskonzept Walpurgis einfach besser passte als ein Tänzchen unter dem Maibaum. Genau seit Walpurgis, so hatte das junge Mädchen gesagt, hatten Alexander und Tom Probleme miteinander. »Wenn in einem Fall zweimal das gleiche Datum auftaucht, dann werde ich stutzig. Ich will einfach herausfinden, ob es eine Verbindung gibt«, sagte Elfriede.

»Klären Sie mich auf?«

»Doktor Huber …«

»Nennen Sie mich bitte Carsten.«

Elfriede musste unwillkürlich lächeln. »Carsten, Sie müssen verstehen, dass ich Ihnen unmöglich von meinen Ermittlungen erzählen kann. Es ist noch alles in der Schwebe, momentan sammle ich lediglich Informationen.«

»Hm«, der Arzt überlegte. Dann warf er ihr einen Dackelblick zu.

»Aber wenn der Fall abgeschlossen ist – erzählen Sie mir dann alles?«

»Sie werden der Erste sein«, versicherte Elfriede mit absolut ernstem Gesichtsausdruck.

»Deal!« Über den Tisch hinweg schüttelte er ihre Hand. »Es gibt also ein Wiedersehen.«

»Zurück zu dem Abend«, meinte Elfriede und entzog ihre Hand seinem festen Griff. »Wie verlief er für Doktor Tannenberg?«

»Wie solche Abende halt verlaufen. Ein großes ›Huhu‹ und ›Mensch, ich hätte dich fast nicht erkannt‹ und ›Was ist denn aus dir geworden?‹ Man klopft einander auf den Bauch oder die glänzende Halbglatze und schickt einen kernigen Spruch ins Feld. Und dann wird eben gesoffen.«

»Hat Doktor Tannenberg auch getrunken?«

»Sicher, wir haben alle mitgemacht.« Der Arzt wurde nachdenklich. »Aber ich glaube, er hat nicht nur aus Spaß an der Freud getrunken.«

»Wie meinen Sie das?«

»Nur ein Gefühl. Ich glaube, er war nervös von dem Moment an, als er aus seinem schicken Mercedes stieg. ›Selbst in Stuttgart abgeholt‹, hat er jedem erzählt, der es nicht hören wollte.«

»Warum nervös?«

»Ich kann es ja nur vermuten. Sehen Sie, Rüdiger war als Schüler immer ein Außenseiter. Streberhaft, aber nicht wirklich schlau genug für gute Noten. Ich glaube, er wollte uns allen zeigen, dass was aus ihm geworden ist.«

Carsten Huber lachte. »Aber der Schuss ging nach hinten los.«

»Was ist passiert?«

»Vor allem Bernie und der lange Johann hatten ihn wohl auf dem Kieker. Wie schon vor dreißig Jahren. Direktor eines Gymnasiums in diesem Pupsort? Damit konnte er sie nicht beeindrucken. Sie machten Witze über seine Beamtenmentalität. ›Wie früher‹, kicherten sie. ›Jeder muss sich ein Ziel setzen, das er nicht erreichen kann.‹ Das war natürlich eine Anspielung auf die Schulzeit.«

Elfriede hob fragend die Augenbrauen.

»Na, wir waren doch alle auf dem Pestalozzi drüben in Idstein.«

»Warum wurde denn dann nicht in Idstein gefeiert?«, fragte Elfriede. »Niedernhausen ist doch eigentlich auch ein … wie sagten Sie … Pupsort?«

»Erstens kamen sehr viele aus dem Jahrgang damals aus der Ecke und zweitens gehörte Schorsch, der Wirt hier, auch dazu. Er hat uns einen guten Preis gemacht. Und was den Ort betrifft …«, Doktor Huber lachte, »für Bernie und Johann ist Niedernhausen der Nabel der Welt. Eigentlich hätte Rüdiger also darüber stehen und sich seinerseits über die beiden lustig machen können.«

»Aber?«

»Er wurde immer stiller, trank immer mehr und schien zu grübeln.«

»Und dann?«

»Den Rest weiß ich nur vom Hörensagen. Ich hatte mich an der Theke mit einer der Kellnerinnen festgequatscht. Evi, ein fesches Mädel.« Sein Ton bekam einen schwärmerischen Ausdruck.

»Bitte, Carsten, was haben Sie gehört?«

»Rüdiger muss wohl irgendwann vor die beiden getreten sein und getönt haben, dass er sehr wohl mehr sei als ein kleiner Beamter in einem kleinen Kaff. Er hätte eine ganz große Stelle angeboten bekommen. Die Sache sei zwar noch nicht offiziell, aber er werde in Kürze eine feste Instanz in den höheren Kreisen sein. So umständlich muss er sich tatsächlich ausgedrückt haben.«

»Und Bernie und Johann?«

»Die lachten ihn aus. ›Ja, ja, nicht offiziell, kennen wir, das wird ein schöner Bockmist sein‹ – so in der Art etwa. Und da ist Rüdiger wohl richtig sauer geworden. Schrie rum, er werde es beweisen und dafür jetzt sofort das Bestätigungsschreiben holen, damit die anderen mit eigenen Augen sehen könnten, dass er es nicht nötig hätte, zu lügen. Er hat sogar eine Entschuldigung von den beiden erwartet, wenn er wieder zurück wäre.«

Der Arzt holte tief Luft. »Tja, und dann ist er abgefahren. So gegen elf Uhr. Ich habe den beiden noch Vorhaltungen gemacht, schließlich hatte Rüdiger ja ordentlich was getrunken. Sie hätten ihn aufhalten müssen. Aber die waren selbst viel zu blau, um noch vernünftig zu reagieren. Jedenfalls ist es ja gut gegangen.«

»Ist Doktor Tannenberg denn noch einmal zurückgekommen?«

»Nein. Zur großen Belustigung von Bernie und Johann natürlich. Vielleicht gab es dieses Schreiben ja gar nicht.«

»Doch, das gibt es.« Elfriede dachte an den Brief vom Internat Schloss Riedberg, den sie in Tannenbergs Büro gesehen hatte.

Carsten Huber zuckte mit den Schultern. »Dann war er vielleicht vernünftig genug, sein Glück nicht überzustrapazieren und die Strecke gleich zweimal in alkoholisiertem Zustand zu fahren.«

»Vielleicht«, antwortete Elfriede nachdenklich. »Vielleicht ist ihm aber auch etwas dazwischengekommen.«

Elfriede hatte es seit ihrer Trennung vermieden, Klaus an seinem Arbeitsplatz bei der »Rundschau« zu besuchen. Aber es war nun mal der schnellste Weg, an Informationen zu kommen. Sicher, vielleicht hatte Doktor Huber recht und Tannenberg war heimgefahren und in sein Bett gefallen. Vielleicht aber auch nicht. Elfriede rechnete sich keine großen Chancen aus. Aber wenn das, was Tannenberg aufgehalten hatte, auch nur ein kleines bisschen über den privaten Rahmen hinausging, dann würde sie es hier erfahren können.

Die Tür zum Newsroom unter der großen Glaskuppel im ehemaligen Depot ließ sich nur mit einem Chip öffnen, aber die nette Dame am Empfang kannte sie noch aus alten Zeiten. Als sie Elfriede einließ, wappnete sich diese innerlich gegen den Anblick einer strohblonden Mittzwanzigerin mit viel zu kurzem Rock. Sie musste das Großraumbüro durchqueren, um an Klaus' Arbeitsplatz im Rondell zu kommen, und die Chance, dass sie dabei Viola über den Weg lief, war groß. An der Wand sah sie in Großaufnahme die Nachrichtensprecherin der ARD, auf einer anderen überdimensionalen Leinwand liefen die aktuellen regionalen Agenturnachrichten: »Baumblüte durch Frost bedroht«.

Viola war nirgends zu sehen.

Elfriede schaute auf die Uhr. Siebzehn Uhr vorbei. Die Deutschlandseiten waren auf den Weg gebracht. Einige Schreibtische waren deshalb schon verwaist, nur die Redakteure der Online-Redaktion und des Redigierpools arbeiteten noch konzentriert.

Bei den Sekretärinnen hielt die Bergmann, seit Dinosaurierzeiten die gute Seele der Redaktion, die Stellung. Sie trug noch immer diese hochtoupierte Vogelnestfrisur und einen ihrer karierten Faltenröcke. Elfriede war ihr dankbar dafür. Das Leben mochte sich ändern, doch wenigstens die Bergmann blieb die alte. Sie drückte ihr herzlich die Hand. Die Sekretärin gab sich alle Mühe, ihr Mitleid zu verbergen.

»Guten Tag, Frau Schmittke! Wie schön, dass Sie mal wieder da sind.«

Elfriede warf einen vielsagenden Blick auf den Platz hinter dem Sekretärinnenschreibtisch. »Ist er noch im Dienst?«

»Er hat einen Termin außer Haus«, versicherte die Bergmann eine Spur zu schnell.

»Wie schade, sagte Elfriede, »jetzt, wo ich seine Hilfe mal brauchen könnte … Ich benötige einige Informationen aus dem Archiv. Für unsere Elterninitiative«, fügte sie verschwörerisch hinzu. »Es geht um die langfristigen Auswirkungen von G8 auf unser Bildungssystem.«

»Ach Gott ja, das kenne ich vom meinem Neffen!«, seufzte die Sekretärin. »Ein Terminkalender wie ein Manager schon in der siebten Klasse. Ich weiß auch nicht, was die Politiker sich dabei gedacht haben. Ich denke, das schaffen wir auch ohne Ihren Mann.«

Sie schloss eine Schublade ab und nahm einige Mappen vom Schreibtisch. »Kommen Sie, ich zeig Ihnen den Weg und stell Sie dem Herrn Galupka vor. Das meiste wird zwar inzwischen in Köln archiviert, aber er kann Ihnen zumindest sagen, wo Sie was finden.«

Elfriede folgte der Bergmann durch die Flure. Die »Rundschau« residierte erst seit 2003 in diesem ehemaligen Straßenbahndepot in Sachsenhausen unter der Glaskuppel. Aber die Wände der Flure im Keller zeigten noch die Patina von 1899, als die ersten Bahnen von dort aus auf die Gleise gerollt waren …

»Hier ist es!« Die Bergmann öffnete eine grün angemalte, schwere Eisentür im Kellergeschoss.

Ein hagerer Mann mit spärlichen Haaren, der kurz vor der Pensionsgrenze stehen musste, saß an einem der Tische und sah erstaunt auf. »Je später der Abend, desto schöner die Gäste«, deklamierte er. »Ich schätze mich glücklich, mit Ihrem Besuch beehrt zu werden!«

»Na ja«, lachte die Bergmann und sah vieldeutig auf ihre Uhr, »was man so unter Abend versteht. Nicht wahr, Herr Galupka? Die junge Dame hier benötigt Ihre Dienste.«

»Enchanté.« Galupka zog Elfriedes Hand an seinen Mund und deutete einen Handkuss an. »Was kann ich für Sie tun?«

»Ich suche Artikel zum Thema G8«, sagte Elfriede und registrierte erstaunt seine Fliege. So ein männliches Exemplar mit formvollendeten Manieren konnte wohl nur wie ein Einsiedlerkrebs in dieser Archiv-Nische überlebt haben. Galupka hob einen Zeigefinger und verschwand zwischen den Stahlschränken.

»Na, ich kann Sie jetzt wohl alleine lassen«, sagte die Bergmann und klackerte auf ihren Pumps hinaus. Gleich darauf kam Galupka mit einem dicken, schwarzen Aktenordner wieder.

»Ja, ja, das ist ein trauriges Thema.« Er sprach sehr melodiös, es klang mehr wie ein Gesang. »Bilden kann man sich nur selbst, aber das wissen die Lehrer immer noch nicht. Hier haben wir alles zu den Themen Kultusministerium Hessen, Gymnasien, Schulentwicklungsprogramme. Natürlich nur aus der Rundschau der letzten fünf Jahre. Wenn Sie mehr wollen, müssen wir wohl den Kollegen Computer befragen.«

Elfriede setzte sich an den Tisch und schlug den schweren Band auf. Das Gesicht von Volker Bouffier glotzte ihr entgegen. Sie klappte den Ordner wieder zu. »Das wird reichen, denke ich. Haben Sie hier die Ausgaben denn nur nach Stichworten geordnet?«

»Sowohl als auch«, sagte Galupka fröhlich. »Einmal chronologisch, einmal thematisch. Diese Zeitung leistet sich tatsächlich noch einen Archivaren und Dokumentaristen.« Er neigte sich vertraulich zu Elfriede hinunter: »Ich bin so etwas wie ein Dinosaurier!« Sein Magen knurrte.

»Offenbar einer mit Riesenhunger«, stellte Elfriede fest. »Gehen Sie ruhig etwas essen, ich komme hier ganz gut allein zurecht.«

Galupka verbeugte sich. »Sie werden mich nicht allzu lange entschuldigen müssen«, versicherte er ihr und zog die Tür hinter sich zu.

Im Nu war Elfriede aufgesprungen und zwischen den Stahlschränken verschwunden. Sie schob die Türen so lange hin und her, bis sie den Jahrgang 2011 gefunden hatte. Dann hob sie den schweren Band heraus und legte ihn auf den Tisch. Januar, Februar, März. Und da, der 30. April. 1. Mai, 2. Mai. Elfriede überblätterte den Politikteil mit seinen Hiobsbotschaften zur Finanzkrise und schlug den Lokalteil auf. Die Schlagzeile sprang ihr förmlich ins Auge.

»Schwerer Unfall mit Fahrerflucht in Hofheim. Nach dem Täter wird gesucht.«

Einen Moment lang verschwammen ihr die Buchstaben vor den Augen. Dann riss sie sich zusammen, holte ihr Handy aus der Handtasche und fotografierte den Artikel ab. Lesen konnte sie ihn auch noch zu Hause.

Als sie gerade den Band zuklappte, wurde die schwere Eisentür aufgerissen.

Im Raum stand Klaus, schwer atmend. »Was soll der Unsinn?«, brüllte er.

»Guten Tag, lieber Klaus«, sagte Elfriede und stellte den Band zurück ins Stahlregal. »Ich wollte dich ja vorher fragen, aber die Bergmann meinte –«

»Papperlapapp«, unterbrach sie Klaus. »Ich meine nicht deine Recherche im Archiv. Ich meine Tante Ingeborgs Schnüffeleien.«

Elfriede musste sich erst einmal setzen. Wovon um alles in der Welt redete er?

»Seit Tagen läuft sie hinter Viola her wie ein drittklassiger Detektiv in einem fünftklassigen Krimi. Sie ist sich nicht zu schade, sich hinter Hausecken und in Fluren zu verstecken. Gestern saß sie im Foyer einer Bank und schaute durch ein Loch in einer Zeitung.« Klaus formte mit Daumen und Zeigefinger einen Kreis.

Elfriede hielt sich die Hand vor den Mund, damit er ihr Grinsen nicht sah.

»Pfeif sie zurück, aber sofort!«, bellte Klaus. »Viola recherchiert an einer heißen Geschichte über skrupellose Investmentbanker. Sie hat gute Chancen auf den Henri-Nannen-Preis. Das lässt sie sich von dir nicht kaputt machen.«

Elfriede stand auf und sah Klaus in die Augen. »Ob du's glaubst oder nicht, ich hatte keine Ahnung«, sagte sie leise. »Aber ich werde mit Ingeborg reden.«

Aus den Augenwinkeln sah sie, wie Galupka mit zwei Tassen Kaffee in der Tür stand und erstaunt zu ihr herübersah.

»Igitt!« Elfriede hielt sich die Hand vor die Augen, um das Blutbad nicht mit ansehen zu müssen. Der Fleischklops auf der Leinwand hatte inzwischen zum Tacker gegriffen, um seinem Gegner einen Dollarschein und noch einiges mehr an die Stirn zu nageln. Sie konnte sich ausmalen, wozu die Stacheldrahtrollen dienen sollten, die in der Ecke des Rings lagen. Oliver schien das Gemetzel nichts auszumachen. Interessiert hatte er sich im Kinosessel vorgebeugt, um auch alle Details des Kampfes mitzubekommen. Mickey Rourke quälte seinen geschundenen Körper in den finalen Fight. Elfriede hatte Oliver mit zwei Kinokarten für »The Wrestler« gelockt. Natürlich Frühabendvorstellung, damit war die Wahrscheinlichkeit, auf Klassenkameraden zu treffen, gering. Denn nichts wäre Oliver peinlicher gewesen, als von seinen Freunden mit Mama im Kino gesehen zu werden. Deswegen hatte sie auch das kleine Kino in Kelkheim ausgesucht, in das sich normalerweise kein Jugendlicher um diese Zeit verirrte. So kam sie immerhin in den Genuss, mit ihm in einer Reihe sitzen zu dürfen. Eine Riesenpackung Popcorn, Nachos mit Käsesauce und eine große Cola hatten ein Übriges getan, um die Stimmung aufzulockern.

»Mama, du verpasst ja alles!«, sagte Oliver.

Elfriede fächerte vorsichtig die Finger ihrer Hand vor den Augen auf, nur um mitanzusehen, wie Mickey Rourke seine Finger in die Brotschneidemaschine versenkte. Sie schob ihre Hand sofort wieder vor die Augen, ließ sich noch tiefer in den Kinosessel gleiten und atmete tief durch.

»Das tut er nur, um sich zu spüren«, beruhigte Oliver sie.

Elfriede überlegte, ob sie sich demnächst mit einer Kettensäge ritzen müsste, um ein besseres Körpergefühl zu haben. Nein, das war wohl eher der männliche Weg, mit Frustrationen fertig zu werden. Besorgt sah sie Oliver von der Seite an.

»Würdest du das auch tun, wenn du Liebeskummer hast?«

»Kein Plan«, sagte Oliver ungerührt und tunkte einen Nacho in die Käsesauce.

Nur halbwegs beruhigt überlegte Elfriede, ob sie nach dem Kino das Gespräch auf seine Beziehung zu Klaus und Viola bringen sollte. Wäre es nicht besser, wenn Oliver das von sich aus ansprechen würde? Sonst würde er ihr die Nachfrage bestimmt wieder als Einmischung auslegen. Nachdenklich nippte sie an ihrem Mineralwasser und hielt vorerst mal den Mund.

Oliver verfolgte aufmerksam, wie die Stripptänzerin auf der Leinwand Mickey Rourkes Antrag ablehnte. Täuschte Elfriede sich, oder sah sie in den Augen ihres Sohnes etwas glitzern?

»Muss im selben Alter wie Tante Ingeborg sein«, murmelte Oliver, als sie nach anderthalb Stunden dem Ausgang zustrebten. Elfriede hatte ihren Trenchcoat eng um sich gezogen. Oliver sprang hoch, um eine Girlande an der Decke wegzuschnippen. An der Geste sah sie, dass er gerührt war.

»Wer, die Stripperin?«, fragte sie verwirrt.

»Nee, Mickey Rourke natürlich, der Wrestler!« Oliver kniff das linke Auge zu, zog die Augenbraue nach unten und setzte seinen coolen Blick auf. »Diese Leute kennen das Leben.«

Elfriede blieb stehen und zündete sich eine Zigarette an. »Oliver, wenn du etwas auf dem Herzen hast …«

»Alles korrekt«, sagte Oliver. »Mach dich locker, Mama! Können wir noch nach Wiesbaden fahren? Pizza essen? Ich hab Hunger!«

»Dafür müssen wir doch nicht extra nach Wiesbaden.«

»Schon, aber vielleicht sehen wir Mickey!«

Elfriede hob fragend die Augenbrauen.

»Du weißt mal wieder gar nichts, was? Mickey Rourke hat sich doch in Wiesbaden eine Wohnung gekauft. Aus Liebe! Der hat hier ne Freundin.«

Elfriede konnte nur erstaunt den Kopf schütteln. Aber Olivers Dackelblick konnte sie nicht widerstehen. »Also gut, fahren wir nach Wiesbaden.«

Aus Liebe, dachte sie.

»Ich verstehe es nicht. Wozu das Ganze?«

Tante Ingeborg hatte die Arme verschränkt und ein Trotzgesicht aufgesetzt, um das Oliver sie beneiden würde.

»Bitte, Ingeborg, sprich mit mir. Was soll dieses Miss-Marple-Gehabe?«

»Ich bitte dich. So alt bin ich nun auch noch nicht. Dann lieber Jessica Fletcher.« Der Güterzug schepperte vorbei und machte für einige Minuten die Fortsetzung des Gesprächs unmöglich.

Elfriede seufzte. »Egal wer. Erklär es mir endlich. Bitte.«

Ingeborg, auf dem Sofa hockend, zuckte mit den Schultern. »Ich habe dir doch gesagt, sie ist nur hinter seinem Geld her. Wahre Liebe ist das nicht. Ich bitte dich, diese Viola ist fast zwanzig Jahre jünger als er.«

»Fünfzehn.«

»Na, sage ich doch. Und wer um Gottes Willen heißt schon Viola? Das stimmt doch hinten und vorne nicht.«

»Und deshalb hast du beschlossen, du stellst ein paar eigene Untersuchungen an?«

Tante Ingeborg nickte. »Ich versichere dir, die hat es faustdick hinter den Ohren. Umtriebig ist die, ja, das ist das richtige Wort. Umtriebig. Allein in den letzten Tagen war sie auf der Bank, beim Gynäkologen, beim Juwelier und beim Immobilienmakler. Das stinkt doch zum Himmel, die bereitet doch eindeutig die Einfuhr in den Hafen vor.«

»Was für ein Hafen?«

»Na, den Hafen der Ehe. Jetzt stell dich doch nicht dümmer als du bist.«

»Ingeborg! Erstens kann sie Klaus nicht heiraten, solange er nicht von mir geschieden ist. Zweitens ist die Frau Journalistin und was du als Hochzeitsvorbereitung interpretierst, gehört eindeutig zu ihrer Recherche über eine heiße Geschichte in der Frankfurter Finanzwelt. Du gefährdest ihre Ermittlungen.«

»Pfff!« Ingeborg schob das Kinn vor und zog einen Schmollmund.

»Du musst damit aufhören.«

»Ja doch! Wenn du unbedingt willst. Aber sag mir hinterher nicht, ich hätte dich nicht gewarnt.«

Elfriede musste lächeln. »Einverstanden.«

Sie setzte sich neben Ingeborg aufs Sofa. »Eins muss ich ja zugeben. Die Nummer mit der Zeitung war schon stark.«

»Spaß hat es jedenfalls gemacht.« Ingeborg lachte und kniff Elfriede in den Arm. »Kind, ich beneide dich um deinen Beruf.«

»Aua.« Elfriede musste lächeln. »Wenn ich mal in Not bin, werde ich dich als Aushilfe einstellen.«

»Im Ernst? Aber ich kann dir auch jetzt schon helfen. Du weißt schließlich immer noch nicht, wer die beiden Jungen ermordet hat. Da gibt es doch bestimmt etwas, was ich für dich herausfinden kann.« Aufgeregt sah Ingeborg sie an. Elfriede zögerte. Jetzt steckte sie in der Zwickmühle. So ernst hatte sie ihr Angebot gar nicht gemeint, schließlich war ihr Job zuweilen recht heikel und auf keinen Fall wollte sie Ingeborg in Gefahr bringen. Aber die Begeisterung der Tante rührte sie und Ingeborg von Viola abzulenken war sicher auch keine schlechte Idee. Sie überlegte fieberhaft, auf welchem Nebenschauplatz sie Ingeborg möglichst risikofrei einsetzen konnte.

»Du könntest tatsächlich etwas für mich tun«, sagte sie schließlich.

»Was?« Ingeborg war Feuer und Flamme und zappelte unruhig auf dem Sofa herum.

»Du könntest für mich ins Krankenhaus gehen.«

Ingeborg schaute skeptisch. »Was soll ich denn da?«

»Sprich noch einmal mit Yvonne. Vielleicht bekommst du einen besseren Zugang zu ihr als ich. Finde heraus, was genau Sandy gesagt hat, bevor er das Krankenhaus verließ. Vielleicht weiß Yvonne mehr, als sie Carmen gesagt hat. Ich bin zwar überzeugt, dass der Junge nicht der Täter ist, aber wir sollten ganz sichergehen. Und wer weiß, vielleicht tragen deine Ermittlungen dazu bei, dass der Bursche aus der Haft entlassen wird.«

Ingeborg nickte. »Du hast recht. Gleich morgen gehe ich los. Und jetzt erzähl: Was hast du inzwischen herausgefunden?«

Statt einer Antwort reichte Elfriede ihr die Computerausdrucke, die sie von den beiden Handyfotos aus dem Zeitungsarchiv gemacht hatte.

Ingeborg zog die Stirn kraus und betrachtete sie eingehend. »Unfall. Fahrerflucht. Junge Frau tot. Glaubst du, da gibt es einen Zusammenhang?«

»Ich weiß es nicht. Erinnerst du dich, dass Sophie sagte, dass Alexander was am Laufen hätte? Und dass es seit Walpurgis zwischen Tom und Alexander gekriselt hätte? Irgendetwas hat Tannenberg an dem Abend daran gehindert, noch einmal nach Niedernhausen zurückzukehren.«

»Was schließt du daraus?«

Elfriede seufzte. »Schließen kann ich gar nichts, nur vermuten. Ich war auf der Suche nach etwas, mit dem Alexander den Direktor unter Druck setzen konnte. So eine Fahrerflucht wäre bestimmt prima dafür geeignet.«

»Du meinst, der Tannenberg saß am Steuer?« Ingeborg schüttelte den Kopf. »Das kann ich mir nicht vorstellen. Millionen von Menschen sind an dem Abend Auto gefahren. Außerdem … der ist doch viel zu korrekt, um dann abzuhauen. Der hätte sicher die Polizei gerufen.«

»Er kam von einer Feier und war angetrunken.«

»Selbst dann …« Ingeborg blieb skeptisch.

»Überleg doch, Tantchen. Der Mann hätte viel zu verlieren. Wenn er betrunken Auto fährt und dabei einen Menschen tötet, wäre er seine Stelle los. Er hat aber Ambitionen, er will hoch hinaus. Soweit ich es seinen Unterlagen entnehmen konnte, hat er sich als Leiter für das Internat Schloss Riedberg beworben. Das hätte er dann knicken können. Und er will seine Frau zurück.«

»Na gut, spinnen wir den Faden weiter«, meinte Ingeborg. »Wie kommen die Jungen ins Spiel?«

»Wenn meine Theorie stimmt, dann wusste zumindest Alexander von dem Unfall. Er hat Tannenberg erpresst. Ließ sich von ihm Klassenarbeiten vorzeitig zuspielen und verlangte vielleicht auch Geld. Die fünftausend Euro wären damit erklärt.«

»Ein gutes Mordmotiv.«

Die beiden Frauen saßen schweigend nebeneinander.

»Angenommen, du hast recht«, meinte Ingeborg schließlich, »wie willst du es beweisen?«

Elfriede seufzte. »Das ist eine gute Frage.«

7.

»Du siehst nachdenklich aus«, sagte Cemal, als er Elfriede am nächsten Morgen zwei Wellnessbrötchen in die Tüte packte. »Stress zu Hause? Oder zu viel zu tun?«

Elfriede lächelte den netten Türken an, der in Frankfurt-Sachsenhausen aufgewachsen war, einige Zeit als Austauschschüler in Amerika verbracht hatte und nun mit viel Liebe den kleinen Kiosk im Ort betrieb.

»Danke der Nachfrage«, sagte sie. »Oliver wohnt für eine Weile bei seinem Vater.«

Cemal tätschelte ihr die Hand, als sie das Wechselgeld entgegennahm. »Das wird schon wieder! Der ist schneller zurück als du denkst.«

Natürlich senkte sich die Schranke vor ihr, just, als sie die Gleise überqueren wollte. Elfriede nutzte die Zwangspause zum Nachdenken.

Nein, es war so gut wie unmöglich, Tannenberg die verhängnisvolle Fahrt nachzuweisen. Wenn er tatsächlich den Unfall verursacht hatte, bei dem diese junge Frau ums Leben gekommen war, dann war er sicher nicht so dämlich gewesen, das Auto in seiner Stammwerkstatt reparieren lassen. Vielleicht hatte er es auch entsorgt. Selbst wenn Elfriede die Werkstatt ausfindig machen konnte, so könnte sie sich dort höchstens bestätigen lassen, dass Tannenbergs Wagen zur fraglichen Zeit einen Schaden gehabt hatte. Alles, was Elfriede tun konnte, war, Indizien zusammenzutragen und zu hoffen, dass viele kleine Puzzleteile sich am Ende zu einem Ganzen fügen würden.

Die Schranke öffnete sich und plötzlich schoss hinter ihr ein braun-schwarzer Hund mit gefletschten Zähnen auf einen kleinen Pudel zu, der von der anderen Seite gekommen war. Elfriede ließ vor Schreck die Einkaufstasche fallen.

»Tschuldigung«, sagte eine Mittfünfzigerin, offensichtlich die Besitzerin des aggressiven Köters, hob die Tasche auf und reichte sie ihr. »Er meint es nicht so. Er kann einfach den Chico nicht riechen!« Die Hunde hatten sich inzwischen wieder getrennt und gingen ihrer Wege, als ob nichts gewesen sei. Elfriede bog in die Bornstraße ab.

Falls Tannenberg wirklich der Unfallfahrer gewesen war, konnte er möglicherweise nicht so leicht wieder zur Tagesordnung übergehen. Vielleicht hatte er sich auffällig verhalten, sich ein paar Tage freigenommen oder gar verplappert. Außer seiner Frau war seine Sekretärin sicher der Mensch, der ihn am besten kannte. Elfriede wollte noch einmal mit Frau Klagbauer sprechen.

Eine halbe Stunde später klopfte sie erst einmal an eine graue Tür auf einem grau gestrichenen Flur. K 10, Sachbereich 11, das klang so sachlich, als würden in den Büros dieses alten zweistöckigen Gebäudes die Schadenregulierungsfälle A–K einer Versicherungsgesellschaft behandelt. Elfriede wusste es besser. Tötungsdelikte war ein schreckliches Wort.

»Kuckuck«, sagte sie, als sie betont munter die Tür aufschob.

Carmen sah erstaunt vom Schreibtisch hoch. »Wie zum Teufel bist du hier reingekommen?«

»Ich hab deinen Chef auf dem Hof getroffen. In seiner Begleitung war das kein Problem.« Elfriede kniff verschwörerisch ein Auge zu. »Keine Angst, ich hab kein Wort über sein Schlafzimmer verloren.«

Carmen musste grinsen und Elfriede grinste zurück. In Momenten wie diesen wussten sie, warum sie einander mochten.

»Frühstückspause!«, verkündete Elfriede.

Carmen verdrehte die Augen beim Anblick des Pappkartons, den Elfriede mit einer Hand balancierte.

»Du weißt doch genau, dass ich nie –«

»Ja, ja«, unterbrach Elfriede sie. »Alles berücksichtigt.«

Sie griff in den Karton. »Hier haben wir Obstsalat ohne Zucker, Käse mit so wenig Fettanteil, dass er nicht mehr nach Käse schmeckt, zwei Wellnessbrötchen mit hundert Prozent Vollkorn und Naturjoghurt.«

Elfriede dekorierte Carmens Schreibunterlage mit den Leckereien. »Und für mich gibt es Croissants und Würstchen im Blätterteigmantel. Die sind sogar noch warm.« Grinsend sah sie ihre Freundin an. »Aber wenn du dich entschließen solltest, den Ratschlag der Bauchtanzlehrerin zu befolgen, teile ich gerne mit dir.«

Sie ließ sich in den Besucherstuhl fallen. »Kaffee hast du ja wohl?«

»Du bist unglaublich.« Carmen konnte ihr Lächeln nicht unterdrücken, als sie Papiere und Formulare unter der Käsepackung hervorzog und vor weiteren Flecken in Sicherheit brachte. Sie kramte in ihrer Schublade, förderte einen Löffel zu Tage und griff nach dem Joghurt.

»Spuck's schon aus. Was soll ich schon wieder für dich tun?«

»Ach, nur eine Kleinigkeit«, murmelte Elfriede und biss in das Blätterteigteil.

Carmen zog fragend die Augenbrauen hoch.

»Es geht um eine Fahrerflucht im letzten Jahr.« Elfriede reichte Carmen die Kopie des Zeitungsartikels über den Tisch.

»Das ist nicht meine Abteilung, das weißt du.«

»Schon.« Elfriede fegte Krümel von ihrem Schoss und betrachtete intensiv das Muster, das sie auf dem Linoleumboden bildeten. Dann sah sie Carmen in die Augen. »Aber dir kann doch keiner was abschlagen.«

»Warum interessiert dich der Fall? Hat er was mit den Morden an den beiden Jungen zu tun?«

»Vielleicht, ich weiß es nicht«, antwortete Elfriede ehrlich. »Vielleicht sehe ich ja klarer, wenn ich mehr Informationen habe.«

Carmen fingerte ein paar Weintrauben aus dem Obstsalat und las aufmerksam den Artikel. Dann stand sie auf. »Du machst Kaffee«, sagte sie und wies mit dem Kinn zur Maschine in der Ecke. Ohne ein weiteres Wort verließ sie den Raum.

Elfriede beeilte sich, Carmens Auftrag zu erfüllen. Sie war froh, dass sich die Stimmung zwischen ihnen wieder entspannt hatte. Die Maschine gluckerte leise vor sich hin, als Carmen, mit einer schmalen Mappe in der Hand, den Raum wieder betrat.

»Viel haben wir nicht«, sagte sie. »Tatzeit und Ort kennst du ja schon. Ist in der Elisabethenstraße passiert. Gefunden wurde das Opfer von einem Taxifahrer und seinem Fahrgast, vom Unfallfahrer keine Spur.«

Carmen blätterte durch die Papiere. »Interessiert dich die genaue Todesursache?«

Elfriede schüttelte verneinend den Kopf.

»Am Fahrrad des Opfers haben wir Lackspuren gefunden. Aus Lackaufbau und stofflicher Zusammensetzung lässt sich schließen, dass das Tatfahrzeug wohl ein dunkelblauer Mercedes der S-Klasse war.«

Carmen klappte die Mappe zu. »Das ist alles. Du schuldest mir einen Gefallen?«

»Auch zwei«, sagte Elfriede und stand auf. »Danke, Carmen.«

»Hör zu, versprich mir, dass du Bescheid sagst, wenn du in dieser Sache etwas herausfindest. Die Frau war gerade erst zwanzig, wäre schön, wenn wir diesen Fall aufklären könnten.«

»Versprochen«, sagte Elfriede und überlegte, ob sie Carmen von ihrem Verdacht gegen Tannenberg erzählen sollte. Aber dafür war später noch Zeit, erst wollte sie mit Frau Klagbauer reden.

Carmen begleitete ihre Freundin bis in den Eingangsbereich. Sie hatten sich gerade umarmt, als Elfriedes Handy klingelte.

Sie kramte mit einer Hand in ihrer Tasche und winkte mit der anderen der Freundin zum Abschied.

»Schmittke«, meldete sie sich, während sie die Hofheimer Kriminalinspektion verließ.

»Ich bin's«, sagte Ingeborg. »Ich bin zurück aus dem Krankenhaus.«

»Gut, dass du anrufst. Tu mir den Gefallen und telefonier mit Frau Tannenberg in Köln. Du findest die Nummer in meinen Unterlagen. Frag sie, mit was für einem Auto ihr Mann sie letztes Jahr besucht hat. Welches Mercedesmodell, Klasse, Farbe – du weißt schon.«

»Gebongt.«

Elfriede musste lächeln. »So, und jetzt du. Wie war es bei Yvonne?«

Die verwelkten Blumensträuße waren verschwunden, das Pappschild an der Eingangstür war entfernt worden. Das Prinz-von-Nassau-Gymnasium gab sich wilhelminisch wie eh und je. Jetzt gehen sie wieder zur Tagesordnung über, dachte Elfriede, und alles bleibt beim Alten. Aber für zwei von tausend Schülern war der Weg zum Abitur beendet. Und nicht nur der. Alexander und Tom waren nicht beliebt bei ihren Mitschülern, um die beiden schien niemand lange zu trauern. Zumindest war das nicht sichtbar.

Sie stieg die Treppe hoch zum ersten Stock und grüßte freundlich den Lehrer mit der Nickelbrille und den kurzen roten Haaren, der ihr entgegenkam. Er sah sie aus schmalen Augen an.

»Gratuliere, jetzt haben Sie's ja geschafft.«

Elfriede blieb irritiert stehen. »Was bitte?«

»Sandy alles in die Schuhe zu schieben. Klassische Täter-Opfer-Verschiebung«, knurrte Wenzel.

»Hab ich schon mal gehört«, murmelte Elfriede. »Aber so ist es nicht. Sie irren sich.«

Der Lehrer sprang, ohne weiter auf sie zu achten, die nächste Treppenstufe herunter, aber Elfriede hielt ihn spontan am Ärmel fest. Verblüfft betrachtete sie den Stoff seines braun-weiß karierten Flanellhemdes zwischen den Fingern. Mussten Lehrer immer Kariertes anziehen?

»Nicht ich, sondern die Polizei hat Sandy verhaftet.«

»Das dürfte ja wohl auf dasselbe hinauskommen«, sagte der Lehrer schnippisch und befreite seinen Ärmel aus Elfriedes Fingern. »Von mir erfahren Sie jedenfalls nichts mehr.« Er schloss den Mund zu einem schmalen Strich und marschierte die nächsten Stufen hinunter.

Elfriede gab es auf, ihn zu überzeugen.

Mühsam erklomm sie die letzten Stufen der Treppe und öffnete die Tür des Sekretariats. Ob die Klagbauer noch ihr blaues Auge hatte?

Eine hagere Fünfzigjährige mit Knoten starrte sie wütend an. »Können Sie nicht klopfen?«

»Verzeihung«, sage Elfriede. »Ich würde gerne mit Frau Klagbauer sprechen.«

»Da sind Sie nicht die einzige«, blaffte die Hagere. »Frau Klagbauer ist nicht hier. Ich vertrete sie.«

Elfriede registrierte die gesenkten Mundwinkel der Dame und dachte, dass sie ihrer Vorstellung von einer Schulsekretärin schon deutlich näher kam als die junge, blonde Frau Klagbauer. Ärger stieg in ihr hoch, eine große Portion Ärger, genährt in dreizehn Schuljahren voller Demütigungen im Schulsekretariat. »Wir sind hier keine Telefonzentrale! Nein, deine Eltern kannst du nicht anrufen. – Die Entschuldigung hättest du letzte Woche abgeben müssen. So krank kannst du ja nicht sein, wie du tust.« Was hatte sie neulich in einem Esoterik-Ratgeber gelesen? Es gibt nur zwei Arten von Menschen. Die einen geben Liebe. Die anderen brauchen sie. Die Hagere schien jedenfalls nicht zur ersten Gruppe zu gehören.

Elfriede seufzte. Manchmal mutete ihr das Universum zu viel zu. Aber sie zauberte ihr süßestes Lächeln auf ihr Gesicht. »Wie schön«, säuselte sie, »dass Sie so schnell einspringen konnten. Ist Frau Klagbauer krank?«

Die Verkniffene mit dem Knoten ignorierte Elfriedes freundlichen Ton und verzog keine Miene. »Ich bin nicht befugt, Ihnen darüber Auskunft zu geben. Kommen Sie zur Sache, bitte. Haben Sie einen Termin?«

»Ach, leider nein«, antwortete Elfriede. »Ich wollte Frau Klagbauer nur guten Tag sagen. Ich komme ein anderes Mal wieder!«

Für die Hagere war sie damit offenbar uninteressant geworden. Die hatte ihre Augen schon wieder auf die Computertastatur gesenkt. Elfriede entschied, sie weiter in ihrem feinstofflichen Zustand ohne Liebe zu belassen.

Ein paar Minuten stand sie im Schulflur und dachte nach. Ob Klagbauer wieder gewalttätig geworden war? Hatte er diesmal seine Frau so zugerichtet, dass sie sich im Sekretariat nicht mehr sehen lassen konnte? Zuzutrauen war es dem schmierigen Typen ja. Egal, sie konnte nicht warten, bis die Klagbauer wieder in der Lage sein würde, ihre Blessuren mit Schminke zu überdecken. Sie brauchte ihre Auskunft jetzt – schließlich zahlte Köster nicht unbegrenzt für ihre Ermittlungen.

Entschlossen verließ sie die Schule und lenkte ihre Schritte zur Hausmeisterwohnung direkt neben dem Gymnasium. Das Backsteinhaus hatte drei Stockwerke, die Klagbauers wohnten im Parterre. Hinter den Gardinen aus dunklem Chintz reckten sich Grünpflanzen verzweifelt an der Scheibe dem Licht entgegen. Frau Klagbauer hatte nichts übrig für den Durchblick – kein Wunder in ihrer Lage.

Elfriede klingelte und wappnete sich innerlich gegen Mitleid. Eine gewisse Distanz musste sie wahren, um zu ermitteln. Wahrscheinlich würde die Klagbauer ihre Sonnenbrille tragen, um das Veilchen zu verdecken. Oder hatte sie etwa schwerere Verletzungen? Dann würde sie sie allerdings überreden, ihren Mann anzuzeigen. Für alles gab es Grenzen.

Hinter der Tür rührte sich nichts. Elfriede drückte noch einmal auf die Klingel und diesmal ließ sie den Finger länger auf dem Knopf.

Sie hörte, wie sich schlurfende Schritte näherten.

Die Tür wurde mit einem Ruck aufgerissen und Elfriede schaute in das teigige Gesicht von Martin Klagbauer. Angriffslustig starrte er sie an.

»Sieh mal an. Die Schnüffler-Lady! Wir haben wohl gar nichts dazugelernt, oder?« Er näherte sein Gesicht bis auf wenige Zentimeter dem ihren.

Instinktiv wich Elfriede einen Schritt zurück. Klagbauer hatte getrunken: Das schmutzig-blonde Haar stand ihm vom Kopf ab, als hätte es heute noch keinen Kamm gesehen, die Augen waren rot, gesäumt von Tränensäcken. Ein widerlich süßlicher Geruch ging von ihm aus. Er war im Unterhemd, hatte die Hosenträger darüber gespannt, aber den Hosenstall offenstehen lassen.

»Was machen Sie denn hier? Ich dachte, Sie sind im Dienst an der Schule!«, konterte sie.

Klagbauer gab ein meckerndes Lachen von sich, dann drehte er sich einfach um und schlurfte davon. Da er die Tür nicht geschlossen hatte, folgte Elfriede ihm. In der Küche öffnete sich Klagbauer eine weitere Bierflasche.

»Dachte ich auch. Aber erstens kommt es anders und zweitens als man denkt.« Er setzte die Flasche an und nahm einen Schluck. »Prost, Lady!« Dann deutete er auf den Kühlschrank. »Wollen Sie auch eine?«

»Warum nicht«, antwortete Elfriede und nahm auf einem der Küchenstühle Platz. Klagbauer schien in redseliger Stimmung zu sein. Vielleicht bekam sie so etwas mehr aus ihm raus. Zumindest, wo seine Frau sich aufhielt.

Der Hausmeister klemmte den Kronkorken in das Schloss am Türrahmen und öffnete die Flasche. »Zwischen Leber und Milz passt immer noch ein Pils«, lallte er und hielt Elfriede das Bier hin. Sie prostete ihm zu.

»Grund zum Feiern?«

»Und ob!« Klagbauer rülpste. »Kein Geflenne mehr, keine Vorwürfe und die ewige Putzerei ist mir auch auf den Senkel gegangen. Alles hat ein Ende, nur die Wurst hat zwei! Yes, Lady, ich bin wieder Single!«

Elfriede nahm einen kleinen Schluck aus der Flasche und beobachtete den Mann. Er schien es ernst zu meinen. »Ihre Frau hat Sie verlassen?«

»Nennen Sie's, wie Sie wollen, Lady«, sagte Klagbauer und zog sich den zweiten Stuhl heran. »Ich bin froh, dass die Schlampe endlich weg ist.«

Elfriede zog scharf die Luft ein. »Das glaube ich nicht«, sagte sie und stand auf. »Sie haben nicht zufällig ein bisschen nachgeholfen?«

Es dauerte einen Moment, bis Klagbauer begriffen hatte. Dann aber reagierte er schnell. Elfriede war vorbereitet. Sie duckte sich, als die Bierflasche auf sie zukam.

Krachend zerbarst das Glas an der Wand.

Bevor der schwere Mann sich vom Stuhl erheben konnte, hatte Elfriede ihm die Hand auf den Rücken gedreht und die andere mit einer Handschelle am Heizkörper direkt hinter ihm befestigt.

»Nur ruhig Blut«, sagte sie. »Dann wollen wir doch erst mal nachschauen.«

Sie ließ Klagbauer sitzen, ignorierte seine Flüche und ging ins Schlafzimmer. Mit schmalen Augen registrierte sie die roten Lampen auf den Nachttischen und den Spiegel an der Decke. Das Zimmer war aufgeräumt, nichts deutete auf einen Kampf hin, keine Blutspuren auf dem Teppich. Sie öffnete den weißen

Kleiderschrank: Ein paar Blusen und Kleider hingen noch auf den Bügeln, aber das meiste war ausgeräumt.

Ob die Klagbauer tatsächlich ausgezogen war?

Elfriede bückte sich und zog die Schubladen der Kommode auf. Soweit sie das sehen konnte, leer. Vorsichtig fühlte sie mit den Fingern in den hinteren Ecken. Klagbauer schlug mit der Handschelle gegen das Heizungsrohr.

»Verdammte Scheiße! Machen Sie mich los! Ich habe Ihnen doch gesagt, sie ist weg!«

Elfriede zog die letzte Schublade auf und tastete im hinteren Drittel. Plötzlich stießen ihre Finger auf Metall. Vorsichtig zog sie das Fundstück heraus, eine Kette. Der Anhänger war wie ein Kreuz oder wie ein Schwert geformt, links hatte es einen einfachen und rechts einen gezackten Bogen. Sie starrte auf den Schmuck. Diese Kette hatte sie schon einmal gesehen.

Würgende Geräusche aus der Küche ließen sie zusammenzucken. Klagbauer kotzte. Einen Moment lang kämpfte Elfriede mit der eigenen Übelkeit. Dann steckte sie die Kette ein und ging in die Küche zurück.

An den Türrahmen gelehnt betrachtete sie Klagbauer, ohne Mitleid. »Wie heißt Ihre Frau eigentlich mit Vornamen?«

»Lecken Sie mich am Arsch, Ihnen sag ich gar nichts mehr.«

»Sie haben wohl nicht verstanden, dass ich hier gerade die Bedingungen diktiere, nicht Sie.«

Klagbauer zerrte an seiner Handschelle. »Sie mieses Stück, machen Sie mich los.«

»Der Name?«, wiederholte Elfriede, diesmal ein wenig lauter.

»Christina«, presste Klagbauer zwischen den Zähnen hervor.

»Geht doch«, sagte Elfriede. Sie öffnete den Kühlschrank und streckte Klagbauer eine Flasche Mineralwasser hin. Dann warf sie ihm ein Küchenhandtuch zu.

»Damit werden Sie in den nächsten Stunden auskommen müssen.«

Klagbauer blieb sekundenlang der Mund offen stehen. »Sind Sie wahnsinnig? Ich habe nichts getan. Sie sehen doch, sie ist weg. Lassen Sie mich frei!«

»Das überlasse ich anderen, die dafür zuständig sind«, sagte Elfriede.

Sie zog die Haustür hinter sich zu und atmete tief durch.

Der rote Klinkerbau in der Neugasse machte einen ebenso schäbigen Eindruck wie beim letzten Mal. Elfriede hielt die Luft an, als sie die Treppe hinaufstieg. Sie presste den Daumen auf den Klingelknopf.

»Ja doch, ich komm ja schon.« Die Tür öffnete sich einen Spalt. »Sieh an, die Krankenschwester.«

Toms Tante starrte sie aus zusammengekniffenen Augen an.

»Ich muss noch einmal mit Ihnen reden«, sagte Elfriede und hielt der Frau eine Flasche Weinbrand entgegen. »Ich habe Ihnen auch etwas mitgebracht.«

Die Augen der Frau leuchteten auf, als sie den Alkohol sah. »Kommen Sie rein«, nuschelte sie.

Elfriede folgte ihr in die schmuddelige Wohnung und stellte den Weinbrand auf dem Wohnzimmertisch ab. Frau Mahler stand am Wohnzimmerschrank. »Wollen Sie auch ein Glas?«

»Nein.«

»Auch recht«, meinte sie, ließ sich auf den gleichen Sessel wie beim letzten Mal fallen und griff nach der Flasche.

Elfriede hockte sich ihr gegenüber und wartete, bis sie das erste Glas getrunken hatte. »Paris«, sagte sie dann.

Frau Mahler schaute sie verblüfft an. »Was meinen Sie?«

»Was würde einen Jungen wie Tom dazu bringen, ausgerechnet zwei Tickets nach Paris zu kaufen?«

Ihr Gegenüber goss sich ein zweites Mal ein. Sie kicherte. »Na, das ist doch die Stadt der Liebe, oder? Vielleicht wollte er seinem Bratkartoffelverhältnis die Seine zeigen.«

Sie lehnte sich zurück, schloss die Augen und fing an zu summen. Dann sang sie. »Oh, what I'd give for a moment or two, under the bridges of Paris with you.«

Elfriede war überrascht vom schönen Klang ihrer Stimme, noch mehr als von der Tatsache, dass diese heruntergekommene Frau vor ihr offensichtlich ein tadelloses Englisch sprach.

»Kennen Sie das? Dean Martin. Ich liebe Dean Martin. So ein schöner Mann. Und Spaß am Trinken hatte der auch.« Wieder kicherte sie.

»War Tom vorher schon mal in Paris?«

Frau Mahler seufzte. »Früher, als seine Eltern noch gelebt haben, waren sie ständig da. Meine Schwägerin hatte einen Narren an der Stadt gefressen. Und mein Bruder, der hat sie auf Händen getragen, ihr jeden Wunsch erfüllt. Madame wollte nach Paris? Er brachte sie nach Paris.«

»Gab es einen bestimmten Ort, wo sie wohnten?«

»Meinen Sie, das weiß ich noch? Wissen Sie, wie lange das her ist?«

»Denken Sie nach!« Elfriede beugte sich vor und legte ihr eine Hand auf den Arm. »Bitte!«

Toms Tante schüttelte den Kopf. Sie schien zu grübeln. »Wissen Sie«, sagte sie dann, »mit Dean Martin wäre ich auch mal gern nach Paris gefahren. Das hab ich mir immer vorgestellt, wenn er sang: How would you like to be – down by the Seine with me. Stellen Sie sich das mal vor. Ich und Dean, das wär vielleicht schön gewesen.«

Enttäuscht erhob sich Elfriede und wandte sich zur Tür.

»Warten Sie!«

Elfriede drehte sich zu der Frau um.

»Als kleiner Junge ist Tom leidenschaftlich gern Karussell gefahren.«

Elfriede seufzte. Hier kam sie nicht weiter.

»Ich weiß nicht, in welchem Hotel sie immer gewohnt haben. Aber ich kann mich erinnern, dass Tom mal erzählt hat, dass, wenn er aus seinem Zimmerfenster gesehen hat, er genau auf das alte Karussell vor dieser Kirche blicken konnte.«

»Es gibt unzählige Kirchen in Paris.«

»Ich meine diese berühmte.«

»Notre Dame?«

»Nein, die andere. Diese weiße.«

»Sacré-Cœur?«

»Ja, die mein ich.«

Elfriede lächelte sie an. »Danke«, sagte sie. Dann ging sie.

Das Internet war die genialste Erfindung des Jahrtausends. Nur in Lorsbach war es noch nicht völlig angekommen. Glasfaserkabel wollten die Telekommunikationsunternehmen in dieses Dorf nicht legen, zu wenige Kunden. Und die Stadt Hofheim, im Ortskern mit blitzschnellen Datenverbindungen ausgerüstet, scheute die Investition für ihre Ortsteile. So dauerte es immer quälende Minuten, bis sich die Seiten im Computer aufbauten. Als der Drucker endlich ihre Bahnfahrkarte ins Ablagefach ratterte, packte Elfriede ein paar Kleidungsstücke und ihre Zahnbürste ein. Ihre Waffe schob sie zwischen zwei Handtücher, gerade rechtzeitig, bevor ihre Tante hereinkam.

»Bleibst du lange fort?«, fragte Ingeborg und flatterte aufgeregt um sie herum.

»Das weiß ich noch nicht. Es ist ja auch mehr eine Ahnung als eine wirkliche Spur. Aber es ist die einzige, die ich habe. Du kümmerst dich um Oliver, oder? Falls er mal auftaucht, weil er Hunger hat.«

»Selbstverständlich, das weißt du doch.«

Vorsichtig, um nichts zu verknittern, setzte sich Ingeborg auf die Bettkante. Gedankenverloren strich sie über die bunt gemusterte Biberbettwäsche. »Man muss sich doch kümmern«, murmelte sie. »Nicht nur ums Essen.«

»Hm?«, fragte Elfriede und überlegte, wo sie den kleinen Beutel mit der Wimperntusche und den Lippenstiften hingelegt hatte.

»Glaubst du, diese Kösters waren gute Eltern für Alexander?«, fragte Ingeborg.

»Wie kommst du jetzt darauf?«

»Dieser Besuch im Krankenhaus heute Morgen geht mir nach. Zuerst habe ich lange mit Frau Köster gesprochen. Furchtbar für die Frau. So einen Enkel gehabt zu haben. Wie kommt man damit nur klar?«

Ingeborg schüttelte betrübt den Kopf. »Was ich heute alles von ihr erfahren habe. Was Alexander alles angestellt hat. Du liebe Güte, das kriege ich gar nicht mehr zusammen. Er hat Schüler bedroht und eingeschüchtert, er hat Taschengeld erpresst, er hat getreten, geboxt, geschubst. Er hat sich in der Mädchenumkleide herumgetrieben, Schultaschen ausgeleert, Jacken versteckt, Tee in Schuhe gekippt, seine Mutter ignoriert, seine Lehrer lächerlich gemacht und sogar eine junge Frau zu entwürdigenden Nacktfotos gezwungen. Wenn du recht hast, hat er ja wohl auch seinen Rektor erpresst.«

Ingeborg schnappte nach Luft, aber sie war noch nicht fertig. »Und es war etwas ganz anderes, von dir etwas über Yvonne zu hören und sie dann so schmal und blass daliegen zu sehen. Am liebsten hätte ich sie mitgenommen und aufgepäppelt. Sie tat mir so leid.«

Ingeborg seufzte. »Aber dieser Alexander tut mir auch leid.«

»Er war ziemlich böse.«

»Sicher.« Ingeborg nickte. »Trotzdem … er ist doch nicht so aggressiv und gewaltbereit auf die Welt gekommen. Da steckt doch ein großes Unglück dahinter. Meinst du, es waren die Eltern?«

»Ich weiß es nicht. Zum Teil vielleicht. Der abwesende Vater, der ihm das beste Vorbild für seine Haltung geboten hat, die schwache Mutter. Vielleicht auch die Schule, die Lehrer, das zu späte Erkennen oder Eingreifen, eine allgemeine Hilflosigkeit. Überforderung – Unterforderung? Die Gesellschaft? Vielleicht waren es auch die Ballerspiele. Woher zum Teufel soll ich das wissen?«

»Aber du solltest es wissen. Schließlich hast du auch einen Sohn. Wie willst du solchen Dingen entgegensteuern, wenn du nicht einmal die Ursachen kennst?«

»Ach, Ingeborg!« Elfriede hielt mit der Packerei inne und ließ ratlos die Arme hängen.

»Ich glaube, das Wichtigste ist die Kommunikation mit den Kindern«, meinte ihre Tante. Für einen Moment schaute sie ihrer Nichte sehr ernst in das Gesicht, dann lächelte sie, drehte sich um und zog die oberste Schublade des Nachttisches auf.

»Hier«, sagte sie und reichte ihr einen kleinen Stoffbeutel. »Du solltest einen Lippenstift einpacken. Es ist immerhin die Stadt der Liebe. Und man weiß nie, was das Leben für einen bereithält.«

Der Piccolo war Gott sei Dank gut gekühlt. Elfriede lehnte sich zurück und hob das Glas. Sie hatte den ICE in Frankfurt gerade noch erwischt, jetzt rauschte er mit einer Geschwindigkeit von über 250 km/h von Oliver weg.

»Auf Oliver«, sagte sie und trank das Glas in einem Zug leer. Der junge Mann im Sitz gegenüber schaute zwar etwas irritiert, lächelte ihr aber dann doch zu. Er trug eine dunkle Lederjacke und hatte Skaterschuhe an den Füßen. Sein Outfit erinnerte sie wieder an ihren Fall.

Das nächste Glas trank sie auf Tom. Auf den kleinen Tom, der noch Eltern hatte und gerne Karussell fuhr, auf den pubertierenden Tom, der ein trostloses Zimmer bei seiner Tante bewohnte und in einer Jungenfreundschaft gefangen blieb, die ihm nicht gut tat, und auf den etwas größeren Tom, der sich verliebt hatte und vielleicht seit langer Zeit mal wieder glücklich war, verzweifelt glücklich.

Der letzte Schluck sollte dem erschlagenen Tom mit den erschlagenen Träumen gelten. Aber die Flasche war leer.

Elfriede schnappte sich ihre Handtasche und rappelte sich aus dem Sitz. »Ich komme gleich wieder«, teilte sie dem jungen Mann mit, der offensichtlich mit dieser Auskunft nicht viel anfangen konnte. Aber das war Elfriede egal. Sie machte sich auf den Weg zum Bistro.

Sie ergatterte den letzten freien Tisch und überflog die Speisekarte. Ich sollte etwas essen, dachte sie, wer weiß, wann ich wieder etwas bekomme.

Draußen raste eine grau gefärbte Landschaft vorbei, erste Regentropfen schlugen gegen die Scheibe.

»Was darf es sein?«, fragte der Kellner und zückte seinen Block.

»Bringen Sie mir bitte einen Sekt«, meinte Elfriede.

Sie hatte keinen Hunger, sie hatte keine Lust, vernünftig zu sein, sie wollte einfach nur hier sitzen und trinken und traurig sein.

Als der junge Mann den Speisewagen betrat, war sie wenig erstaunt, dass er sich auf den letzten freien Platz an ihrem Tisch setzte. Er bestellte Erbsensuppe.

»Wenn Sie Ihren Teller aufessen, scheint morgen vielleicht die Sonne«, meinte Elfriede und verdrehte sofort innerlich die Augen. Einmal Mutter, immer Mutter.

Er sah verblüfft auf. »Die scheint immer. Wir sehen sie nur manchmal nicht.«

Elfriede nickte und sah wieder aus dem Fenster. Es stimmte. Für sie und Oliver und Ingeborg schien die Sonne. Sie schien sogar für Klaus und Viola, für die Kösters, für Sandy und Sophie und für diesen Schmierlappen Klagbauer. Selbst wenn das Alibi, das ihm seine Frau gegeben hatte, nicht stimmen sollte, er war raus aus der Nummer. Elfriede würde ihren immer noch ansehnlichen Hintern darauf verwetten, dass Klagbauer niemals Alexanders Bargeld und die teure Uhr zurückgelassen hätte.

Ihr fiel ein, dass der Hausmeister immer noch an seiner Heizung hing. Sie warf einen kurzen Blick auf ihre Uhr. Noch drei Stunden bis Paris. Das passte schon. Sie würde bei ihrer Ankunft telefonieren, so lange sollte er ruhig noch ein bisschen schmoren.

Die Sonne schien auch noch für Tannenberg. Aber wenn sie recht hatte mit ihrer Vermutung, dann nicht mehr lange. Dafür würde sie schon sorgen. Das war sie sich und den toten Jungen schuldig.

»Ich habe meinen Teller leer gegessen«, grinste der junge Mann. »Darf ich Sie zur Belohnung auf ein weiteres Glas einladen?«

Für einen Moment sah Elfriede ihm nur in die Augen und lächelte. »Nein, danke«, sagte sie dann. »Ich würde liebend gern auf das Angebot eingehen und mit Ihnen zusammen auf den Regenbogen warten. Aber jetzt werde ich wieder vernünftig. Sie dürfen mir einen Kaffee bestellen und danach werde ich auf meinem Sitz ein wenig schlafen. Wenn Sie so freundlich wären, mich kurz vor Paris zu wecken, wäre ich Ihnen sehr dankbar.«

Elfriede winkte dem jungen Mann auf dem Bahnsteig Lebewohl. Dann sah sie sich erstaunt um. Der alte Gare de l'Est, in dem vor sechzehn Jahren ein romantisches Wochenende mit Klaus begonnen hatte, zeigte zwar noch die typischen Pariser Stahlkonstruktionen, ansonsten aber war er ein modernes Shopping Center geworden, mit Coffee-to-go- und Sandwichläden an jeder Ecke. Sie seufzte. Das war wohl der Preis, den man für die Globalisierung bezahlen musste, überall sah alles gleich aus, ob in Paris, New York oder Shanghai. Wenigstens die Sandwiches waren noch mit Baguettes gemacht. Aber vielleicht trog sie ja auch da ihre Erinnerung.

»Paris, Paris ist immer Vergangenheit«, hatte eine Freundin mal gesagt, als sie bei einem Glas Rotwein nostalgisch-melancholisch von der Stadt an der Seine schwärmte, »jung sein, verliebt sein, Abenteuer.«

Entschlossen schnappte sich Elfriede ihre Reisetasche und ging in Richtung Ausgang. Sie hatte keine Ahnung, wo sie zuerst suchen sollte. Es gab einige Hotels rund um den Montmartre und die Basilika Sacré-Cœur. Sollte sie die nun alle der Reihe nach abklappern? Nein, sie würde erst einmal Richtung Montmartre fahren und dann auf eine Eingebung warten. Vielleicht hielt das Universum eine für sie bereit.

Draußen goss es in Strömen. Elfriede zog den Kopf ein, rannte zur Bushaltestelle der Linie 54 und flüchtete sich unter den gläsernen Unterstand, wo sie ihren Kragen ausschüttelte. Zum Glück gab es das Internet und sie hatte ihren Fahrplan schon zu Hause am Computer ausgedruckt. Oliver wäre stolz auf seine urbane Mutter gewesen. Fahrkarten konnte man allerdings nicht ausdrucken und Elfriede überlegte einen Moment, was Fahrkarte wohl auf Französisch hieß. Ticket, wie im Englischen? Oder Billet, wie ihre Großmutter immer gesagt hatte, die auch so schöne Wörter wie Trottoir und Chaiselongue in ihrem Wortschatz beherbergte? Der Französisch-Unterricht war einfach schon zu lange her. Sie entschied sich für Billet, weil es eindeutig französischer klang, und hielt dem Fahrer des Trocadéro-Busses ein Zwei-Euro-Stück hin. Der war offensichtlich dankbar, dass sie ihm keinen Schein präsentierte, und lächelte sie an: »Merci, Madame.«

Elfriede schmolz dahin. Hier sahen nicht nur alle Männer aus wie Alain Delon, nein, die Umgangsformen waren deutlich freundlicher als in der Servicewüste Deutschland: Merci, pardon, s'il vous-plaît, je vous en prie an allen Ecken, in jeder Situation. Lächelnd betrachtete sie eine steinalte Dame, die offensichtlich von ihrem Sohn ausgeführt wurde und in der

Mitte des Busses Platz genommen hatte. Sie musste über neunzig sein und war sichtlich verwirrt, aber tadellos angezogen: ein graues Kostüm, Augen und Lippen sorgfältig geschminkt, ein Kapotthütchen im Haar. Ja, die Pariserinnen hatten ein Talent für Chic, das war keine Altersfrage.

Der Bus hielt an der Station Anvers und Elfriede drängelte sich zum Ausgang durch. Auf dem Boulevard zündete sie sich erst einmal eine Zigarette an und konzentrierte sich auf ihre Aufgabe. Sie schloss die Augen. Wo beginnen? Vielleicht erst einmal am Karussell. Das war schließlich der konkrete Hinweis, den sie hatte. Der Regen ließ ein wenig nach und sie beschloss, etwas für ihre Figur zu tun, die 237 Stufen zu Fuß zu gehen und nicht den Funiculaire, die Standseilbahn auf den Montmartre, zu nehmen. Hinter den fünfstöckigen Gebäuden des Boulevards lugte schon die schneeweiße Kuppel von Sacré-Cœur hervor. Wie immer waren am Montmartre ganze Heerscharen von Touristen unterwegs. Amerikanische Touristinnen trugen ihre überdimensionalen Hüte spazieren, Japaner fotografierten jeden Winkel und die Liebespaare ließen sich vom Regen nicht stören und schlenderten eng umschlungen durch die Gassen des Montmartre. »Au soleil, sous la pluie«, summte Elfriede vor sich hin und war erstaunt, dass sie sich an den Text von Joe Dassins Ohrwurm »Aux Champs-Elysées« noch erinnerte. Auch der gehörte zum Klaus-Paris von damals. Sie blieb kurz stehen und ließ ihren Blick über die grauen Dächer der Stadt schweifen. Ob Picasso hier schon gestanden hatte, oder van Gogh? Kurz darauf traf sie auf das Holzkarussell, das schon der fabelhaften Welt der Amelie als Kulisse gedient hatte.

Nur wenige Kinder saßen bei dem Wetter auf den Pferden, ein junges Paar hatte sich in einer der Kutschen aneinandergeschmiegt. Bald würde Oliver ihr auch eine Freundin präsentieren. Ob er wohl seine unglückliche Liebe überwunden hatte?

Oder trug er immer noch schwer daran, dass ihn die Austauschschülerin nicht erhört hatte? Elfriede zündete sich noch eine Zigarette an. Das Karussell drehte sich weiter und die nächste Gondel kam in Sicht, in der ein Penner saß. Er hob die Schnapsflasche und grüßte grölend zu Elfriede hinüber.

Erschrocken trat sie die Zigarette aus. Sie hatte Klagbauer vergessen. Der hing nun schon seit Stunden an der Heizung und war bestimmt wieder nüchtern. Und stinksauer auf sie. Das war ihr zwar egal, aber die Nacht sollte er nicht gefesselt verbringen. Sie musste Carmen verständigen. Sie fummelte ihr Handy aus dem Trenchcoat und wählte die Nummer der Polizeistation und Carmens Durchwahl.

»Bonjour, bonjour, Madame Carmen!«

»Elfriede Schmittke? Lass den Quatsch«, entgegnete Carmen. »Wir sind hier mitten in einer Amtshandlung. – Entschuldigen Sie einen Moment!«, wandte sie sich offensichtlich an einen ihrer Gesprächspartner. Dann wurde ihre Stimme wieder lauter. »Ich kann dich kaum verstehen, was ist denn das für eine Kirmes-Musik im Hintergrund?«

»Ich geh mal ein bisschen zur Seite«, schrie Elfriede, »das Karussell von Sacré-Cœur macht einen tierischen Lärm!«

»Sacré-Cœur? Paris?«, fragte Carmen erstaunt. »Wieso denn Paris?«

Ihre Stimme wurde wieder leiser. »Sie müssen das Aussageprotokoll hier unterschreiben!«

»Hör mir jetzt mal zu«, brüllte Elfriede weiter, »es ist wichtig. In der Niederhofheimer Straße fünf b, Parterre, neben dem Prinz-von-Nassau-Gymnasium wartet einer in Handschellen auf dich, er hat seine Frau schon ein paar Mal übel zugerichtet und mich hat er bedroht. Buchte ihn ein wegen versuchter Körperverletzung. Zumindest für eine Nacht. Näheres erkläre ich dir später.«

»Was?«, schrie Carmen in den Hörer. »Spinnst du? Elfriede?! Was machst du in Paris? Antworte! Bleib dran!«

Elfriede hielt das Handy von ihrem Ohr weg, zog es aber wieder heran, als Carmen erneut leiser wurde. Sie nahm an, dass ihre Freundin sich vom Hörer abwandte.

»Vielen Dank, Herr Doktor Tannenberg«, sagte Carmens Stimme, »das ist dann alles. Auf Wiedersehen!«

Elfriede ließ den Hörer sinken. »Ich ruf dich später noch mal an!«, murmelte sie. Und dann merkte sie, wie ihr Herz eine Sekunde aussetzte.

Carmen war nicht allein gewesen. Carmen hatte Besuch gehabt. Aber wie viel hatte der Rektor von ihrem Telefongespräch mitbekommen? Sie stellte sich das karge Bürozimmer ihrer Freundin vor, den zerkratzen Schreibtisch, an dem schon mehrere Generationen von Polizeibeamten gesessen hatten, das Telefon rechts, immer griffbereit. Verdammt! War Carmen mit ihrem Bürostuhl auf Rollen ein Stück nach hinten gefahren, um in Ruhe sprechen zu können? Oder hatte sie sich während des Telefongesprächs über die Unterlagen gebeugt, über das Protokoll von Tannenbergs Aussage, den sie sicher zu Toms Tod befragt hatte? Elfriede musste das sofort herausfinden. Sie wählte die Nummer der Polizeiinspektion noch einmal. Mist – das Freizeichen. Wahrscheinlich war Carmen schon auf dem Weg zu Klagbauer. Wenigstens an ihr Handy könnte sie aber doch gehen.

Resigniert griff Elfriede nach ihrer Reisetasche und steuerte den nächsten Souvenirladen an, um einen Knirps zu erstehen. Sie würde später noch einmal probieren, Carmen zu erreichen, bis dahin könnte sie sich wenigstens vor dem wieder stärker werdenden Regen schützen.

»You want?«

Die Asiatin hinter der Verkaufstheke bot Elfriede einen Klappschirm mit grauen Karos für vier Euro an. Elfriede schauderte ob des Designs und ignorierte das Englisch. »Merci.«

Sie gab der Verkäuferin fünf Euro und deutete auf den Platz hinter dem Karussell: »Hotel?« Die kleine Thailänderin nickte heftig mit dem Kopf, so dass ihr schwarzer, glatter Pony in Bewegung geriet.

»Good hotel! Black cat, le chat noir!« Sie reichte Elfriede eine kleine Visitenkarte ihres Ladens herüber. »You say you come from here. Good price!«

Elfriede hoffte, den Rabatt gar nicht in Anspruch nehmen zu müssen. Vielleicht brachte ihr der schwarze Kater Glück. Das Haus sah jedenfalls vielversprechend aus. Eines jener typischen schmalen Pariser Stadthäuser aus der Jahrhundertwende. Eine rote Marquise mit der Aufschrift »Hotel« war über dem Eingang befestigt. Es sah nicht teuer aus, aber auch nicht heruntergekommen. Genau das richtige für jemanden, der nicht viel Geld hatte. Entschlossen ging sie durch die Glastür, auf die ein großer schwarzer Kater gemalt war. Was sich die Hotelbesitzer so alles einfallen ließen, um auf sich aufmerksam zu machen. Elfriede stellte ihre Reisetasche auf den Boden und drückte den Knopf der Klingel auf dem Tresen. Dann stieß sie einen Schrei aus.

Ein großer Kater hatte sich von hinten in ihre Nylons gekrallt. Elfriede schlug mit dem Knirps nach ihm und hob ihre Reisetasche, um zum finalen Hieb auszuholen. Das Mistvieh sollte sie kennenlernen. Da näherte sich der Concierge geschmeidig im Eilschritt.

»Pardon Madame«, säuselte er mit gesenktem Kopf, hob das schwarze Tier vom Boden auf und verfrachtete es in einen Korb hinter dem Empfang. »Couche-toi!«

Er wandte sich seinem Gast zu.

»Je suis désolé. Il n'est pas méchant.«

Als er Elfriedes gerunzelter Stirn ansah, dass die Entschuldigung nicht wirkte, setzte er auf Englisch nach: »I beg your pardon. He never did this before. We pay for it. Would you like a glass of Champagne?«

Nickend nahm Elfriede die Entschuldigung an und sank erschöpft auf dem Sofa im Foyer nieder, ohne den Kater aus den Augen zu lassen. Das Untier hatte ganze Arbeit geleistet. Drei Laufmaschen zogen sich vom Knie bis zur Ferse. Sie hasste Katzen. Die Tiere waren unberechenbar. Das hatte sich wieder einmal bestätigt. Oliver plagte sie seit Jahren mit dem Wunsch, einen Kater anzuschaffen. Wie gut, dass sie widerstanden hatte.

Der Portier war anscheinend in den Keller hinabgestiegen, um den angebotenen Champagner zu holen, zumindest ließ er auf sich warten. Elfriede kramte in ihrer Tasche nach der Jeans und verzog sich kurz in den Toilettenraum, um sich umzuziehen. War sowieso eine Schnapsidee, ausgerechnet heute einen Rock anzuziehen. Bei ihrer Rückkehr warf sie als Erstes einen Blick auf den Kater. Der starrte zurück.

Der kahlköpfige Empfangschef balancierte ein Tablett mit Champagner und zwei Sektgläsern zum Tisch.

»Pour oublier le petit malheur«, sagte er und entkorkte gewandt die Flasche. Das verstand Elfriede, das Getränk sollte sie den Katerangriff vergessen machen.

»A votre santé!« Er prostete ihr zu. »You make here holiday?«

»Urlaub? Schön wär's«, murmelte Elfriede und nahm einen Schluck.

Der Portier spitzte die Ohren. »Kommen Se aus Deutschland?«

Es klang deutlich mehr nach Kohlenpott als nach Paris.

»Jau«, sagte Elfriede. »Hessen. Und wenn Sie Ihre Schmusekatze da an die Leine nehmen, überlegen wir zwei mal ganz gemütlich, wie Sie mir bei meinen Ermittlungen helfen können.«

»Na so wat, ne Schnüfflerin«, konstatierte der Portier verschnupft. Er korkte die Champagnerflasche wieder zu. »Rasputin hat mal wieder sicheren Instinkt bewiesen. Ich geb Ihnen zehn Euro für die Strumpfhose und dann war's das. Adieu!«

»Na, na!« Elfriede zog seelenruhig den Korken wieder von der Flasche und goss sich noch einmal das Glas voll. »Warum denn so unfreundlich auf einmal?«, fragte sie. »Sie wollen doch nicht wie Rasputin die Krallen ausfahren? Wo ist Ihr Pariser Charme geblieben?«

Sie beugte sich ein Stück vor. Der Kahlköpfige schien etwas gegen Detektive zu haben. Ein Herz für Tiere schien allerdings in seiner Brust zu schlagen, selbst für ein so widerliches Vieh wie Rasputin. Mal sehen, ob sie ihn bei seinem Idealismus packen konnte. Sie setzte ein ernstes Gesicht auf.

»Es geht um Tierhandel«, raunte sie und rückte auf dem Sofa ein Stück näher, »ganz heiße Kiste in großem Stil. Paris ist der Umschlagplatz. Wir suchen die Drahtzieher!«

Der Concierge zog hörbar die Luft ein.

»Bingo«, dachte Elfriede und schob schnell nach: »Vor allem eine Frau aus Deutschland. Haben Sie die vielleicht gesehen? Jung, blond, ein blaues Auge?« Verschwörerisch fügte sie hinzu: »Hat ihr der Russe geschlagen. Es gab Differenzen.«

Aus den Augenwinkeln sah sie, wie sich Rasputins Rückenhaare aufstellten.

Der Kohlenpottler schien konzentriert nachzudenken. Dann schüttelte er den Kopf. »Nein, tut mir leid! Die Ische ist hier nicht gewesen.«

»Schade«, sagte Elfriede und nahm einen letzten Schluck Champagner. »Er wird sie wahrscheinlich bald abmurksen. Sagen Sie Ihrem Kater, er soll sich wieder ablegen. Haben Sie eine Liste der anderen Hotels hier in der Nähe?«

Dreieinhalb Stunden später und viele Hotels weiter gab Elfriede auf. Ihre Füße schmerzten höllisch, nicht nur, weil der aggressive Rasputin an ihren Waden seine Spuren hinterlassen hatte.

Sollte ihr noch einmal einer damit kommen, dass schwarze Katzen Glück bringen. So konnte es nicht weitergehen, auf diese Art würde die Suche Tage dauern. Elfriede brauchte eine Pause, am besten in einem der kleinen Cafés am Montmartre. Und eine Eingebung. Es regnete noch immer. Die Künstler am Place du Tertre schien es nicht zu stören. Sie hatten Sonnenschirme und Partyzelte aufgespannt und darunter ihre Staffeleien aufgestellt, um die Touristen zu malen. Elfriede schlenderte an den Gemälden aus Ölkreide vorbei. Damals hatte sie auch ein Bild von sich malen lassen, auf blauem Karton. Klaus fand, dass es ihr gar nicht ähnlich sah und hatte es deswegen nie aufgehängt. Sie studierte die Zeichnungen. Natürlich war vieles geschönt, die Künstler wollten ihre Bilder ja verkaufen. Trotzdem hatte jeder seinen eigenen Stil.

Ein paar Meter weiter hatte ein junger Mann seine Staffelei aufgestellt, der das übliche Touristenangebot zu verweigern schien. Zumindest fehlten die an einer Leine aufgehängten Portraitzeichnungen, ein Preisschild und der Klapphocker für Kunden. Elfriede trat ein paar Schritte näher, um eine besonders lebendige Skizze zu betrachten. Der Maler hatte mit wilden Strichen ein Haus am Platz skizziert. Auf die Eingangsstufe vor der Haustür hatte er eine junge Frau mit langen Haaren platziert, sie kauerte wie hingegossen, das Gesicht dem Boden zugewandt, den gebogenen Hals melancholisch betont. Die ganze Zeichnung strahlte Tristesse aus und irgendetwas kam Elfriede daran bekannt vor. Sie hob den Blick von dem Bild, um das Motiv mit der realen Szene zu vergleichen. Das konnte doch nicht sein. Sie schaute noch einmal hin. Spielte ihr jetzt schon die Müdigkeit einen Streich?

Die Frau starrte unverwandt auf den Boden, schaute auch nicht auf, als Elfriede sich neben sie hockte.

»Frau Klagbauer?«

Keine Reaktion. Elfriede zog die Kette mit den Wrestling-Motiven aus ihrer Manteltasche und reichte sie der Sekretärin.

Frau Klagbauer nahm sie, betrachtete sie kurz und umschloss sie dann fest mit der Faust.

Sie schwiegen. Die junge Frau sah erbärmlich aus. Klatschnasses Haar klebte ihr am Kopf, das Gesicht war immer noch geschwollen, stellenweise blaugrün verfärbt, und Spuren verlaufener Mascara zogen sich bis zu ihren Lippen.

»Kommen Sie«, sagte Elfriede und zog sie am Arm. »Sie sind ja ganz verfroren, Sie holen sich noch den Tod.«

Frau Klagbauer gab ein kurzes hysterisches Kichern von sich. »Den Tod!«, sagte sie. »Ja, das ist gut. Den Tod.«

»Kommen Sie!«

Christina Klagbauer ließ sich von Elfriede ins nächste Café führen. Teilnahmslos setzte sie sich auf einen wackeligen Metallstuhl und starrte aus dem Fenster. Elfriede bestellte Tee und einen Cognac.

Wieder schwiegen sie, bis die Getränke kamen.

»Trinken Sie!«, sagte Elfriede und schob Frau Klagbauer den Remy Martin hin. Die Frau folgte ihrer Aufforderung, sah aber dabei weiterhin aus dem Fenster, in der einen Hand das Glas, in der anderen die Wrestler-Kette.

Elfriede versuchte, ihre Stimme so sanft wie möglich klingen zu lassen. »Ich will Ihnen doch helfen, Frau Klagbauer. Bitte sagen Sie mir, was genau passiert ist.«

Frau Klagbauer zuckte mit den Schultern, als wisse sie nicht, was es zu erzählen gäbe. Dann kam ein Flüstern: »Was soll ich ohne ihn machen?«

»Wie lange waren Sie schon ein Paar?«

»Einige Monate.« Frau Klagbauer sah sie jetzt an. »Ich weiß, dass das nicht gut aussieht. Ich mit so einem jungen Mann. Aber Sie müssen das verstehen, ich habe ihn wirklich geliebt. Ich wollte ja erst gar nicht, aber er war hartnäckig, und dabei immer so lieb und sanft und aufmerksam.« Tränen liefen ihr die Wange hinunter. »Er hat mir gut getan.«

»Sie wollten diese Reise gemeinsam machen, nicht wahr?«

Frau Klagbauer nickte. »Tom hatte nur schöne Erinnerungen an diese Stadt, er hat mir immer von Paris vorgeschwärmt. Mir ausgemalt, wie glücklich wir hier sein könnten. Er hat Luftschlösser gebaut, wollte mit mir einen Skaterladen führen oder eine kleine Kneipe eröffnen in der Gegend rund um den Eiffelturm und auf jeden Fall wollte er mit mir auf einem Hausboot leben.«

Sie öffnete die Faust und betrachtete nachdenklich die Kette. Die Andeutung eines traurigen Lächelns schlich sich in ihre Mundwinkel. »Zu Beginn dachte ich, das sind naive Jungenträume. Aber er meinte es ernst. Er wollte weg von seiner Tante, von der Schule – ach, von allem eben. Und er wollte, dass ich meinen Mann verlasse. Es hat ihn immer fuchsteufelswild gemacht, wenn ich geschlagen wurde.«

»Es sollte also nicht nur eine Urlaubsreise werden? Sie wollten abhauen?« Elfriede ärgerte sich, dass sie offensichtlich die fehlenden Tickets für den Rückflug übersehen hatte.

»Ja, wir wollten alle Brücken hinter uns abbrechen und hier ein neues Leben beginnen. Tom wollte nur noch das Geld für die Reise und unseren Neustart besorgen, dann sollte es losgehen.« Das Lächeln verschwand.

»Wie wollte er an Geld kommen?«

Die junge Frau schüttelte den Kopf und schluchzte kurz auf. Elfriede beugte sich vor und legte ihr die Hand auf den Arm.

»Wovor haben Sie Angst? Vor wem?«

Frau Klagbauer starrte in ihr Glas. »Ich habe immer Angst. Schon als kleines Mädchen habe ich mich vor allem gefürchtet. Vor der Dunkelheit, vor den Menschen, vor Aufgaben. Martin schien so stark, ich dachte, er könnte mich beschützen. Bis ich merkte, dass ich auch vor ihm Angst haben musste. Bei Tom fühlte ich mich das erste Mal geborgen. Jetzt habe ich wieder Angst.«

»Ich werde Ihnen helfen. Aber Sie müssen mir nun alles erzählen. Ich weiß, dass Ihnen das schwerfällt. Trotzdem. Bitte sagen Sie mir, wie Tom an Geld kommen wollte.«

»Tannenberg!«, flüsterte Christina Klagbauer.

Elfriede holte tief Luft. Also doch!

»Wieso Tannenberg?«, fragte sie, um Beherrschung bemüht.

»Ich weiß es erst seit kurzem. Alexander und Tom hingen mit ein paar Bier in der Grünanlage am Schwarzbach herum, als letzte Walpurgis dieser Unfall auf der Elisabethenstraße passiert ist. Der Fahrer beging Fahrerflucht. Es war Tannenberg.«

Elfriede nickte. Sie hatte also richtig gelegen mit ihrer Vermutung. »Und anstatt zur Polizei zu gehen, erpressten die beiden dann ihren Rektor.«

»Nein!« Frau Klagbauer sah erschrocken auf. »Nein, glauben Sie mir. Es war Alexander. Er machte mit seinem Handy ein Foto von Tannenberg, als der kurz ausstieg und danach einfach weiterfuhr. Tom hat sofort bei der Polizei angerufen und den Unfall gemeldet. Alexander zuliebe anonym, aber er wollte dem Opfer helfen. Es war Alexander, dieser Mistkerl, der Tannenberg erpresst hat. Um gute Noten und auch um Geld. Tom wollte damit nichts zu tun haben. Danach kühlte ihre Freundschaft merklich ab, sie sahen sich kaum noch.«

»Aber an Alexanders Todestag sahen sie sich.«

»Da ging es um etwas anderes.« Die junge Frau zögerte. »Alexander hatte das mit mir und Tom herausgefunden und drohte damit, es zu herumzuerzählen. Nur so, aus Spaß, um uns allen das Leben schwer zu machen, und vielleicht auch, weil er sauer auf Tom war. Weil der sich von ihm zurückgezogen hatte und lieber mit mir zusammen war. An dem Abend ging Tom zu Alexander, um ihn zu bitten, uns nicht zu verraten.«

»Und?«

»Alexander ließ ihn zappeln. Lachte ihn aus und meinte, er werde es sich überlegen.«

Elfriede runzelte die Stirn. »Wenn ich nicht genau wüsste, dass Tom an diesem Abend beim Wrestling-Training war, würde ich ihn verdächtigen. Er hätte ein starkes Motiv gehabt, Alexander zu töten.« Sie beugte sich vor. »Ebenso wie Sie, Frau Klagbauer!«

Die junge Frau starrte sie mit offenem Mund erschrocken an. »Ich?«

Elfriede sah ihr schweigend in die Augen. Die Klagbauer fuhr sich fahrig durch die Haare.

»Ich könnte so was nicht. Ebenso wie Tom niemandem etwas antun konnte. Das müssen Sie mir glauben. Es war Tannenberg, das ist doch offensichtlich. Er hatte die Nase voll von Alexanders Erpressungen und hat ihn erschlagen. Und Tom hat er auch auf dem Gewissen.«

Wieder begann sie zu weinen.

»Tom ist also in Alexanders Fußstapfen getreten und erpresste Tannenberg um Geld?«

Frau Klagbauer nickte. »Aber doch nur, weil wir das Geld unbedingt brauchten. Wir mussten weg. Wir hatten doch keine andere Wahl.«

»Sie hätten zur Polizei gehen können.«

»Womit denn? Tom hat Alexanders Handy ja gesucht, aber es ist verschwunden. Wir hatten nichts in der Hand. Wem hätte die Polizei wohl geglaubt? Tannenbergs Wagen ist längst verschrottet und Sie wissen selbst, dass Tom nicht den besten Ruf hatte. Und selbst, wenn das Handy aufgetaucht wäre …, mein Mann hätte mich totgeschlagen.«

»Tom hat also geblufft? Tannenberg gesagt, dass er Alexanders Handy hat und Geld will?«

Frau Klagbauer nickte. »Ja. Anfangs dachten wir, dass Tannenberg das Handy hat. Aber Tom meinte, es wäre einen Versuch wert. Als Tannenberg auf seine Forderung einging, wussten wir, dass er das Telefon auch nicht hat. Sie waren für den Abend verabredet, ich wusste nicht, dass sie sich an der Sporthalle treffen würden. Mir war ganz schlecht vor Angst. Am nächsten Morgen wollten wir aufbrechen. Als Tom nicht kam, wusste ich, dass etwas passiert ist. Glauben Sie mir, da stürzte die Welt endgültig ein.«

Elfriede merkte, dass ihr ganz flau im Magen wurde. Kein Wunder, es war ewig her, dass sie etwas gegessen hatte. Sie stand auf und betrachtete die Auslage in der Kuchentheke, entschied sich dann aber dagegen und bestellte zwei Sandwiches.

Als sie sich wieder setzte, schwieg sie und versuchte, die neuen Informationen zu sortieren und in eine Chronologie zu bringen. Alles hatte in der Walpurgisnacht begonnen. Tannenberg tötete bei einem Unfall einen Menschen und flüchtete. Alexander fotografierte ihn dabei und nutzte dieses Beweismaterial zur Erpressung. Vielleicht wurde Alexander immer maßloser in seinen Forderungen, vielleicht hielt Tannenberg die ständige Bedrohung einfach nicht mehr aus – aus welchem Grund auch immer, irgendwann hatte der Rektor genug und ermordete Alexander. Als Tom dann auch versuchte, ihn zu erpressen, ging er zum Schein darauf ein und erschlug den Jungen ebenfalls, aus irgendeinem Sinn für makabere Situationen am gleichen Ort. Aber auch Tom konnte er das Handy mit dem Beweis seiner Feigheit nicht abnehmen, denn der hatte es ja gar nicht. Der Rektor musste sich also immer noch bedroht fühlen. Aller Wahrscheinlichkeit nach war er es gewesen, der bei Tom daheim eingebrochen war und seine Tante zu Boden geschlagen hatte. Er war immer noch auf der Suche nach Alexanders Handy mit dem Foto, das gegen ihn verwendet werden konnte. Elfriede schaute auf die Uhr.

Die Kellnerin brachte die Brote. »Bon appétit!«

Frau Klagbauer schüttelte den Kopf. »Ich kann nichts essen.«

»Sie müssen!« Elfriedes Stimme duldete keinen Widerspruch. Sie hatte genau die Tonlage, die Oliver anzeigte, wann das Ende jeglicher Diskussion und Verhandlungsbereitschaft gekommen war. Offensichtlich funktionierte sie auch bei einer jungen, verzweifelten Frau. Zögerlich griff die Klagbauer nach dem Essen.

Als Elfriede in das Brot biss, kam ihr ein Gedanke. »Sie sagten eben, wenn man das Handy gefunden hätte, hätte Ihr Mann Sie totgeschlagen. Was meinten Sie damit?« Sie nuschelte ein bisschen. Aber es war keine Zeit für gute Tischmanieren. Manchmal musste man auch mit vollem Mund reden.

Frau Klagbauer würgte offensichtlich an ihrem kleinen Bissen. Elfriede hätte nicht gedacht, dass sich die Qual, die aus ihrem Gesicht sprach, noch steigern ließ. Aber es war möglich.

Ganz tief senkte Frau Klagbauer den Kopf, legte das Brot zur Seite und verschränkte die Hände im Schoß, fest um die Kette geschlossen. »Weil er sich was überlegt hatte.«

»Wie bitte? Wer hatte sich was überlegt?«

»Alexander. Er hatte doch zu Tom gesagt, er würde es sich überlegen. Als Tom beim Training war, rief er mich an. Er befahl mir, mich mit ihm zu treffen, wenn ich nicht wolle, dass er uns verrät. Ich sagte ihm, er solle zur Sporthalle kommen.«

»Warum ausgerechnet dort?«

»Ich musste mich doch wegschleichen. Die Halle ist direkt um die Ecke, ich dachte, wenn ich schnell bin, kann ich zurück sein, bevor Martin aus der Kneipe kommt. Außerdem ist es da dunkel und abends ist dort kein Mensch mehr. Ich wollte nicht, dass uns jemand sieht, mein Mann hätte es erfahren können.«

»Sie haben sich also mit Alexander an der Sporthalle getroffen. Und dann?«

»Es war schrecklich!« Frau Klagbauer war kaum zu verstehen. »Alexander meinte, er könnte gar nicht verstehen, was Tom an mir findet, aber er würde es schon rausbekommen. Für den Anfang wollte er sich mal ansehen, was ich denn so zu bieten hätte.«

Das Baguette schmeckte nicht mehr, Elfriede legte es zurück auf den Teller.

»Ich musste mich ausziehen.«

Die junge Frau schluckte. »Ganz.«

»Und dann?«

»Er kam ganz dicht an mich ran. ›Nicht schlecht‹, meinte er und grabschte mir an den Busen. Als ich ihn wegstieß, lachte er nur. Er befahl mir, mich gegen die Wand zu lehnen und die Arme hinter dem Kopf zu verschränken. Ich bat ihn, mich einfach gehen zu lassen, aber er meinte, wir seien noch nicht fertig. ›Erst mache ich noch ein paar Erinnerungsfotos von dir‹, sagte er. ›Oder willst du, dass ich euer kleines Geheimnis herumerzähle? Deinem Mann würde das sicher gefallen.‹ Ich tat also, was er wollte. Ich hatte schreckliche Angst, denn ich wusste, dass diese Fotos mich noch viel mehr in seine Gewalt brachten als ich eh schon war … Aber was hätte ich denn tun sollen?«

Sie schaute Elfriede an. »Sagen Sie mir, was hätte ich tun sollen?«

Elfriede seufzte. »Frau Klagbauer, ich muss das jetzt wissen. Haben Sie in Ihrer Verzweiflung nach einer Eisenstange gegriffen und Alexander erschlagen?«

»Glauben Sie tatsächlich, ich wäre dazu fähig?«

Elfriede zögerte. »Nein«, sagte sie schließlich. »Aber das ist nur mein Gefühl. Die Polizei wird Ihre Fingerabdrücke mit der Spur an der Mordwaffe vergleichen. Dann wird sich zeigen, ob ich mit meiner Einschätzung richtig liege.««

»Alexander machte seine Fotos. Schließlich sagte er, beim nächsten Mal würden wir ein bisschen mehr Spaß miteinander haben und dann packte ich meine Klamotten und rannte weg. Als ich ihn verließ, war er noch am Leben.«

Elfriede gab der Kellnerin ein Zeichen, dass sie bezahlen wollte. »Wir werden jetzt Ihre Sachen holen und zurück nach Hofheim fahren. Sie müssen unbedingt eine Aussage machen. Ich werde Sie zur Polizei begleiten.«

Frau Klagbauer nickte. »Ich möchte aber vorher noch etwas zu Ende bringen.«

»Was?«

»Lassen Sie mich in der Kirche eine Kerze für Tom anzünden.«

Wieder sah Elfriede auf die Uhr. »Also gut, aber wir müssen uns beeilen.«

»Bitte, ich möchte allein gehen.«

Elfriede sah Christina Klagbauer zweifelnd an. In jedem Kinofilm würde sie jetzt den Kopf schütteln. Das sagten die Verdächtigen doch alle: Ich ziehe mich nur schnell um, ich möchte nur noch mal schnell ins Bad – und schwupps, kletterten sie durchs Fenster und waren verschwunden, während der ermittelnde Beamte noch ahnungslos vor der Tür wartete. »Ich möchte noch eine Kerze anzünden« klang auch nicht viel anders als »Ich hau dann mal ab!«

Aber das Leben war nicht dazu da, immer und überall vernünftig zu sein.

Es gab auch so etwas wie Glaube, Liebe und Hoffnung.

»Gehen Sie«, sagte Elfriede, »ich warte hier. Aber beeilen Sie sich.«

Frau Klagbauer nickte. »Danke«, sagte sie, als sie aufstand.

Als Elfriede durch die Fensterscheibe beobachtete, wie die Sekretärin auf die Kirche zuging, hoffte sie inständig, dass sich ihre Intuition und das Universum im Einklang befanden.

Wie viel Zeit durfte man einer Trauernden für ihre Andacht zugestehen? Fünf Minuten, zehn Minuten oder eine Viertelstunde? Elfriede sah nervös auf die Uhr. Das Café hatte sich langsam gefüllt. Ein älteres Ehepaar näherte sich ihrem Tisch und deutete auf die Stühle.

»Pardon, c'est libre?«

Elfriede nickte und gab damit die Stühle frei, legte einen Zwanzig-Euro-Schein auf das Tellerchen, steckte die Rechnung ein – Köster würden den Beleg sehen wollen – und ging hinaus auf die Straße. Die Klagbauer müsste jetzt langsam wiederkommen. Sie würde ihr ein Stück entgegengehen.

Als ihr die ersten Regentropfen ins Gesicht wehten, merkte sie, dass sie ihren Knirps im Café liegen gelassen hatte. Sie kehrte um. Das Ehepaar sah sie erstaunt an. Elfriede zeigte auf den Schirm, der neben dem Stuhl auf dem Boden lag. Als sie sich bückte, um ihn aufzuheben, klingelte ihr Handy.

»Elfriede? Ich weiß nicht mehr weiter.«

So einen Satz hatte Elfriede noch nie von Tante Ingeborg gehört.

»Er weigert sich. Dabei hat er unter der Dusche vor Schmerzen geschrien. Und schlecht ist ihm auch.«

»Wer?«, fragte Elfriede verdattert und ging aus dem Café, damit die Gäste ihr Telefongespräch nicht mitbekamen.

»Oliver, dein Kind. Schon vergessen?«

»Sei nicht zynisch«, blaffte Elfriede ins Telefon. »Was ist passiert?«

»Er muss was beim Wrestling abbekommen haben. Zu Klaus wollte er nicht. Meiner Meinung nach muss er in die Klink. Aber –«

Ein Piepsen unterbrach ihr Gespräch.

»Tante Ingeborg?« Elfriede klopfte auf das Handy. »Tante Ingeborg?«

Sie schrie so laut, dass einige Passanten auf dem Platz vor der Kirche sie erstaunt ansahen.

Das Handy blieb stumm. »Akku leer« leuchtete auf dem Display auf.

Ausgerechnet jetzt. Elfriede warf das Gerät resigniert in ihre Tasche.

Die Unruhe hüpfte in ihrem Magen herum wie ein flatternder Vogel. Oliver!

»Sie wird einen Krankenwagen rufen«, beruhigte sie sich selbst, als sie auf dem Platz vor Sacré-Cœur hin und her tigerte. »Tante Ingeborg ist eine praktische Frau. Sie kann sich durchsetzen. Und ich kann von hier aus gar nichts machen.«

Mit Gewalt zwang sie sich zur Ruhe, schob sich ihre Reisetasche unter den Po und setzte sich auf eine der nassen Bänke am Ende des Platzes, die Tür von Sacré-Cœur fest im Auge. Noch immer waren Touristen unterwegs.

Aber wo blieb, verdammt noch mal, die Klagbauer?

Elfriede zündete sich eine Zigarette an und inhalierte hastig. Ein Jugendlicher mit Rucksack und zahllosen Pickeln ließ sich von ihr Feuer geben, wobei sie sich nicht sicher war, ob die Selbstgedrehte, die er ihr hinhielt, nicht noch etwas anderes als Tabak enthielt. Ob Oliver auch schon Hasch probiert hatte? Hoffentlich ging er in die Klinik. Verdammter Sturkopf!

Den Dank des Pickelgesichts quittierte sie mit einer ungeduldigen Handbewegung, sie musste die Sicht wieder freibekommen.

Vor der Kirche hatte sich eine Reisegruppe mit Führerin eingefunden. Die junge Frau hielt einen roten Regenschirm in die Höhe, um ihre Schäfchen beisammenzuhalten. Wahrscheinlich Schweizer, so korrekt wie die gekleidet sind, schoss es Elfriede durch den Kopf. Überall graue Scheitel, graue Anzüge, graue Trenchcoats. Sie passten zum Himmel, der sich ebenfalls grau zuzog und die nahende Abenddämmerung schon erahnen ließ.

Elfriede seufzte und schloss die Lider.

Tannenbergs Gesicht schob sich vor ihr inneres Auge. Schnell öffnete sie die Lider wieder.

Die Reisegruppe zwängte sich durch die Kirchentür, zwanzig graue Scheitel.

Tannenbergs Gesicht stand ihr noch immer vor Augen. Tannenberg, der Graue, der Korrekte, der Ehrgeizige, der Bedrängte – der Mörder?

Elfriede sprang auf. Spielte ihre Erinnerung ihr einen Streich oder hatte sie wirklich Tannenberg in dieser Reisegruppe gesehen? Das Telefongespräch mit Carmen kam ihr in den Sinn. Tannenberg war in Carmens Büro gewesen, um ein Protokoll oder etwas anderes zu unterzeichnen. Er musste mitbekommen haben, dass sie in Paris war. Elfriede sah auf die Uhr. Der Mann musste gerast sein wie der Teufel. Noch nicht einmal sechs Stunden waren seit ihrem Gespräch mit Carmen vergangen. Und die Klagbauer war noch in der Kirche!

Sie hetzte über den Platz, die Reisetasche hinter sich her schleppend. Hinter der Tür ließ sie das schwere Ding einfach fallen. Einen Moment lang war sie irritiert von der Dunkelheit und Stille, die sie in der Kirche empfingen, und musste sich erst einmal orientieren. Vorn in der Apsis breitete der lichtumstrahlte Jesus seine Arme aus. Zwischen den dicken Säulen schlenderten Touristen umher, um die Mosaike und Bilder zu bewundern. Die Kirche war total unübersichtlich. Wo zündete man die Kerzen für Verstorbene an? Offensichtlich überall! In jeder Seitenkapelle schimmerten die Teelichter. Und davor saßen oder standen Leute, die sich an ihre Verstorbenen erinnerten, die Hände gefaltet, die Köpfe gesenkt. Elfriede ging ganz nah an den Menschen vorbei, musterte die Gesichter, die tränenfeuchten Augen und kam sich schäbig vor. Als wäre sie in ein Zimmer eingedrungen, zu dem sie keinen Zutritt haben dürfte.

Wenn sie nur nicht zu spät kam!

Schnell schritt sie die Seitenschiffe ab und zog sich den Zorn eines Franziskaners zu, der sie am Ärmel festhielt: »Madame, c'est une église, s'îl vous plaît!«

»Pardon.« Elfriede setzte ihr Büßergesicht auf. »I must find a person. It's urgent!«

Der Mann in der Kutte deutete auf eine Treppe in der Mitte des Kirchenschiffs: »Peut-être dans la chapelle. Mais doucement!«

Er machte mit der rechten Hand eine Bewegung, als wolle er aufs Bremspedal drücken.

Elfriede nickte und drosselte ihr Tempo, als sie die Treppe hinunterstieg. Die Krypta war noch dunkler als das obere Kirchenschiff. Und die Decke war niedriger, wie in einem Kellergewölbe. Einige Sekunden lang sah sie gar nichts. Dann gewöhnten sich ihre Augen an die Dunkelheit.

Die Walther in ihrer Manteltasche fühlte sich beruhigend an.

Vorsichtig tastete sie sich an den Säulen entlang. In der hinteren Nische schimmerte Kerzenlicht.

»Was wollen Sie von mir?«

Elfriede erkannte die Stimme der Klagbauer.

»Was schon? Das Handy.« Das war Tannenberg.

»Bitte, lassen Sie mich gehen. Ich weiß nicht, wovon Sie sprechen.«

»Unsinn. Ich habe das Foto von Ihnen und Tom gesehen. Ganz schön blöd, es in einer Schublade liegen zu lassen, wo eine Vertretung es finden kann.«

Elfriede hatte sich bis auf wenige Meter herangeschlichen. Ein würgendes Geräusch ließ sie zusammenfahren. Mit einem Satz sprang sie hinter der Säule hervor, die Pistole im Anschlag.

»Hände weg!«

Tannenberg drehte erstaunt den Kopf zu ihr um. Er hatte einen Schal um den Hals der Klagbauer gelegt. Für eine Sekunde lockerte er den Griff, mit dem er die Enden zusammengezogen hatte. Aber er fing sich sofort.

»War ja klar, dass Sie in der Nähe sind. Hab ich es mir doch gedacht, dass Sie wegen der Klagbauer in Paris sind. Vielen Dank auch für Ihr nettes Telefonat mit Ihrer Freundin.«

Die Klagbauer rang nach Atem.

»Loslassen!«, rief Elfriede in scharfem Tonfall. Der Lauf der Pistole zeigte auf Tannenbergs Herz. »Kommen Sie, Tannenberg, seien Sie vernünftig. Es ist vorbei.«

Das flackernde Kerzenlicht warf Schatten auf sein Gesicht, das noch immer keine Regung zeigte. Nur die dunklen Augen verrieten, dass Wut und Verzweiflung ihm keinen anderen Ausweg ließen. Tannenberg zog die Enden des Schals wieder etwas fester.

»Ich habe nichts mehr zu verlieren«, knurrte er. »Das ist eine ganz einfache Rechnung. Nur, wenn ich Sie beide ausschalte, habe ich noch eine Chance.«

Er stieß der Klagbauer sein Knie ins Kreuz. »Wo ist das Handy?«

Frau Klagbauer gab nur ein ersticktes Wimmern von sich.

»Sie hat es nicht«, antwortete Elfriede an ihrer Stelle. »Es ist seit der Nacht, in der Sie Alexander ermordet haben, verschwunden.«

Für einen Moment schien Tannenberg irritiert. »Sie hat es nicht? Und Tom hatte es auch nicht? Aber dann habe ich ja …?«

»Ja«, sagte Elfriede. »Sie haben Tom eines Bluffs wegen ermordet. Er hatte keine Beweise gegen Sie in der Hand.«

Tannenberg presste die Kiefer zusammen, seine ganze Mimik verzerrte sich zu einem Ausdruck unglaublicher Wut. »Dann ist es noch nicht zu Ende. Alexanders Mörder hat das Handy – irgendwann wird er sich melden.«

Er warf Elfriede einen bösen Blick zu. »Ja, da schauen Sie blöd. Ich war es nämlich nicht, der das hier alles ins Rollen gebracht hat. Ich habe Alexanders Forderungen erfüllt. Ich habe den Drecksack gehasst dafür, aber ich habe stillgehalten.«

Die Klagbauer schluchzte hysterisch auf. Tannenbergs schien sich auf die Situation zu besinnen, sein Blick wanderte zwischen Christina Klagbauer und Elfriede hin und her, als könne er sich nicht entscheiden, welche der beiden Frauen er zuerst ausschalten solle. Sein Körper spannte sich.

Elfriede fixierte ihn: »Loslassen! Wird's bald! Was haben Sie davon, wenn Sie ihr was antun?«

»Sie beide wissen einfach zu viel.«

Elfriede ging einen Schritt auf Tannenberg zu, als die Klagbauer zusammensackte. Mitten hinein in das Meer von Kerzen. Einen Moment lang sah sie aus wie eine blonde Madonna, erleuchtet wie der strahlende Jesus in der Apsis.

Dann fing der Schal Feuer.

Elfriede sprang auf sie zu, um die Flammen mit ihrem Mantel zu ersticken. Auf diesen Moment hatte Tannenberg gewartet. Er warf sich über sie und wand ihr die Pistole aus der Hand. Die Klagbauer hatte sich wieder aufgerappelt und hinter Elfriede gestellt. Eiskalt sah Tannenberg die beiden Frauen an.

Nein, dachte Elfriede.

Aus dem Hintergrund näherten sich Schritte.

»Des ischt ebbis ganz Besonderes«, hörte Elfriede die Schweizer Reiseleiterin und hoffte inständig, dass die ihre Truppe im Schlepptau hatte. Tannenberg sah sich gehetzt nach allen Seiten um. Die Krypta war eng und bot nicht viel Raum zum Ausweichen. Auf der Treppe wurden die ersten grauen Hosenbeine sichtbar.

»Kommet Sie, da gibt's ebbis zum luege!«

Schon streckte sich der erste gescheitelte Kopf durch den engen Zugang der Treppe.

»Es ischt wunderbar!«

»Jetzt!«, rief Elfriede. Tannenberg würde nicht schießen bei all dem Publikum! Sie packte die Klagbauer am Arm und drängte sich durch die Reisegruppe die Treppe hoch. Dann rannten die beiden durchs Kirchenschiff, vorbei an dem Franziskaner, der noch wütend hinter ihnen her zischte, als sich die schwere Kirchentür schon schloss.

Weg hier. Elfriede wusste, dass sie nur wenige Sekunden Vorsprung hatten. Planlos hetzten sie die Treppe hinunter. Sie schien kein Ende zu nehmen. Wohin? Sie packte die Klagbauer am Arm und zerrte sie mit sich.

»Schnell, da runter!«, keuchte sie und deutete auf das schmiedeeiserne Gitter, das die Metrostation einzäunte.

Sie hasteten die Stufen in den Untergrund hinab. Ein schneller Blick über die Schulter zeigte Elfriede, dass Tannenberg aufgeholt hatte. Keuchend stand er nur etwa hundert Meter entfernt und sah sich suchend um. In eben diesem Moment blieb sein Blick an der Metrostation hängen. Hatte er sie gesehen? Auf jeden Fall schien er eine Entscheidung getroffen zu haben. Er spurtete los. Ihnen direkt hinterher.

»Weiter«, schrie Elfriede die Klagbauer an und stürmte vorwärts.

Ein paar Meter weiter allerdings blieben sie stehen, vor sich eine Menschentraube, die an den Drehkreuzen anstand, um auf die Gleise zu gelangen. Verdammt, was jetzt? Es war einfach keine Zeit, Tickets zu lösen. Elfriede packte die Klagbauer und drängelte sich mit ihr vor, die empörten Proteste der Wartenden ignorierend. Hastig ließ sie prüfend ihren Blick über die Menschen vorn in der Schlange gleiten. Sie hatte Glück. Ein groß gewachsener, dunkelhäutiger Mann mit Rastalocken und blauer Wollmütze fingerte gerade sein Ticket hervor, um es in den Schlitz zu schieben. Sie legte der Klagbauer ihre Hände auf die Schultern. Der kunterbunt gekleidete Mann war spindeldürr, die Klagbauer sehr schlank. Jetzt kam es auf das richtige Timing an.

Genau in dem Moment, als der Mann einen Schritt vorwärts machte, schubste Elfriede Frau Klagbauer mit einem solchen Schwung gegen ihn, dass diese sich automatisch an seinem Rücken festhielt, um nicht zu stürzen. Zusammen stolperten beide durch das Drehkreuz nach vorne. Der Mann taumelte ein paar Schritte, um sich zu fangen, dann drehte er sich wütend um. Ein Schwall in einer fremdländischen Sprache ging auf Frau Klagbauer nieder, die nur »Pardon, Monsieur« stammeln konnte und sich verzweifelt nach Elfriede umsah.

»Laufen Sie«, schrie Elfriede ihr zu. »Linie zwei – Richtung Porte Dauphine – Endstation!«

Die Klagbauer zögerte nur kurz, dann rannte sie los.

Heftig atmend sah Elfriede sich um. Dass sie selbst sich mit jemandem durchzwängen könnte, konnte sie vergessen, dafür war sie einfach nicht schlank genug. Tannenberg musste jeden Moment hier sein.

Als sie den an der Seitenwand hockenden Clochard entdeckte, griff sie in ihre Manteltasche und holte einen Zehn-Euro-Schein aus ihrer Geldbörse. Der Mann trug trotz der Kälte nur ein grün-schwarz kariertes Holzfällerhemd und hielt eine Rotweinflasche in der Hand. Eine weitere leere Flasche stand neben ihm. Noch während sie zu ihm hinüberlief, zog sie ihren Mantel aus. Ohne ein Wort zu verlieren, steckte sie dem Mann den Schein in die Hand, legte sich neben ihm auf den Boden und bedeckte sich bis zur Nasenspitze mit dem Mantel. Aus kobaltblauen Augen sah der Mann erst sie, dann den Schein an. Er war offensichtlich irritiert, sagte aber nichts. Dann grinste er, lehnte den Kopf gegen die Wand und begann, ein Lied zu summen. Elfriede atmete so flach wie möglich, der Kerl stank zum Himmel. Sie griff nach der leeren Flasche und hielt sie sich vors Gesicht.

Keinen Moment zu früh. Aus den Augenwinkeln sah sie Tannenberg hereinstürzen. Suchend blickte er sich um und inspizierte die wartende Menschenmenge. Ganz kurz schweifte sein Blick über den Clochard und seine Begleitung. Elfriede beobachtete ihn aus zusammengekniffenen Augen und hielt die Luft an. Tannenbergs Blick wanderte weiter. Er hatte sie nicht erkannt. Fluchend kramte er in seinen Taschen und fand dort offensichtlich ein Ticket. Auch er drängelte sich vor und kurz darauf war er aus ihrem Blickfeld verschwunden.

Elfriede schnappte sich ihren Mantel und rappelte sich hoch. Sie hängte sich den Riemen der Handtasche über die Schultern, um beweglicher zu sein, und überlegte fieberhaft. Was jetzt? Sie musste so schnell wie möglich hinter den beiden her. Wieder machte sie ein paar Schritte in Richtung Drehkreuz, besann sich aber und kehrte schnell noch einmal um.

»Merci«, sagte sie lächelnd und legte dem stinkenden Mann mit den wunderschönen blauen Augen ihren Mantel in den Schoß.

Dann galt ihre Aufmerksamkeit wieder den Menschen in der Schlange. Sie wusste, was sie suchte. Eine Frau in mittlerem Alter kramte gerade ihre Geldbörse hervor und entnahm ihr einen passe navigo. Bingo. Über das, was Elfriede jetzt tat, wäre Ingeborg entsetzt, aber darauf konnte sie keine Rücksicht nehmen. Es ging um Leben und Tod.

Elfriede schnellte vor, entriss der verblüfften Frau den Dauerfahrschein, stieß noch ein »terriblement pressée« hervor, um sich für ihr Vorgehen zu entschuldigen, schubste ein paar Wartende zur Seite und rannte nach vorn. Die Frau hinter ihr begann, laut zu zetern und zu keifen, aber da war Elfriede schon am Kreuz, legte die Karte auf den roten Scanner und drückte sich vorwärts.

Sie war durch.

So schnell sie konnte, rannte sie in die Richtung, in der Frau Klagbauer verschwunden war.

Wo kamen bloß all diese Menschen her? Elfriede kam viel langsamer voran, als ihr lieb war. Ihr Laufen wurde zu einem Schubsen und Drängeln, jeweils quittiert von Unmutsäußerungen und Beschimpfungen. Hoffentlich hatte die Klagbauer schon eine Metro erwischt, bevor Tannenberg aufgetaucht war, hoffentlich war sie schon in Sicherheit. Elfriede hatte keine Ahnung, in welchem Rhythmus die Bahnen fuhren. Sie wusste auch nicht, was sie tun würde, wenn sie Tannenberg entdeckte. Sie musste sich auf ihre Intuition verlassen, es gab keine Zeit, einen Plan zu entwickeln. Sie hetzte vorwärts, so schnell es eben ging.

Später konnte sie nicht sagen, was oder wen sie zuerst wahrnahm. Tannenberg oder die Klagbauer oder das entfernte

Dröhnen der herannahenden Bahn. Für Sekunden schien es ihr, als befände sie sich in der Slow-Motion-Szene eines Kinofilms, in der Flashlights das Wesentliche beleuchteten.

Die Klagbauer wartete am Rand des Bahnsteigs und starrte in die Richtung, aus der der Zug kommen musste. Nervös verknotete sie ihre Finger und ihre Füße trippelten auf und ab, als sei ihr kalt. Tannenberg stand schräg hinter ihr, etwas verdeckt hinter einem korpulenten Mann in bayrischen Lederhosen und offensichtlich unbemerkt von der zitternden Frau vor ihm. Die Hände hatte er schon erhoben und leicht nach vorne gestreckt. Seine Absicht war Elfriede sofort klar. Ein kleiner Stoß vor die Bahn und das Problem Frau Klagbauer hätte sich für Doktor Tannenberg erledigt.

Elfriede musste handeln. Jetzt.

Mit einem schrillen Kampfschrei, der die Leute ringsum erschrocken zusammenfahren ließ, stürzte sie sich nach vorn. Auch Tannenberg wirbelte herum. Mit ihrem ganzen Körpergewicht landete Elfriede auf ihm und riss ihn dabei zu Boden. Ächzend versuchte sie, ihn in den Würgegriff zu nehmen. Aber Tannenberg war zäh und stärker, als sie erwartet hatte. Er packte sie und rollte sich mit ihr über den Boden, bis er Oberhand gewann. Keuchend hockte er über ihr, das Gesicht vor Wut und Verzweiflung verzerrt. Sein Atem klang pfeifend.

»Warum mussten Sie sich auch einmischen?«

Er holte aus. Sie sah seine Faust, Bruchteile, bevor sie sie spürte. Der Schlag traf sie mit einer solchen Wucht am Kinn, dass ihr Kopf zur Seite flog. Der Schmerz setzte sofort und heftig ein. Ihr wurde schwarz vor Augen, Tränen liefen ihr übers Gesicht, aber sie ließ nicht los. Ihre Hände krallten sich in Tannenbergs Anzug, als er versuchte, sich von ihr zu befreien. Elfriede konnte die Schreie der Menschen hören, auch die Stimme der Klagbauer, die kreischend um Hilfe rief. Im nächsten Moment verpasste Tannenberg ihr den zweiten Schlag. Alles

Folgende nahm sie nur noch gedämpft wahr, überlagert von ihrem eigenen Stöhnen.

Sie spürte, dass Tannenberg sich von ihr löste, sie hörte das laute Dröhnen der einlaufenden Bahn, sie hörte einen kollektiven Aufschrei, den sie nicht deuten konnte, und das schreckliche Quietschen der Bahn.

Alles umsonst. Die Verzweiflung legte sich auf sie wie ein schweres Tuch.

»Carmen?«

»Ach, Madame la Parisienne, schön, dass Sie sich auch einmal melden.«

Elfriede konnte förmlich spüren, dass Carmen schon wieder sauer auf sie war.

»Ich brauche deine Hilfe. Amtliche Hilfe sozusagen.«

Carmen war Profi. »Was ist los?«

»Tannenberg hat sich vor die Metro geworfen.«

Ein paar ausführliche Erklärungen später gab Elfriede dem französischen Beamten sein Handy zurück. Der Sanitäter, der neben ihr hockte, schüttelte missbilligend den Kopf, weil sie nicht stillhielt, und klebte ihr ein Pflaster von der Größe einer Minipizza aufs Kinn.

»Madame«, meinte der Beamte, der glücklicherweise Deutsch sprach, jetzt, »wir 'aben ein paar Fragen. Wenn Sie uns bitte aufs Revier begleiten würden?«

Elfriede nickte erschöpft und betrachtete prüfend Frau Klagbauer, die zusammengesunken neben ihr hockte.

»Sind Sie okay?«

Frau Klagbauer nickte. »Wissen Sie, was verrückt ist?«, meinte sie leise.

»Was?«

»Für einen Moment, für einen ganz kurzen Moment, als er dastand und sich umsah, Sie ansah, dann mich, dann die ganzen

Menschen, die ihn beobachteten, ... als er langsam den Kopf schüttelte, als könne er es nicht fassen, ... als er zur einlaufenden Bahn schaute ...«

Frau Klagbauer schüttelte sich. »Können Sie das begreifen? Er hat Tom getötet.«

Elfriede legte ihre Hand auf die von Frau Klagbauer und sah sie fragend an.

»Es fühlte sich so still an. Als er diesen einen Schritt machte und auf die Gleise stürzte ... Ich meine: Es war ja gar nicht still. Ganz im Gegenteil.«

Frau Klagbauer hob die Schultern. »Aber es fühlte sich so an. Es fühlte sich still an. Und in diesem einen kurzen Moment tat er mir leid«, sagte sie.

»Er wusste, dass alles verloren war«, sagte Elfriede.

Frau Klagbauer schwieg.

Siedend heiß fiel Elfriede etwas ein. Sie sprang auf. »Pardon, Monsieur, dürfte ich mir noch einmal Ihr Handy ausleihen?«

Sie musste sofort daheim anrufen und sich nach Oliver erkundigen.

8.

»Diese Ärzte sind ja heutzutage völlig überlastet«, sagte Tante Ingeborg, als sie aus der großen Kanne Melissentee nachgoss. »Und unfreundlich, liebe Güte! Drei Stunden haben wir in der Ambulanz gesessen, dann Radiologie, dann wieder Ambulanz!«

Oliver nickte zur Bestätigung. Er trug einen Gips um den rechten Arm und sein linkes Auge schillerte in allen möglichen Farben. Als Elfriede ihn so sah, überfiel sie das gleiche zärtliche Gefühl, das sie gehabt hatte, als er fünf Jahre alt war und sich auf dem Spielplatz an der Rutsche den Kopf aufgeschlagen hatte. Damals hatte sie ihm eine Geschichte erzählt, um ihn auf dem Weg zum Krankenhaus zu beruhigen. Aber die Geschichte, die sie heute zu erzählen hatte, war alles anderes als beruhigend. Und sie hatte kein gutes Ende. Elfriede fröstelte. Sie nahm noch einen Schluck Tee und wärmte ihre Hände an der Tasse.

»Er soll noch nicht duschen«, erzählte Tante Ingeborg weiter. »Und Sport darf er natürlich auch nicht machen in der Schule. Kontrolluntersuchung in einer Woche. Es ist aber ein glatter Bruch, nichts Kompliziertes. Blödes Wrestling!«

Elfriede schaute Oliver an. Er war merkwürdig still und in sich gekehrt.

»Wie ist das passiert?«, fragte sie. »Ein Unfall?«

Oliver hatte den Blick noch immer gesenkt. »Mmh«, murmelte er.

»Gegen wen hast du gekämpft?«

»Ist doch unwichtig, Mama!«

Elfriede fand das alles andere als unwichtig und nahm sich vor, später am Abend noch einmal nachzufragen. Vielleicht war dann aus Oliver mehr rauszukriegen.

Sie zog eine CD-Rom aus ihrer Reisetasche und reichte sie ihm: »Das neueste WWE-Spiel, frisch aus dem FNAC. Weil du ja jetzt erst mal selbst nicht im Ring stehen kannst.«

»Cool, Mama!« Oliver verschwand in Richtung Computer.

Das nächste Päckchen war für Tante Ingeborg. Trüffel aus dem Maison du Chocolat. Elfriede wusste, dass sie die lieben würde.

»Wie reizend, Kindchen! Dass du bei all dem Trubel noch an mich gedacht hast!« Sie sah Elfriede besorgt an: »Du hast dich doch nicht in Gefahr gebracht?«

»Nein«, log Elfriede und senkte ihren Blick in die Teetasse.

»Carmen war hier«, sagte Tante Ingeborg. »Sie war nicht gerade begeistert, wie du dir denken kannst. Du sollst morgen aufs Kommissariat kommen. Diesem Rohling von Hausmeister hat sie einen Denkzettel verpasst. Was wird denn jetzt aus Frau Klagbauer?«

»Sie ist meinem Rat gefolgt und erst einmal in ein Frankfurter Frauenhaus gezogen. Zu ihrem Mann will sie auf keinen Fall zurück.«

Ingeborg nickte zustimmend. »Das ist gut. Ach übrigens, Sandy ist natürlich entlassen worden. Sophie war hier und hat es mir erzählt. Und ein Doktor Huber hat angerufen. Er sagt, er hätte einen Deal mit dir?«

Elfriede ignorierte das Fragezeichen in Ingeborgs Gesicht. »Hat Köster sich gemeldet?«

»Der ist sehr aufgebracht. Ist in die Schule gestürmt und hat im Büro des Rektors die Stühle zerschlagen. Der Mann hat sich wirklich nicht im Griff.« Tante Ingeborg schüttelte missbilligend den Kopf. »Das Gymnasium ist für ein paar Tage geschlossen worden.«

Die Worte rauschten an Elfriedes Ohr vorbei. Köster. Etwas in ihrem Kopf setzte sich in Bewegung, sie wusste nur noch nicht, in welche Richtung.

»Das ist aber auch eine Welt«, jammerte Tante Ingeborg und nahm die Teekanne, um nachzugießen. »Wenn man nicht mal mehr dem Schulleiter trauen kann. Lehrer sollten doch die Kinder beschützen. Und jetzt hat dieser Mensch gleich zwei auf dem Gewissen.«

»Einen«, murmelte Elfriede, »nur einen.«

Tante Ingeborg erstarrte. Der Tee floss neben die Tasse.

Oliver hatte sich in seine alte Bayern-Bettwäsche eingekuschelt, die er eigentlich vor zwei Jahren schon aussortiert hatte, weil sie für einen Jugendlichen angeblich nicht mehr cool genug war. Er sah zerbrechlich aus, trotz seiner Größe und des zarten Flaums auf seiner Oberlippe. Elfriede setzte sich auf den Stuhl vor seinem Schreibtisch.

»Es war kein Unfall, stimmt's?«

Oliver studierte eingehend das Bayern-Logo. »Ich kann es ihm nicht nachweisen«, murmelte er. »Aber ich habe das Gefühl, er hat es mit Absicht gemacht. Er hat sich nicht an die Absprachen gehalten. Der Trainer war auch stinksauer auf ihn.«

Elfriede zog scharf die Luft ein. »Wer?«, fragte sie.

»Manolo«, antwortete Oliver. »Er hat mich seit Monaten auf dem Kieker. Ich weiß nicht mal, warum. Und er bekommt immer mehr Publikum. Im Studio haben sogar ein paar geklatscht, als der Knochen laut durchgeknackst ist.«

Mobbing. Elfriede fühlte, wie sich ihr Magen zusammenzog. Das Thema wurde man wohl nie los. Dann zwang sie sich zur Ruhe. »Das kriegen wir hin«, sagte sie beruhigend. »Wir reden morgen darüber, wie wir vorgehen. Du bleibst doch ein paar Tage hier?«

Oliver zog sich die Bettdecke bis zum Kinn. »Ich würde gerne wieder zu dir ziehen«, sagte er leise. »Viola ist mir zu zickig. Papa sagt, das liegt daran, dass sie ein Baby bekommt.«

Epilog

Cruci fixus. Ans Kreuz genagelt.

Nach den Eindrücken in Sacré-Cœur wirkte das Kruzifix im Besprechungszimmer des Krankenhauses simpel und schmucklos. Und doch hatte die einfache Arbeit aus Holz etwas an sich, das Elfriede ein zweites Mal hinschauen ließ. War es die aufopfernde Haltung, war es der Gesichtsausdruck? Waren es die halb geschlossenen Augen, die schimmerten, als hätten sie schon alles gesehen und würden alles verstehen? Elfriede vermochte es nicht zu sagen, sie fühlte sich aber bis ins Innerste berührt.

Fast erschrocken fuhr sie zusammen, als sich die Tür öffnete.

In ihrem gewohnt grünen Krankenhauskittel betrat die alte Frau Köster den Raum. Sie lächelte leicht, als sie Elfriede sah, sagte aber nichts.

Auch Elfriede sagte erst einmal nichts, betrachtete nur Alexanders Großmutter, bis diese endlich die Stille brach.

»Sie wollten mich sprechen?«

Elfriede nickte.

»Es geht um Alexander, nehme ich an?«

Wieder nickte Elfriede und als ihr Gegenüber nur leise seufzte, fügte sie hinzu: »Ich denke, Sie haben mir etwas zu sagen.«

Diesmal schwieg Frau Köster, sie reckte das Kinn und warf Elfriede einen trotzigen Blick zu.

»Ich war eben bei Yvonne«, sagte Elfriede. »Obwohl ich mir schon ziemlich sicher war, wollte ich es genau wissen. Erinnern Sie sich? Sie erzählten meiner Tante, dass Alexander eine junge Frau zu Nacktfotos gezwungen habe. Nun, um Yvonne handelte es sich dabei jedenfalls nicht.«

Frau Köster schwieg.

»Frau Klagbauer war das Opfer dieser Aktion. Und zwar in der Nacht, in der Alexander starb. Außer den Betroffenen kann das nur jemand wissen, der zugegen war. Jemand, der das Ganze beobachtet hat.«

Elfriede holte tief Luft. »Sie, Frau Köster. Sie waren am Tatort.«

Hätte Frau Köster empört aufgeschrien oder wäre in Tränen ausgebrochen, hätte fluchtartig den Raum verlassen oder wäre abwehrend zurückgewichen – Elfriede hätte es verstanden.

Aber die alte Frau setzte sich auf einen der Plastikstühle, kramte mit herunterhängenden Schultern in einer Lade unter dem Tisch und holte ein Buch hervor. Aus der Kitteltasche zog sie ihre Brille und setzte sie sich umständlich auf die Nase. Sie blätterte ein wenig, dann fand sie anscheinend die richtige Stelle. Sie warf Elfriede einem kurzen Blick zu, dann las sie mit heiser brüchiger Stimme in fast quälerischer Langsamkeit.

»Mach, dass er seine Kindheit wieder weiß; das Unbewusste und das Wunderbare.«

Und jetzt kamen sie doch, die Tränen. Sie liefen über Frau Kösters faltige Wangen, fanden ihren Weg längs der Nasenflügel bis zum Kinn und tropften unweigerlich auf den hässlichgrünen Kragen.

»Kennen Sie das? Das ist von Rilke.« Frau Köster schluchzte. »Als Alexander klein war, schlummerte so viel Herrliches in ihm. Alles war noch möglich, er hätte ein großartiger Mensch werden können. Aber irgendwann war er guten Worten nicht mehr zugänglich. Ich habe alles versucht.«

Elfriede merkte, dass ihr ebenfalls die Tränen über die Wangen liefen.

Sie schluckte und bemühte sich um Konzentration. Ihre Stimme krächzte. »Anfangs dachte ich, was für einen jämmerlichen Fehler hat Frau Köster da begangen. Sich so zu verplappern. Aber inzwischen glaube ich, dass Sie absichtlich diese Spur gelegt haben. Ihr Gewissen lässt Ihnen keine Ruhe, oder? Erzählen Sie mir, was in Alexanders Todesnacht passierte.«

Frau Köster zuckte mit den Schultern. »Sie wissen es doch schon. Als Alexander diese Frau Klagbauer anrief, stand ich zufällig hinter der Tür und hörte, was er sagte. Ich war an dem Tag ganz aufgewühlt von all den Dingen, die ich von Yvonne und ihren Freunden erfahren hatte. Ich versuchte, Alexander darauf anzusprechen, aber er ließ mich nicht einmal ausreden. Verließ einfach kommentarlos das Haus. Ich weiß nicht, was mich trieb, aber ich folgte ihm. Ich sah, was er da anrichtete. Wie widerwärtig er sich gegenüber dieser jungen Frau benahm. Als sie flüchtete, kam ich aus meinem Versteck hinter den Zementsäcken und ging auf Alexander zu.«

Frau Kösters Blick wanderte zur Decke, ihre Tränen versiegten. »Wissen Sie, was am schrecklichsten war? Er hat sich nicht einmal geschämt!« Sie schüttelte mit einer Vehemenz den Kopf, als könne sie es immer noch nicht begreifen. »Nicht einmal geschämt!«

»Was ist dann passiert?«

»Er schrie mich an, ich solle verschwinden. Ich bat ihn, die Fotos zu löschen, aber er lachte mich nur aus. Und dann sagte er, dass …« Frau Köster schloss die Augen.

»Dass …?«

»Dass die Fotos nur der Anfang seien, da würde er schon noch seinen Spaß bekommen.«

»Und dann?«

»Dann drehte er sich um und wollte einfach weggehen. Und in dem Moment war er alle in einem. Er war mein Vater, mein Mann, mein Sohn. Und auch mein Enkel. Ich war nur noch Wut. Rotglühende Wut, es flimmerte mir regelrecht vor Augen. Ich sah die Stange, griff sie und dann … dann ging alles schnell und auch erschreckend leicht. Ich schlug heftig zu und er fiel sofort um. Aber…«, Frau Köster kniff verzweifelt die Augen zusammen, »aber ich hatte dieses schreckliche Knacken gehört und mir wurde augenblicklich schlecht. Ich warf mich über ihn und bettelte ihn an, nicht zu sterben, flehte ihn an …«

Frau Köster sackte zusammen. »Ich habe schwere Schuld auf mich geladen, das weiß ich. Aber ich konnte nicht anders. In dem Moment musste ich nach der Stange greifen und zuschlagen und dem Ganzen ein Ende bereiten. Endlich ein Ende!«

»Sie haben das Handy, oder?«

»Ich hatte es. Ich nahm es an mich, damit niemand jemals diese entwürdigen Fotos zu sehen bekommen würde. Ich habe es in den Rhein geworfen.«

»Warum waren Sie nicht bei der Polizei?«

Frau Köster nickte. »Ja, das hatte ich vor. Irgendwann. Aber ich hatte noch eine Aufgabe, verstehen Sie das nicht?«

Sie sah Elfriede eindringlich in die Augen. »Ich habe doch noch eine Schwiegertochter und eine Enkelin. Ich wollte sie wenigstens noch eine Weile vor meinem Sohn beschützen.«

Sie schüttelte den Kopf. »Jetzt müssen sie es allein schaffen.«

»Das werden sie«, sagte Elfriede. Sie reichte Frau Köster die Hand. Es war alles gesagt. »Lassen Sie uns gehen«, sagte sie sanft.

Vor dem Krankenhaus zückte Elfriede ihr Handy. Ein Windstoß zerrte an ihrem neuen Mantel. Sie blickte zum Himmel. Einen Moment lang zögerte sie.

Dann tippte sie Carmens Nummer ein.

Danksagung

Wir bedanken uns bei Berk und Merlin. Sie haben uns ohne ihr Wissen zu so mancher Szene inspiriert. Herzlicher Dank gebührt auch der Lektorin Julia Ströbel, die uns Autorinnen warmherzig mit Rat und Tat zur Seite steht.

Bitte beachten Sie auch die folgenden Buchhinweise.

Westend Blues

Ein Katharina-Klein-Krimi aus Frankfurt am Main

Helmut Barz

14,90 € • ISBN: 978-3-86680-484-5

Eigentlich hat Katharina Klein, Hauptkommissarin bei der Frankfurter Kriminalpolizei, genug eigene Probleme: In einer eskalierten Polizeiaktion wurde ihr Partner getötet, und sie selbst hat zwei Menschen erschossen. Doch als ihre Nachbarin ermordet wird, muss Katharina deren Tochter, die vierjährige, altkluge Laura, bei sich aufnehmen; und bald schon setzt die Kommissarin alles daran, das Versprechen, das sie dem kleinen Mädchen gibt, einzulösen und den Mörder von Lauras Mutter zu finden.

Abgehakt

Ein Wiesbaden-Krimi

Kerstin Hamann

12,00 € • 978-3-86680-636-8

Die zerschmetterte Leiche einer jungen Frau trägt ein grausiges Wundmal. Der Täter hat sein Opfer einfach mit einem Schnitt in die Brust abgehakt. Damit wird die Befürchtung von Kommissar Martin Sandor zur Gewissheit: Ein Serientäter treibt sein Unwesen in der hessischen Landeshauptstadt. Wann wird er wieder zuschlagen? Was verbindet die Opfer? Wer ist in Gefahr?

Buchhinweise

Eiskalte Ekstase

Ein Frankfurt-Thriller

Eva Lirot

12,00 € • ISBN: 978-3-86680-956-7

Grotesk verstümmelte Leichen tauchen aus dem Schneematsch des Frankfurter Winters auf. Zugleich überfluten grauenhafte Videos die sozialen Netzwerke und das Internet, die selbst den hartgesottenen Frankfurter Großstadtsheriff Jim Devcon nicht kaltlassen: Sie zeigen abartige pseudowissenschaftliche Experimente, bei denen eine Versuchsperson die andere mit Stromschlägen foltert und schließlich tötet.

Buchhinweise

Ich bin ein Mörder

Ein Frankfurt-Krimi

Brigitte Pons

12,00 € • ISBN: 978-3-86680-864-5

»Ich bin ein Mörder« behauptet Schriftsteller Tobias Stockmann bei der Lesung auf der Buchmesse. »Aber ihr könnt mir nichts beweisen, ich bin einfach zu genial!« Und Alexandra, die Frankfurter Streifenpolizistin, ist völlig fasziniert von dem Bestsellerautor. Was für ein Mann! Charismatisch, aufregend, umwerfend! Und plötzlich steht sie direkt vor ihm, dann schickt er Rosen, will sie kennenlernen. Welch ein Abenteuer.

Buchhinweise

Moderholz

Ein Gartenkrimi aus Frankfurt am Main

Berndt Schulz

12,00 € • ISBN: 978-3-86680-954-3

»Der Mörder ist immer der Gärtner?« Zumindest liegt der Schluss nahe, als im Frankfurter Bethmannpark eine Leiche in einem Teich treibt. Denn die Gärtner sind allesamt entlassene Strafgefangene … Aber welche Rolle spielt die geheimnisvolle Schönheit aus besten Kreisen?

SUTTON VERLAG

Weitere Krimis und Romane finden Sie unter:

www.sutton-belletristik.de